Dark side of trust

Im Schatten der Lust

Mia B. Meyers

c/o Papyrus Autoren-Club

Pettenhofer Str. 16-18

10247 Berlin

E-Mail: mia.b.meyers@gmx.de

www.miabmeyers.com

Facebook Autorenseite: Mia B. Meyers Autorin

Covergestaltung: Casandra Krammer

Covermotiv: Shutterstock.com

Korrektorat: www.sks-heinen.de

Dieser Roman wurde unter Berücksichtigung der neuen deutschen

Rechtschreibung korrigiert.

ISBN-13: 978-1523263134

ISBN-10: 152326313X

Dark side of trust

Im Schatten der Lust

Mia B. Meyers

Erstauflage Januar 2016

Für meinen Ehemann,

der immer hinter mir steht und mich in meinen Vorhaben unterstützt.

Vorwort

Liebe Leserin, lieber Leser,

um einer eventuellen Enttäuschung vorzubeugen, möchte ich dich an dieser Stelle vorwarnen.

Vermutlich wird meine männliche Hauptfigur sich stellenweise sehr speziell ausdrücken. Er liebt klare Worte, zu denen auch der ein oder andere Kraftausdruck gehört.

Und ja, er ist so, obwohl er Anfang dreißig und Mitinhaber einer großen Firma ist. Er ist eine fiktionale Figur und darf es somit. Darüber hinaus, wer weiß schon, wie die oberen Zehntausend wirklich miteinander reden?!

Sollte schon dieses Vorwort nicht deinem Geschmack entsprechen, wird es leider auch der Rest nicht tun. Das würde ich zwar sehr bedauern, aber Geschmäcker sind nun einmal verschieden.

In diesem Fall muss ich mich an dieser Stelle leider von dir verabschieden. Ansonsten wünsche ich dir ganz viel Spaß beim Lesen und hoffe sehr, dass es dir gefallen wird.

Deine Mia

Kapitel 1

Warum noch mal habe ich mich von Eva breitschlagen lassen, sie zu begleiten?

Ich bin auf der Eröffnung eines Fünfsternehotels, um meine beste Freundin Eva zu begleiten. Sie ist als Journalistin hier, um darüber zu berichten. Folglich hat sie sich gleich nach unserer Ankunft unter die Menge gemischt und mich zwischen all den Möchtegernreichen und -schönen stehen lassen. Dass ich eigentlich nur aus diesem Grunde mitkommen sollte, damit ihr eben diese fragwürdige Ehre erspart bleibt, hat sie in der Hektik wohl vergessen.

Ein weiteres Mal winke ich mir einen der Kellner herbei, die gefüllte Tabletts mit Champagnerflöten durch die Menschenmassen balancieren, und tausche mein leeres Glas gegen ein neues. Besonders schmecken tut die teure Plörre auch nicht, eher wie abgestandener Sekt aus dem Supermarkt. Aber wenn es schon was umsonst gibt, will ich mal nicht so sein.

Die Bar an der gegenüberliegenden Seite des Saales ansteuernd, schlängele ich mich durch die Menschenmassen, wo ich von einer Schulter zur anderen geschubst werde. Immer wieder weiche ich wild gestikulierenden Händen aus, sodass die Hälfte meines Gesöffs schon auf den Kleidern irgendwelcher Leute gelandet ist. Inmitten dieses Tumultes höre ich seitlich von mir ein »Pommespanzer, bist du das?« und bleibe abrupt stehen.

Das kann nicht sein, oder? Das darf einfach nicht wahr sein.

Und schon schiebt sich mir Ben, unser damaliges Klassenarschloch, vor die Linse. Ihm habe ich eben diesen rühmlichen Spitznamen zu verdanken, der mich durch die gesamte Schulzeit begleitet hat.

»Mensch, du hast dich aber gemacht. Du hast sogar so was wie 'ne Taille und Kniescheiben bekommen.« Dabei schlägt er mir mit seinen Wurstfingern kameradschaftlich auf die Schulter und lacht grunzend wie ein Schwein beim Ertrinken in der Matschpfütze.

Dazu muss ich sagen, dass Ben weder damals noch heute jemand anderen als Pommespanzer betiteln dürfte.

Angewidert wische ich mir den Nachhall, den seine Berührung in mir ausgelöst hat, von der Schulter und zupfe am Saum meines Kleides, um es in die Länge zu ziehen.

»Hallo Ben. Und du, wie ich sehe noch immer nur deshalb einen Kopf, damit's nicht reinregnet, was?« Seine kurze Sprachlosigkeit nutze ich, um meinen Weg in Richtung Bar fortzusetzen. Ich schiebe mich auf einen der Barhocker und kippe den letzten Schluck Champagner in mich.

»Na, harten Tag gehabt?« Der Barkeeper lehnt sich über den Tresen in meine Richtung und lässt seine Augenbrauen hüpfen. Dieser mehr als klischeehafte Auftritt bringt mich zum Lachen.

»Was wird einem denn empfohlen, wenn der Tag wirklich kaum zu ertragen war? Oder immer noch unerträglich ist.«

»Es steht nicht auf der Karte, aber ich kann dir meinen ›Scheißegal Spezial‹ anbieten.«

»Na, dann nehme ich den doch.«

Kurz darauf steht ein Cocktailglas mit rötlichem Inhalt vor

mir. Bevor ich den ersten Schluck nehme, schnuppere ich daran, kann aber keinen Alkoholgeruch wahrnehmen. Er schmeckt fruchtig nach Kirschen, Bananen und noch irgendwas anderem. Viel besser als das Spülwasser von vorher.

Am Strohhalm nippend, wende ich mich der Menge hinter mir zu, um nach Eva Ausschau zu halten. Dabei wandere ich gedanklich in meine Zeit als Pommespanzer zurück.

Bis zu meinem siebzehnten Lebensjahr wurde mein Mund von einer festen Zahnspange geziert und ich trug eine riesige schwarze Plastikbrille. Puck die Stubenfliege ist ein Scheißdreck dagegen. Wie der Name schon sagt, war ich auch … sagen wir mal zu klein für mein Gewicht. Kurzum, meine Schulzeit habe ich mehr oder weniger damit zugebracht, möglichst unsichtbar zu sein. Inzwischen bin ich achtundzwanzig Jahre alt, brillen- sowie zahnspangenlos und auch mein Körper hat sich, wie ich finde, zum Positiven verändert. Zwar bin ich noch immer kurvig, habe mich aber damit arrangiert. Aus einem Rottweiler macht man eben keinen Windhund.

Das Geräusch meines restesaugenden Strohhalms reißt mich aus den Gedanken. Durch den süßen Geschmack kann man den Alkohol im Cocktail kaum schmecken. Vielleicht ist auch wirklich keiner drin? Ist doch auch egal. Also bestelle ich mir einen zweiten *Scheißegal Spezial*. Der Barkeeper rät mir zwar, den ersten Cocktail kurz sacken zu lassen, aber ich bestehe auf einen weiteren.

Wieder suche ich mit meinem Blick den Saal ab und beurteile hier und da den Kleidungsstil einiger Anwesenden. Eva meint, das wäre meine Berufskrankheit als Personal Shopperin.

Damit verdiene ich mein Geld. Leute aus unterschiedlichsten Gründen einzukleiden oder sie beim Shoppen zu begleiten. Manche wissen einfach nicht, was zu ihnen passt, andere brauchen ein Kleid für besondere Anlässe. Einige haben einfach keine Zeit oder Lust, selbst durch die Boutiquen zu gehen, und manche sind schlichtweg geistig zu unterbelichtet, um sich selbst einzukleiden.

Gelangweilt schweift mein Blick weiter von links nach rechts durch die Masse elegant gekleideter Menschen, bis ich stutze und mein Kopf nach links zurückruckt, wo mein Blick am Rücken eines hochgewachsenen Mannes hängen bleibt.

Dieser schwarze Anzug ist definitiv maßgeschneidert und kostet schätzungsweise das, was ich in einem halben Jahr verdiene. Allein der exquisite Stoff des Anzuges sticht aus allen anderen hervor. Der Schnitt des Jacketts, welches sich perfekt an das breite Kreuz des Trägers schmiegt und sich in Richtung der Hüften verjüngt. Der Anzugtyp dreht sich etwas, sodass ich einen Blick auf sein Gesicht werfen kann.

Wow …

Die dunklen Haare trägt er im Out-of-Bed-Look, was seinem kantigen, glatt rasierten Gesicht ein wenig von der Härte nimmt. Seine Augen, deren Farbe ich auf die Entfernung nicht erkennen kann, sind von einem Kranz dunkler Wimpern umrahmt, für die manche Frau töten würde. Seine Nase ist schmal und nicht zu lang, aber am meisten Aufmerksamkeit erregen seine sinnlichen Lippen. Meine Güte ist der Typ heiß … darauf brauche ich noch was zu trinken.

»Isch nehm noch ein.« Unbeabsichtigt hart knalle ich mein Glas auf den Tresen. Oha, Rhetorik und Motorik haben mich offenbar verlassen.

In dem Cocktail ist wohl doch etwas mehr Alkohol als vermutet. Viel kann es aber wirklich nicht sein.

»Erst mal das«, damit stellt er mir ein Glas Wasser vor die Nase, »dann bekommst du noch einen.« Und trotzdem beginnt er, meinen nächsten Cocktail zu mischen.

Das Wasser nehme ich, kippe es in meine Handtasche, die neben mir auf dem Barhocker liegt, und reiche ihm strahlend das geleerte Glas. Im Gegenzug nehme ich meinen neuen Cocktail entgegen.

Wieder der Menge zugewandt, steht der Anzugtyp noch immer in der Menschentraube, die um seine Aufmerksamkeit buhlt. Obwohl er freundlich mit ihnen zu reden scheint, liegt ein distanzierter, fast arroganter Ausdruck auf seinem Gesicht. Aber so ist es doch immer, oder? Schöne Männer wissen für gewöhnlich auch, dass sie schön sind. Und das macht sie zu den schlimmsten Exemplaren überhaupt.

Gerade will ich mich wieder umdrehen, da trifft mich sein Blick.

Ungewollt läuft mir bei der Eindringlichkeit seines Blickes eine Gänsehaut über den Rücken und ich will mich ertappt abwenden. Ein noch größerer Teil in mir will aber genau das nicht und so starre ich in gleicher Intensität zurück.

Wenn das mal nicht meine Chance ist. Mutig vom natürlich

kaum vorhandenen Alkohol lasse ich meine Zunge hocherotisch über meine Lippen fahren, beiße mir mehrfach auf die Unterlippe und spiele mit meinen Haaren. So habe ich es gelesen und offenbar funktioniert es ja auch. Er kann den Blick kaum von mir lassen.

Autsch. Sofort breitet sich der Geschmack von Eisen in meinem Mund aus. Mit den Fingern ertaste ich die brennende Stelle meiner drangsalierten Lippe und sehe das Blut an meinen Fingerspitzen. Vielleicht bin ich die Sache doch etwas zu beherzt angegangen.

Nehme ich da etwa ein leichtes Zucken um seine Mundwinkel wahr?

Plötzlich lässt mich ein schluchzender Aufschrei von links aufschrecken.

»Oh nein, George, was ist denn mit meiner Louis Vuitton passiert? Was für eine riesen Sauerei!« Plastikgirl hebt ihre Handtasche an, die in einer Pfütze aus Wasser steht und eine tropfende Spur hinter sich herzieht.

Ob die arme Frau überhaupt noch mit den Augen klimpern kann? Ihr Gesicht sieht aus, als würde es in drei Hälften zerreißen, sollte sie es versuchen.

»Das ist wirklich desaströs. Haben Sie vielleicht gesehen, wie das passiert ist?«, fragt besagter George an mich gewandt.

Mein Blick wandert auf den anderen Hocker neben mir, auf dem meine trockene und zum Verwechseln ähnliche Handtasche steht.

Ups …

Ich schüttele den Kopf und drehe mich weg in Richtung Bar, hinter der der Keeper mich mit hochgezogenen Augenbrauen tadelnd ansieht.

»Da bist du ja, ich suche dich schon die ganze Zeit.«

Überglücklich über die Ablenkung freue ich mich, Eva zu sehen. Obwohl ich eigentlich sauer bin, dass sie mich hier die ganze Zeit allein hat sitzen lassen.

»Ich habe so weit alles. Nur der Hauptinvestor beantwortet keine Fragen. Wäre natürlich super gewesen, wenn nur ich ihn bei einem Interview hätte befragen können. Aber jetzt trinken wir erst mal was, hm?«

»Isch hab schonma ohna dich angfang.«

»*Das* merke ich. Was hast du denn getrunken, sag mal?«

»Schaißigal.«

»Wie bitte?«

Noch bevor ich meine schwere Zunge wieder in Wallung bringen kann, dreht sie mir den Rücken zu und überlässt mich wieder mir selbst. Müde und mit verschwommenem Blick starre ich auf mein schon wieder geleertes Glas. Einen noch und dann ist Schluss. Gerade will ich den Barkeeper zu mir rufen, da stellt er mir schon schmunzelnd ein Neues vor die Nase.

Meine Stirn müde auf dem Tresen abgelegt, höre ich Eva neben mir, wie sie auf schleimige Art und Weise jemandem »bitte, bitte, nur ein oder zwei Fragen« stellen will.

»Bedauerlicherweise gebe ich keine Kommentare ab, Miss Smith. Was mein Pressesprecher vor Beginn der Veranstaltung auch so angekündigt hat«, kommt die Antwort mit tiefer, souveräner Stimme.

»Badaualichawaisääää? Hülf dem amen Kerl, Eva, und zieh ihm deinen Kopf ausm Asch.« Hab ich das jetzt laut gesagt?

»Wie bitte, was haben Sie da gesagt?«, vernehme ich gerade gehörte Stimme direkt neben mir.

Oh, oh … Langsam hebe ich den Kopf mit der puckernden Stirn, bestimmt habe ich dort nun einen roten Abdruck, streiche mir den Vorhang von Haaren aus dem Gesicht und sehe in zwei dunkelblaue funkelnde Augen.

Erschrocken atme ich ein. Scheiße, die Augen gehören zu dem heißen Anzugtypen …

Noch bevor ich reagieren kann, wirft sich Eva zwischen uns, entschuldigt sich in meinem Namen bei ihm und zerrt mich von meinem Barhocker. Mit wackligen Beinen komme ich zum Stehen und teile Eva mit, dass ich nicht werde gehen können. Ohne es zu probieren, weiß ich es und halte mich wie eine Ertrinkende an dem vor der Bar verlaufenden Griff für Besoffene fest. Am liebsten möchte ich weinen.

»Der Pommespanzer rollt nicht mehr«, jammere ich. »Weil er stinkbesoffen ist. Ich werde alles, was sich in diesem Raum befindet, gnadenlos niederwalzen. Einschließlich Ben, diesem kleinen Wurm.« Vielleicht also doch keine so blöde Idee, stelle ich kichernd fest.

Mein Blick sucht verzweifelt nach Eva, die den Barkeeper beschimpft, als plötzlich der Anzugtyp neben mir auftaucht.

»Darf ich?« Damit deutet er auf mich.

Ha, wusste ich es doch, er steht auf mich.

»Sie dürfen damit machen, was Sie wollen.« Dabei pendele ich mit dem Finger über meinen Körper.

Vage bekomme ich noch mit, dass Eva sich prustend die Hand vor den Mund hält, als er mich schon auf seine Arme hebt. Aus Angst, dass er mich nicht halten kann, klammere ich mich an seinen Hals. Dabei kommen wir uns so nah, dass ich seine Körperwärme spüren und seinen Geruch wahrnehmen kann.

Eine Mischung aus Lavendel, Leder und Whisky. Ein warmes Kribbeln durchströmt meinen Körper und sammelt sich zwischen meinen Beinen. Was passiert hier mit mir? Länger als angemessen bleibt mein Blick an seinen Lippen hängen, bevor ich ihm in die Augen sehe, in denen ich ein Funkeln zu erkennen glaube. Doch bevor ich es weiter deuten kann, unterbricht er den Blickkontakt. Trägt mich durch die Menge, die ihm wie selbstverständlich eine Schneise nach draußen freiräumt, wo er mich direkt auf dem Rücksitz eines Taxis absetzt.

Leise bedanke ich mich bei ihm, kann ihm aber keine Regung mehr entlocken. Kaum ersichtlich nickt er Eva zu und verschwindet wieder in dem Hotel.

Laut lachend fällt Eva neben mir auf die Rücksitzbank.

»Ich glaube es ja nicht, Isa! Aiden Stone hat dich ins Auto getragen. Hast du überhaupt eine Ahnung, wer das war?«

Nein, die habe ich nicht.

Ich will sie noch über ihn ausfragen, verliere aber gegen die plötzlich aufkommende Müdigkeit und schlafe wenige Sekunden später ein.

Kapitel 2

Mit einem Kaffeebecher in der einen und Laptoptasche in der anderen Hand drücke ich mit meinem Rücken die Tür zur Agentur Attractive auf, bei der ich arbeite. Wie so oft lasse ich mich in letzter Minute auf den Stuhl vor meinem Schreibtisch plumpsen. Insgesamt besteht unser Team nur aus vier Leuten. Neben mir gibt es noch Daniel, den Personal Shopper, Hannah, die Stylingberaterin, und unsere Chefin Addison, die nur noch einige ihrer Stammkunden selbst bedient.

Gerade hatte ich noch Hoffnung, dass Addison mein Kommen nicht bemerkt hat und ich mich unbemerkt an meinen Platz setzen kann. Um dann so zu tun, als wäre ich schon längst hier und in die Arbeit vertieft. Da höre ich sie schon über den kurzen Flur rufen.

»Isabell, bist du das? Komm doch bitte mal kurz in mein Büro.«

Mist, das ist gar nicht gut. Wie oft hat sie mir schon gesagt, dass ich eine Abmahnung bekomme, wenn ich nicht an meiner Pünktlichkeit arbeite. Fragend blicke ich zu Hannah, deren Schreibtisch vis-à-vis zu meinem steht. Die zuckt nur mit den Schultern, um sich dann wieder auf ihre Arbeit zu konzentrieren. Also gehe ich widerwillig in den hinteren, abgeteilten Bereich zu Addison.

»Setz dich.« Ohne aufzusehen, zeigt sie auf den Platz ihr gegenüber. »Sagt dir die Firma Stone & Benett Investment was?«

»So spontan glaube ich nicht, warum?«

»Stone & Benett Investment ist eine millionenschwere Investorenfirma, die in etlichen Wohnungen, Firmen, Hotels und was weiß ich nicht alles ihre Finger hat. Ergo: Das ist ein riesiger, extrem fetter Fisch.« Sie strahlt mich an, als hätte sie mir gerade gesagt, dass sie ein echtes Einhorn gesehen hat. Ein Einhorn ist aber tausendmal besser als eine Abmahnung und so strahle ich zurück.

»Heute Morgen hat eine Mrs. Tanner angerufen. Einer der Inhaber sucht einen zweiten Personal Shopper.«

Wartet sie jetzt auf eine bestimmte Reaktion? Ich grinse einfach noch ein bisschen weiter, das kommt immer gut.

»Weißt du, was das für unsere Firma bedeutet?« Sie hält sich die Hände vors Gesicht und schreit leise rein. Junge, die freut sich aber wirklich.

»Wow, das ist ja super. Dann bin ich ja mal gespannt, was daraus wird.« Immer noch leicht verunsichert, auf welche Rückmeldung sie wartet, stehe ich auf, um zu meinem Platz zurückzukehren.

»Stopp, ich war noch nicht fertig. Ich habe dich gefragt, ob du die Firma kennst, weil explizit nach dir verlangt wurde. Du sollst den Auftrag ausführen.«

***

Zwei Stunden später stehe ich vor einem mir sehr wohlbekannten anthrazitfarbenen Hochhaus in der North Wabash Avenue. Dadurch dass Fassade und Fenster farblich identisch gehalten sind, scheint der ganze Turm fast schwarz zu sein. Lediglich der Eingang ist in eine helle Glasfront gefasst.

Bislang wusste ich nur, dass der Turm einer Firma gehört, die in den oberen fünfzehn Stockwerken ihren Hauptsitz hat. In den unteren fünfzehn liegen einige der begehrtesten Wohnungen von Chicago. Wobei Wohnungen vielleicht nicht der richtige Ausdruck ist.

Jetzt weiß ich also auch, wie diese Firma heißt.

Ich bin mir immer noch nicht sicher, warum gerade ich diesen Auftrag bekommen habe, werde aber allein beim Anblick dieser Größenordnung ein klein wenig nervös. Na gut, vielleicht habe ich auch die Hosen voll.

Froh, dass ich heute noch ein weiteres Kundengespräch habe und deswegen nicht wie sonst an reinen Bürotagen in Jeans und Chucks zur Arbeit erschienen bin, atme ich ein weiteres Mal tief durch und los geht's.

Durch leise an die Seite gleitende Glastüren betrete ich den ausladenden, in Beige und Grautönen gehaltenen Eingangsbereich des Gebäudes. Einige Meter vor mir steht ein breiter Empfangstresen, hinter dem eine perfekt frisierte, vielleicht etwas zu geschminkte blonde Frau ungefähr in meinem Alter sitzt. Rechts und links an den Wänden befinden sich jeweils vier Aufzüge, die wie die Scheiben des Gebäudes aus fast schwarzem Glas sind. Über denen auf der rechten Seite steht in großen weißen Buchstaben »Stone & Benett Investment«. Inmitten dieses wahnsinnig imposanten Eingangsbereichs stehen zwei Sitzgruppen aus dunklem Leder mit dazu passenden Tischen.

Mit laut hallenden Absätzen gehe ich auf den Empfang zu, wo die Dame, deren Namensschild auf dem Tresen sie als Charlotte Jenkins ausweist, mich freundlich begrüßt.

»Guten Tag, was kann ich für Sie tun?«

»Hallo, mein Name ist Isabell Young. Ich habe um 13 Uhr einen Termin bei Mr. Stone.«

Sie tippt auf die Computertastatur ein.

»Tut mir leid, aber Mr. Stone ist laut seinem Terminkalender gar nicht im Haus. Sind Sie sicher, dass es mit ihm war, vielleicht ist der Termin auch mit Mr. Benett?«

Äh …

Ich wühle in meiner Aktentasche herum und finde den Zettel mit dem Termin. Jupp, definitiv bei dem Stone.

»Ich bin mir sicher, dass es bei Mr. Stone ist. Ich komme von der Agentur Attractive, es geht um ein Personal Shopping.«

Sie tut, als wäre ihr gerade die Erleuchtung gekommen.

»Ach so, nein. Dann ist der Termin ganz bestimmt nicht bei Mr. Stone. Solche Termine nimmt er nicht während der Arbeitszeit wahr.« Ihr eben noch freundlicher Blick weicht langsam einem entnervten. »Sind Sie sicher, dass Sie hier bei uns mit einem Mr. Stone einen Termin haben?«

Sag mal, denkt diese Bürobarbie, dass ich nicht bis zehn zählen kann, oder was? Ganz ruhig, Isa, jetzt bloß nicht die Kontrolle verlieren und höflich bleiben.

»Jahaa …« Ich ziehe das Wort unnötig in die Länge und sehe demonstrativ auf das Namensschild vor ihr. »Miss Jenkins, ich bin mir ziemlich sicher, dass ich um 13 Uhr mit Mr. Stone von der

Firma Stone & Benett Investment einen Beratungstermin habe. Vielleicht rufen Sie ihn einfach an und fragen nach. Sollte der Termin irgendwie untergegangen sein, werde ich natürlich zu einem günstigeren Zeitpunkt wiederkommen.«

Gekünstelt gackert sie auf.

»Ich rufe Mr. Stone sicherlich nicht einfach so an. Schon gar nicht wegen eines Termins, den er ohnehin nicht vereinbart hat. Sorry.« Sie zuckt mit den Schultern, wendet sich ab und drischt mit ihren viel zu langen, viel zu roten Fingernägeln auf die Tastatur ein.

»Jetzt hören Sie mal zu, Sie buntes Huhn. Es tut mir ja leid, dass ich mit einem einfachen Termin schon Ihre Kompetenzen ausgereizt habe und Ihre Daseinsberechtigung hier offensichtlich nur repräsentative Zwecke erfüllt. Aber ich gehe hier nicht weg, bevor ich diesen Termin wahrgenommen habe.« War das jetzt noch professionell? Vielleicht hätte ich meinen drohenden Finger weglassen sollen? Gerade holt sie Luft, vermutlich um etwas ähnlich Freundliches zu erwidern, als ich rechts hinter mir eine Stimme vernehme, die ich überall wiedererkennen würde.

»Danke, Miss Jenkins. Miss Young hat tatsächlich einen Termin mit mir.«

Mit klopfendem Herzen und wild schreiender Vorahnung drehe ich mich um und sehe *ihn.*

Den Anzugtypen.

Natürlich, klar. Jetzt fällt mir wieder ein, was Eva gesagt hat. Aiden Stone hat dich ins Auto getragen.

Kapitel 3 Aiden

Fast habe ich schon gedacht, dass sie nicht kommt und ich meinen eigentlichen Termin umsonst verschoben habe, als ich sie auf dem Monitor der Videoüberwachung vor dem Empfangstresen stehen sehe.

Es war ein Leichtes für Leo, sie anhand der Gästeliste – auf der sie als Begleitung dieser nervtötenden Journalistin vermerkt war – ausfindig zu machen und etwas über sie in Erfahrung zu bringen. Ihr Job hat mir dann die ideale Grundlage geliefert, ein Treffen mit ihr zu arrangieren. Keine Ahnung, warum ich mir diese Mühe mache, aber ich wollte sie einfach wiedersehen.

Da es gut sein kann, dass sie nicht zu mir durchgelassen wird, weil ich solche Termine für gewöhnlich nicht im Büro wahrnehme, fahre ich zum Empfang runter, um sie persönlich dort abzuholen. Im Erdgeschoss angekommen öffnen sich die Fahrstuhltüren und sie sieht noch besser aus, als ich sie in Erinnerung habe.

Jetzt, wo sie nicht wie ein unter den Tisch geklebtes Kaugummi vor einem Tresen rumlungert, sehe ich sie mir genauer an.

Eigentlich verkörpert sie das absolute Gegenteil von dem Typ Frau, den ich im Allgemeinen bevorzuge. Sie hat Rundungen und Kurven. Allerdings muss ich zugeben, dass diese an den richtigen Stellen sind. Unter dem schwarzen Kostüm zeichnen sich ihr draller Arsch und ihre prallen Titten deutlich ab.

Bei dem Anblick, wie sie sich mit der Empfangsdame

unterhält, sich ihre vollen Lippen öffnen und schließen, fängt mein Schwanz an zu zucken. Ich stelle mir vor, wie ich von oben auf sie herabsehe, meine Hand in ihrem Haar vergrabe und sie hart in diesen Blasemund ficke.

Fuck, wann hat das letzte Mal allein der Anblick einer Frau solche Gedanken, geschweige denn diese Reaktionen in mir ausgelöst?

Vielleicht sollte ich doch lieber an was anderes denken …

Vor mir wird es lauter und ich sehe, wie sie ärgerlich mit dem Finger drohend auf Miss Jenkins einredet. Wieder einmal bringt sie mich zum Grinsen.

Bevor sie anfangen können, sich gegenseitig die Augen auszuhacken, wobei Miss Jenkins mit ihren Freddy-Krüger-Pranken sicherlich gewinnen würde, spreche ich sie an, um meinen Termin entgegenzunehmen.

Sie dreht sich zu mir um und sofort spiegelt sich Erkennen in ihrem Gesicht. Ich wette, bis gerade eben hatte sie keinen blassen Schimmer, wen sie hier treffen wird.

»Guten Tag Miss Young, ich bin Aiden Stone.« Zeitgleich strecke ich ihr meine Hand zur Begrüßung hin. »Ich muss mich für die Unannehmlichkeiten entschuldigen. Da der Termin mit Ihnen sehr spontan zustande gekommen ist, war er nicht in meinem Terminkalender vermerkt. Miss Jenkins trifft hier keine Schuld.«

Mit Genugtuung beobachte ich, wie ihr sämtliche Gesichtsfarbe entweicht und sie mich mit offenem Mund anstarrt.

»Guten Tag.« Zögernd legt sie ihre Hand in meine. »Isabell

Young.«

»Können wir?« Ich zeige auf den Fahrstuhl, während ich ihr eine Hand auf die Stelle direkt über ihren Hintern lege, um ihr den Weg zu weisen.

Sofort versteift sich ihr Körper, trotzdem lasse ich meine Hand da, wo sie ist.

Ich kann nicht genau erklären, warum, aber es fühlt sich gut an, sie zu berühren. Selbst wenn es vorerst so sittsam ist.

Nachdem sich die Fahrstuhltüren schließen, sagt sie weiterhin kein Wort. Die gesamte Fahrt starrt sie zu Boden, was mir Zeit gibt, sie genauer zu inspizieren.

Ihre ebenmäßige Haut, die gerade noch jegliche Farbe verloren hatte, ist jetzt mit einem zarten Rot überzogen. Ihr Gesicht mit den hohen Wangenknochen, der schmalen Nase und diesem Schmollmund ist wirklich attraktiv. Was mir aber sowohl Samstag als auch heute besonders aufgefallen ist, sind diese stechend grünen Augen, wie ich sie noch nie zuvor gesehen habe.

Der Fahrstuhl zeigt an, dass wir im obersten von dreißig Stockwerken angekommen sind. Wieder lege ich ihr die rechte Hand in den Rücken und zeige ihr, dass wir geradeaus müssen. Am Schreibtisch von Amelia müssen wir nach rechts, das Büro auf der linken Seite gehört Liam.

In meinem Büro angekommen, bitte ich sie, in der Sitzecke rechts neben der Tür Platz zu nehmen, und setze mich ihr gegenüber auf die schwarze Couch.

»Möchten Sie etwas zu trinken, bevor wir anfangen?«

Ohne aufzusehen, antwortet sie. »Nein, vielen Dank.« In ihrer

Aktentasche kramend, holt sie einen Notizzettel sowie einen Kugelschreiber hervor, dessen Knopf am oberen Ende sie im Sekundentakt drückt.

Wartend schenke ich mir von dem Wasser ein, das auf dem Tisch bereitsteht, lege meinen rechten Knöchel auf dem linken Knie ab und einen Arm locker auf die Lehne hinter mir. Meine Gegenwart macht sie nervös. Das gefällt mir. Zeigt es doch, dass ich eine Wirkung auf sie habe. Bleibt nur noch herauszufinden, welche genau das ist, aber ich habe da bereits eine Ahnung.

Noch immer studiert sie irgendwelche Unterlagen, auf denen gar nichts zu stehen scheint. Für gewöhnlich erwarte ich von meinen Geschäftspartnern, dass sie perfekt vorbereitet zu den Terminen bei mir erscheinen. Für alles andere habe ich keine Zeit und noch weniger Lust.

Bei ihr hingegen bin ich sogar fast amüsiert, während ich darauf warte, dass sie das Gespräch aufnimmt. Irgendwann räuspert sie sich und fährt sich mit der Zunge über ihre vollen Lippen.

Jetzt, wo sie es so unbewusst macht, springt sofort mein Kopfkino an. Wieder spüre ich, wie mein Schwanz pulsierend zum Leben erwacht.

Oh ja. Vielleicht nicht heute, aber schon bald werde ich sie ficken und meinen Schwanz bis zum Anschlag in ihren schönen Mund rammen. Mich etwas zur Seite drehend, hoffe ich, dass sie den halben Ständer in meiner Hose nicht sieht.

Wie alt war ich noch mal?

Bei der Erinnerung, wie sie diesen schönen Mund am Samstag

so elendig malträtiert hat, muss ich mir ein Grinsen verkneifen. Wie sie wild auf ihrer Lippe gekaut hat, ungelenk mit der Zunge quer darüber und durch ihr halbes Gesicht geschlabbert hat.

»Also äh … Erst mal freue ich mich, Sie als neuen Kunden bei Attractive begrüßen zu dürfen. Zuerst beginnen wir mit einer Typenanalyse.« Den Blick, den sie jetzt über meinen Körper wandernd lässt, kenne ich. Ihr gefällt, was sie sieht.

»Sie sind ein dunkler Typ und gehören somit zu den Glücklichen, die so ziemlich alle Farben tragen können. Kann ich davon ausgehen, dass Sie dunkle Farben bevorzugen?«

Damit spielt sie vermutlich auf meinen schwarzen Anzug kombiniert mit gleichfarbigem Hemd an.

»Können Sie.«

Etliche Fragen und eine halbe Stunde später kommt sie zu dem Entschluss, ich sei der elegante Typ. Jedoch mit Eigenschaften, die eher dem avantgardistischen Typen ausmachen.

Aha …

»Was im Genauen bedeutet?«

Ihre anfängliche Unsicherheit scheint vergessen und sie völlig in ihrer Arbeit aufzugehen.

»Elegant daher, weil Sie repräsentative Kleidung mögen, bevorzugt aus dunklen, edlen Stoffen. Avantgardistisch, weil Sie souverän wirken und offensichtlich körperbewusst sind.« Wieder taxiert sie mich von oben bis unten. »Gutes Auftreten ist Ihnen wichtig, dabei haben Sie Ihren eigenen Stil, ohne aber die Konventionen zu missachten. Und dann noch die Farbe Schwarz, die eigentlich eine Nicht-Farbe ist. Sie wirkt auf andere einschüchternd, distanziert und steht für Erfolg. Darüber hinaus lenkt sie den Blick auf die helleren Flächen, also Ihr Gesicht …« An dem nun auch ihr Blick hängen bleibt und auf meinen trifft.

Blinzelnd wendet sie sich wieder ihren unbeschriebenen Unterlagen zu.

Ich bin überrascht, was sie nur anhand meines Kleidungsstils über mich herausgefunden hat. Alles, was sie gesagt hat, könnte ich so unterschreiben, was ich ihr natürlich nicht sagen werde. Zum wiederholten Mal streicht sie sich eine nicht vorhandene Haarsträhne aus der Stirn, während sie versucht, jeglichen Blickkontakt zu vermeiden.

»Mache ich Sie irgendwie nervös, Miss Young?«

»Wie bitte?«

»Wie haben Sie sich gestern gefühlt?« Ich sehe, wie es in ihrem hübschen Kopf anfängt zu arbeiten.

Unruhig rutscht sie auf ihrem Platz umher, misshandelt wieder ihren Kugelschreiber und spielt sich am Ohrläppchen. Ganz offensichtlich sucht sie nach den richtigen Worten.

»E-Es tut mir wirklich leid, dass der erste Eindruck, den Sie von mir haben müssen, so blamabel ist. Ich versichere Ihnen aber, dass meine Persönlichkeit eigentlich nicht so ist, wie sie sich am Samstag dargestellt hat.«

»Eigentlich?«

Überrascht weiten sich ihre Augen.

»Ich habe diese Eröffnungsfeier nur meiner Freundin zuliebe besucht, sie war aber den halben Abend beruflich eingespannt.

Dann habe ich auch noch einen ehemaligen Bekannten getroffen, auf dessen Begegnung ich gut hätte verzichten können. Die eigentliche Grundidee war nur einen von diesen Cocktails zu trinken, daraus wurden dann eventuell ein paar mehr. Und da ich nur selten Alkohol trinke, hat es mich einfach … umgehauen.«

»Ein Exfreund?«

Fragend zieht sie ihre Augenbrauen zusammen.

»Dieser ehemalige Bekannte?«

Lachend schüttelt sie den Kopf. »Oh Gott nein, ganz sicher nicht.«

»Gut.« Meine Antwort scheint sie zu verwundern. Mich übrigens auch, wie ich zugeben muss.

Ein Klopfen an der Tür unterbricht uns. Es ist Amelia, die mich an den nächsten Termin in zehn Minuten erinnert. Demzufolge verlegen wir das Ausmessen auf den kommenden Freitag in ihrer Agentur.

Mit schnellen Schritten geht sie voran in Richtung der Fahrstühle, die sich zum Glück einmal nicht sofort öffnen. Fast macht es den Eindruck, dass sie es kaum erwarten kann, hier wegzukommen.

Ob sie ihre Hüften überall so schwingen lässt?

»Ach, und noch einmal wegen Samstag. Es tut mir leid, was mir da rausgerutscht ist.« Ohne mich anzusehen, knetet sie ihre Finger. »Auch das, bevor Sie mich in das Taxi getragen haben.«

Natürlich weiß ich, worauf sie anspielt, aber ihre Verlegenheit stachelt mich an, weiterzubohren.

»Was genau meinen Sie?«

»Na ja, ich habe ziemlich viel gesagt und vermutlich nichts davon so gemeint. Also wäre es schön, Sie würden einfach alles vergessen.« Wenn sie so weitermacht, wird sie sich die Finger brechen.

Die Fahrstuhltüren öffnen sich und sie tritt ein. Ich selbst stelle mich in den Sensor der Tür, damit sie sich nicht gleich wieder schließen.

»Sie meinen, dass ich mit Ihrem Körper machen darf, was ich will?«

Schlagartig errötet sie und blickt mir direkt in die Augen. Dieses Grün ist wirklich außergewöhnlich.

»Äh … ja, genau das.«

Ich drücke den Knopf für das Erdgeschoss. Dabei lehne ich mich in ihre Richtung und stoppe mit meinem Mund dicht an ihrem Ohr. Ihr so nah, kann ich ein blumiges Parfüm wahrnehmen und sehe, wie ihre Atmung schneller geht.

»Das zu vergessen, wäre aber schade.« Damit wende ich mich ohne einen weiteren Blick zum Gehen ab, damit sie nicht bemerkt, wie sehr auch sie mich aus der Fassung bringt.

Kapitel 4

Abkühlen, ich muss mich erst mal abkühlen.

Demzufolge laufe ich den Weg von Stone & Benett Investment bis in den Loop, wo sich das Attractive befindet. Dabei komme ich am Water Tower Place vorbei, Evas und meiner Lieblings-Mall, und hole mir noch schnell einen Frappé aus dem Starbucks.

Hinterher rufe ich Eva an, um ihr in Kurzfassung von meinem Treffen mit Aiden Stone zu erzählen. Sie ist immer die Erste, die ich anrufe, ebenso ist es auch umgekehrt. Wir kennen uns seit der ersten Klasse und sind seitdem unzertrennlich. Mehr oder weniger ist sie sogar der Grund, warum ich seit fünf Jahren in Chicago lebe und nicht mehr in Ohio.

Als ihre Mutter vor sieben Jahren bei einem Unfall ums Leben kam, wollte sie einfach nur noch weg und ich bin mitgegangen. Obwohl ich meine Eltern oft vermisse, habe ich diese Entscheidung nie bereut.

Wie ich es vermutet und auch erwartet habe, hat sie sich aufgrund dieser Neuigkeiten für den heutigen Abend bei mir zu Hause angemeldet.

Die verbleibenden Stunden bis zum Feierabend vergehen dann aber doch mehr als schleppend.

Endlich zu Hause, sitze ich mit einem Becher Kaffee auf dem kleinen, uneinsehbaren Balkon meiner Zweizimmerwohnung.

Typisch für einen Altbau hat sie hohe Zimmerdecken und entsprechend große Türen. Das Wohnzimmer mit offenem Küchenbereich und dem kleinen Balkon bildet den Mittelpunkt der Wohnung. Seitlich neben der Wohnungstür befindet sich noch das kleine Badezimmer mit Badewanne, daneben das Schlafzimmer. Genau genommen ist die Wohnung so klein, dass man auf einen Blick alles sehen kann, aber genau das liebe ich.

Debil lächelnd, springen meine Gedanken immer wieder zu dem heutigen Treffen zurück.

Erinnerungen an die körperlichen Gefühle, die seine sittliche Berührung am Rücken in mir ausgelöst hat, kommen hoch. Kann es sein, dass man allein davon oder von den Lippen in der Nähe des Ohres erregt sein kann?

Es ist ja nicht so, dass ich gar keine Erfahrung mit Männern hätte, es sind nur nicht sehr viele. Und die Erfahrung, die ich gemacht habe, ist, dass ich auch sehr gut auf sie verzichten kann.

Da ich in der Schulzeit besagter Pommespanzer war, ist die Nachfrage natürlich nicht besonders groß gewesen. Meinen ersten Freund hatte ich dann im Alter von achtzehn. Mit ihm hatte ich auch meinen ersten Sex. Wenn man die zwei Minuten, in denen er schwitzend und grunzend auf mir rumschubberte, so nennen will.

Mein zweiter und letzter Versuch, der Sache etwas abzugewinnen, war vor vier Jahren. Brian hat meinen Oberkörper quasi restlos mit seiner Riesenzunge abgeleckt. Nicht zu vergessen sein Finger, den er wild bohrend in mir versenkte, als wollte er die Innereien eines Brötchens rauspolken. Dabei hielt er sich für ganz versaut, wenn er meine Vagina als »Pfläumchen« bezeichnete.

Dass dieses Pfläumchen eher einem Trockenobst ähnelte, lag selbstredend an mir und nicht an seinen stümperhaften Fähigkeiten.

Auch dieses sagenumwobene Gefühl, nennen wir es mal Orgasmus, das angeblich alle beim Sex haben. Ich hatte es nicht.

Nein, mein Single-Dasein liegt nicht daran, dass ich zu schüchtern oder zu emanzipiert bin. Es ist auch nicht so, dass ich einen schönen Mann nicht erkenne, wenn ich ihn sehe, was man ja an Aiden Stone sieht. Ich kann nur sehr gut ohne Mann und dem damit verbundenen schlechten Sex auskommen.

Allerdings gebe ich zu, dass diese körperlichen Reaktionen neu für mich sind, mir aber irgendwie gefallen.

Nachdem ich wieder an meinem Arbeitsplatz war, habe ich auf der Toilette festgestellt, dass ich feucht geworden bin. Und zwar so richtig. Himmel, das muss man sich mal vorstellen. Er hat mich so gut wie gar nicht berührt. Bis auf ein paar wenige Sätze haben wir nur über Geschäftliches gesprochen und ich bin dadurch offensichtlich erregt worden. Von wegen Trockenobst …

Irgendwie finde ich das beruhigend. Hatte ich doch schon fast die Befürchtung, dass da unten was kaputt wäre.

Das Geräusch der Türklingel reißt mich aus meinen Gedanken.

Noch nicht ganz in der Wohnung, quasselt Eva schon auf mich ein, ich solle ihr alles haarklein erzählen, was ich natürlich tue. Einerseits freut sie sich ebenso wie ich darüber, dass es tatsächlich mal einen Mann zu geben scheint, der begehrliche

Regungen in mir auslösen kann und ich doch nicht frigide bin. Anderseits rät sie mir zur Vorsicht.

Aiden ist der Investor, mit dem sie vorgestern so gerne ein Interview geführt hätte, der aber keines gegeben hat. Um vorbereitet zu sein, hat sie sich vor der Hoteleröffnung ein wenig über ihn informiert. Dabei hat sie herausgefunden, dass er seine Frauen schneller wechselt, als andere aufs Klo gehen.

Ich versichere ihr, dass es so weit gar nicht erst kommen wird, schließlich soll ich ihm nur ein paar Anzüge besorgen. Ob ich damit nur Eva oder letztlich auch mich beruhigen will, hinterfrage ich jetzt erst mal nicht weiter.

Weit nach zweiundzwanzig Uhr winke ich Eva vom Balkon aus noch einmal zu, bevor sie in ihr Taxi steigt. Schnell räume ich noch unsere Gläser und Chipsschalen in die Küche und gehe ins Bett.

Könnte es sein, dass er Interesse an mir hat? Ich traue mich kaum, in diese Richtung zu hoffen. Versuche stattdessen, das ungewohnte Pochen zwischen meinen Beinen zu ignorieren, und schlafe mit einem Grinsen auf den Lippen ein.

***

Mit jedem Tag, der dem Freitag näher kommt, werde ich nervöser.

Meine Gedanken spielen den kurzen Moment im Fahrstuhl immer und immer wieder durch. Was meinte er mit »Das zu vergessen, wäre aber schade«?

Will er nicht vergessen, wie unzulänglich ich gewesen bin? Oder spielt er auf mein tatsächliches Angebot an, das er nicht vergessen will? Will er vielleicht wirklich etwas mit meinem Körper machen? Und noch wichtiger, will ich, dass er etwas mit meinem Körper macht?

Wahrscheinlich ist er genau so ein Stümper wie die bisherigen Männer in meinem Leben. Gutes Aussehen allein macht ihn noch nicht zu einem Sexgott. Und trotzdem will ich es.

Anderseits kenne ich mich. Kann ich damit umgehen, wenn er nur einmal mit mir schläft und das wär's? Was, wenn es entgegen meiner Erwartung auch noch gut sein sollte? Ach verdammt, dieses Nachgrübeln macht mich wahnsinnig. Wie ich hingegen Klarheit in die Sache bringen könnte, weiß ich auch nicht.

Mich ohnehin auf nichts anderes mehr konzentrieren könnend, googele ich ihn.

Na bravo, über neunzehn Millionen Suchergebnisse. Wo soll ich da anfangen zu suchen? Es gibt massenhaft Berichte über das Unternehmen Stone & Benett Investment. Demzufolge hat er dieses vor knapp zwölf Jahren zusammen mit einem Liam Benett gegründet. Zuerst nur zu zweit wuchs die Firma rasant zu ihrer heutigen Größe mit fast fünfzehntausend Angestellten heran.

Wow …

Anfänglich haben sie sich rein auf das Finanzinvestment beschränkt, um Wertsteigerungsgewinne zu machen. Mittlerweile gehören der Firma noch etliche Wohnungen sowie Anteile an diversen Firmen und Hotels.

Leider finde ich so gut wie gar nichts über sein Privatleben.

Lediglich ein paar wenige Bilder, die ihn mit seinen Eltern und seinem Bruder, diesem Liam Benett, zeigen, sind zu finden.

Warum sie wohl unterschiedliche Nachnamen haben?

Jede Menge Fotos gibt es hingegen von etwaigen Veranstaltungen und auf nicht wenigen davon hat er eine Frau im Arm. Jedoch keine davon zweimal. Eva hat also recht. Es jetzt aber zu sehen, hat noch einmal eine ganz andere Qualität. Und als wäre das allein noch nicht schlimm genug, haben sie alle eins gemeinsam – sie sind blond und gertenschlank. Und somit das komplette Gegenteil von mir.

Meine bis zum Hintern reichenden Haare sind dunkelbraun und da, wo diesen Frauen die Beckenknochen hervortreten, habe ich ein kleines Bäuchlein. Zumindest habe ich richtige Brüste, wo diese Tussen nur ein paar Mäusefäustchen haben.

Benommen starre ich auf den Laptop, da habe ich also meine Antwort. Wenn es das ist, was er anziehend findet, dann brauche ich mir keine weiteren Illusionen machen.

So weit, so gut, aber warum fühle ich mich dann so niedergeschlagen?

***

Nervös warte ich, dass Aiden in die Agentur kommt, um sich ausmessen zu lassen. Unzählige Male habe ich bei irgendwelchen Kunden Maß genommen, aber keiner von ihnen hat mein Herz unwillkürlich schneller schlagen lassen.

In dem Moment, als er den Raum betritt, nehme ich ein

Kribbeln im Nacken wahr. Mir wieder ins Gedächtnis rufend, dass diese Spannung, die ich zu spüren glaube, nur einseitig ist, bitte ich ihn, sich für das Maßnehmen zu entkleiden.

Lediglich in einer enganliegenden Boxershorts tritt er selbstbewusst vor den Vorhang, was mich scharf einatmen lässt. Ohne jegliche Scham stellt er sich in die Mitte des Raumes. Ich habe vermutet, dass er schön sein würde, aber das hier übertrifft all meine Erwartungen und er ist sich seiner Wirkung durchaus bewusst.

Mein lieber Schwanz, ähm Scholli. Ich kann nicht anders, als ihn anzugaffen.

Die Muskeln an seiner breiten Brust, dem flachen Bauch und den mit Venen überzogenen Armen sind klar definiert. Nicht so sehr, dass es protzig wirkt, sondern auf eine ästhetische Weise.

Mein Blick wandert weiter. Hinab über das von seinen Hüften ausgehende V, über die enge Shorts, die zu leicht erahnen lässt, was sich darunter befindet. Bis zu seinen durchtrainierten Beinen und seinen nackten Füßen.

Das Einzige, was diese fast schon beängstigende Perfektion unterbricht, ist eine etwa fünfzehn Zentimeter lange Narbe unter dem linken Rippenbogen. Räuspernd wende ich mich wieder seinem Gesicht zu, in dem ein wissendes Grinsen steht, das mich sofort erröten lässt.

»Dann fangen wir mal an.« Um Routine bemüht und mit zittrigen Fingern beginne ich damit, Länge und Umfang seiner Arme und Beine zu nehmen. Immer wieder streifen meine Hände dabei über seine warme, weiche Haut, was mein verräterisches

Herz wild galoppieren lässt.

Ist das eine Gänsehaut auf seinen Armen? Vermutlich ist ihm nur kalt. Ich hebe den Kopf und sehe sein schiefes Grinsen. Okay, ist ihm also doch nicht nur kalt?

Verdammt noch mal, warum bin ich in seiner Gegenwart so unsicher? Um sein Gesicht nicht weiter ansehen zu müssen, trete ich hinter ihn, um die Breite seiner Schultern zu messen.

Wow, damit habe ich jetzt nicht gerechnet.

Eine riesige schwarzgraue Tätowierung ziert seinen gesamten Rücken. Direkt über dem Bund seiner Shorts ist die Tätowierung sehr dunkel gehalten. Auf der linken Seite sieht man den Rücken einer kleinen, auf Knien zusammengekauerten Person. Sie hält sich mit beiden Händen die Ohren zu und sieht nach oben, in den helleren Teil der Tätowierung. Rechts von ihr ist eine weitere, viel größere, anscheinend brüllende Person. Diese Figur ist jedoch so verzerrt, dass sie eher an ein Monster als an einen Menschen erinnert.

Quer über seine Schulterblätter erstrecken sich im Gegenzug zwei große helle Flügel. Von diesen aus scheinen helle Strahlen auf die offensichtlich verängstigte Person, die ein Kind sein könnte, herab und wirken so, als wollten sie diese von der Dunkelheit ins Helle hochziehen.

Einerseits sieht die Tätowierung unheimlich und doch wunderschön aus.

»Eine schöne Tätowierung. Damit habe ich nicht gerechnet.«

»Womit? Dass so ein Snob wie ich überhaupt eine hat?«

»Was hat sie für eine Bedeutung?«

»Gar keine, es ist nur eine Tätowierung.«

Ich betrachte noch einmal das Bild vor mir.

»Es sieht eher aus, als würde es eine Geschichte erzählen.«

Er dreht sich zu mir um.

»Nein! Es ist nur ein gewöhnliches Bild.« Seine Stimme hat einen bestimmenden Ton angenommen, bevor er in gewohnt lässiger Weise weiterspricht. »Jetzt fehlt nur noch die Brust, oder?«

Kurz lässt mich sein Stimmungswandel stutzen. Ohne dem jedoch weitere Beachtung zu schenken, widme ich mich wieder meiner Aufgabe.

Heilige Scheiße. Um seinen Brustumfang messen zu können, muss ich so dicht an ihn herantreten, dass mein Gesicht fast die glatte Haut seiner Brust berührt. Immer wieder muss ich das Band neu hervorholen, weil es mir vor Aufregung aus den schwitzigen Händen gleitet.

Bewusst nehme ich seinen reinen männlichen Geruch in mich auf, während meine Finger ein ums andere Mal seine samtene Haut streifen. Ohne dass ich es beeinflussen kann, geht meine Atmung stoßweise, was er bitte, bitte nicht merken soll.

Endlich habe ich den Umfang seiner Brust und will mich zum Abschluss seiner Taille zuwenden …

»Oh Gott! Machen Sie das weg!« Meine Hände vor die Augen geschlagen, drehe ich mich ruckartig von ihm weg.

»Und wie genau soll ich *das* wegmachen?« Ich kann das Lachen in seiner Stimme hören. Trotzdem rast mein Herz so sehr, dass ich befürchte, jeden Moment tot umzufallen.

Er hat eine Erektion, aber was für eine.

Holla die Waldfee.

Blind taste ich mich zu dem Wäscheberg vor, der hier irgendwo sein muss, grapsche nach dem ersten Teil, das ich erwische, und halte es hinter mich in seine Richtung.

»Halten Sie sich das vor.«

»Neiiin, ganz sicher nicht!«

Was ist denn jetzt?

»Jetzt stellen Sie sich doch nicht so an!« Energisch strecke ich meinen Arm noch weiter in seine Richtung. »Irgendwie müssen wir das Problem jetzt lösen.« Oh nein, dieses verräterische Puckern zwischen meinen Beinen geht schon wieder los. Verdammt, was macht er bloß mit mir? Die Wirkung, die seine bloße Anwesenheit auf meinen Körper hat, ist mir völlig fremd. Noch nie hat jemand nur im Ansatz Vergleichbares in mir ausgelöst.

Das ist definitiv personenspezifisch, eine … eine »Aiden-Reaktion« sozusagen.

»Beim Gedanken, mir dieses pinke Röckchen vorzuhalten, hat sich *das* Problem schon von ganz allein erledigt.«

Ich linse an meinen Fingern vorbei auf den pinken Minirock, den ich Aiden noch immer hinhalte. Dann sehe ich in sein Gesicht, weiter herunter, wo sich das Problem tatsächlich gelöst hat, und fange aus vollem Halse an zu lachen. Beim Gedanken daran, dass dieses Bild von einem Mann, der den reinen Sex-Appeal ausstrahlt, sich einen pinken Rock vor sein bestes Stück hält, kann ich mich kaum mehr beruhigen. In seinem empörten

Gesichtsausdruck sehe ich ein kleines Lächeln, das immer breiter wird, bis er ganz in mein Lachen einstimmt.

Nachdem wir uns beruhigt haben, messe ich ihn ohne weitere Zwischenfälle aus und wende mich dem Laptop zu, um seine Daten einzugeben. In der Zwischenzeit zieht Aiden sich seine Sachen über.

Er hat eine Erektion bekommen … Also muss ich ihn doch irgendwie anmachen, oder? Als ich dieses riesige Teil unter dem dünnen Stoff der Shorts erahnen konnte, war ich so erschrocken, dass ich mich umdrehen musste.

Gleichzeitig hat es mich angemacht, dass unsere körperliche Nähe offensichtlich nicht nur auf mich Auswirkungen hat.

Warum musste ich trotzdem so tun, als hätte ich noch nie einen erregten Mann gesehen? Aiden hingegen war das komplette Gegenteil von mir. Keinen Augenblick schien er sich für irgendwas zu schämen.

»Das ist dann schon das zweite Mal, dass Sie sich über mich lustig gemacht haben.«

Ruckartig drehe ich mich um und kann weder seinem Gesichtsausdruck noch seiner Stimme entnehmen, ob er es ernst meint oder sich einen Spaß mit mir erlaubt.

»Das zweite Mal?«

»Ja. Wenn ich mich recht erinnere, haben Sie mich das erste Mal nachgeäfft und behauptet, ich hätte den Kopf ihrer Freundin im Arsch.«

Auch das noch … erschrocken reiße ich die Augen auf, unfähig, darauf etwas zu erwidern.

»Ich würde in Erwägung ziehen, das Ganze zu vergessen, wenn Sie dafür mit mir essen gehen.«

Damit habe ich nun absolut nicht gerechnet und mir klappt die Kinnlade runter, bevor ich versuche, mein darauffolgendes blödes Grinsen zu unterdrücken.

Wir verabreden uns für den morgigen Abend im Pasta e basta, einem kleinen, aber exklusiven Italiener in der Magnificent Mile.

Allein des Preises wegen würde ich von selbst niemals auf die Idee kommen, dort zu essen. Weiterer Grund ist, dass der Laden eine monatelange Warteliste für Tischreservierungen hat. Ob wir also wirklich dort essen werden, wage ich noch zu bezweifeln. Sich dessen hingegen ziemlich sicher, wird Aiden mich morgen Abend um halb sieben von zu Hause abholen.

Kapitel 5

Mit zwei Tüten in jeder Hand lasse ich mich auf die Bank im Starbucks plumpsen und warte darauf, dass Eva mit unserem Kaffee an den Tisch kommt.

Wie nach jedem unserer Shopping-Marathons kommen wir her und trinken einen Kaffee zum Abschluss.

Obwohl ich schon gefühlte hundert Mal in dieser Mall gewesen bin, ist es heute anders. Heute weiß ich, dass Aidens Firma, und damit auch er, nur ein paar Gehminuten entfernt ist. Immer wieder ertappe ich mich dabei, dass mein Blick die Umgebung absucht, in der Hoffnung, ihn vielleicht zufällig hier anzutreffen. Irgendetwas sagt mir aber, dass er nicht der Typ ist, der am Nachmittag durch die Geschäfte schlendert.

Eva stellt mir einen Latte macchiato und einen Nugatmuffin vor die Nase. Mmh, dafür könnte ich sterben.

Nachdem Aiden gestern gegangen ist, habe ich wieder einmal sofort ihre Nummer gewählt und mich für heute mit ihr verabredet. Wenn ich mit diesem Mann in ein Nobelrestaurant gehe, muss ich auch dementsprechend aussehen.

Ein Kleid haben wir bereits gefunden.

Es ist ein kurzärmeliges, knieumspielendes Etuikleid in Schwarz. An den Seiten unterstützen beige Einsätze optisch den Schwung meiner Taille. Dazu werde ich schwarze Peeptoes mit acht Zentimeter Absätzen und eine schwarze Clutch tragen.

Kaffee und Muffin verputzt, gehen wir zum Beine enthaaren in Evas Stamm-Kosmetikstudio. Üblicherweise rasiere ich sie nur und zupfe mir die Augenbrauen selbst. Aus gegebenem Anlass jedoch habe ich mich von Eva überreden lassen, heute mit ihr ins Studio zu gehen.

Ich werde einem Kosmetiker namens Mario zugeteilt. Nachdem ich mir die Hose ausgezogen und mich auf die Liege gelegt habe, streicht er mir ein nach Rosen duftendes, warmes Wachs auf die Beine. Offenbar ist er gut in seinem Job, es tut kaum weh und eine halbe Stunde später sind meine Beine glatt wie nie.

Gerade will ich aufspringen, da erklärt er mir, dass ich laut Eva noch ein Brazilian Waxing bekommen soll. Den Namen schon mal gehört, habe ich gerade trotzdem keine Ahnung, was das sein soll. Er klärt mich auf und allein der Gedanke daran, mich so vor jemandem zu entblößen, lässt meine Wangen glühen.

Allerdings scheint Mario eher weniger am weiblichen Geschlecht interessiert, sodass ich mich, warum auch immer, freimache und wieder auf die Liege lege.

Ob Aiden diese Stelle heute vielleicht sehen wird?

Nein, jetzt bloß nicht an Aiden und meine Vagina denken. Mario bekommt wahrscheinlich das kalte Kotzen, wenn meine Aiden-Reaktion einsetzt.

Entsetzt blickt er mir zwischen die Beine und drückt sich in einer theatralischen Geste die Hand auf seine Brust.

Wie unangenehm. Hat die Reaktion schon eingesetzt?

»Igitt … Sag mal, Schätzchen, wann war hier das letzte Mal jemand?« Angewidert kräuselt er die Nase und sieht mich tadelnd an. »Durch den Busch muss ich ja erst mal mit ’nem

Langhaarschneider.«

Na danke, das ist ja fast noch schlimmer.

Alles, was ich je über Mario gedacht habe, nehme ich zurück.

Ritsch, *Ratsch*.

Ohne mir Zeit zu geben, den Schmerz zu veratmen, reißt er wie ein Besessener die Wachsstreifen von meiner empfindlichen Haut.

Laut seiner eigenen Aussage hätte noch nie so eine »Pussy« auf seinem Tisch gelegen. Die Zweideutigkeit scheint ihm nicht aufgefallen zu sein.

Als ich diese äußerst erniedrigende Tortur endlich hinter mir habe, schwöre ich, dass es das erste und letzte Mal war.

Zum Schluss humpele ich breitbeinig zu dem ins Kosmetikstudio eingebundenen Frisör. Eine weitere Stunde später ist aus meinen glatten Haaren eine wilde Lockenmähne geworden, so wie man es selbst nie hinbekommt. Dazu trage ich kaum Make-up, lediglich meine Augen sind stark betont, was das leuchtende Grün noch intensiver aussehen lässt.

***

Um kurz nach sechs laufe ich nervös in meinem neuen Kleid und den Peeptoes durch die Wohnung. Fieberhaft überlege ich, warum Aiden mich eingeladen hat und was er von diesem Abend erwartet.

Das Piepen meines Handys lenkt mich ab. Eine Nachricht von Eva ist eingegangen, die mich grinsen lässt.

Bei dem Gedanken, dass er womöglich wirklich mit mir schlafen will, überkommt mich ein warmes Kribbeln. Es breitet sich in meinem Magen aus, bis hin zur frisch entwachsten Stelle, die endlich nicht mehr wehtut.

Ein weiteres Mal frage ich mich, ob ich so ein Gefühl schon mal hatte. Oder ob ich von bloßen Gedanken schon einmal so erregt war.

Aber weiß ich überhaupt noch, wie man die Signale richtig deutet? Ich werde immer unruhiger, bis es endlich an der Tür klingelt …

***

Sowie ich aus der Haustür trete, sehe ich Aiden an einer großen dunklen Limousine stehen. Kaum dass er mich sieht, schenkt er mir ein atemberaubendes Lächeln, mit dem er mich begrüßt und mir die hintere Wagentür aufhält. Nachdem ich eingestiegen bin, wirft er die Tür zu, umrundet den Wagen und nimmt ebenfalls auf der Rückbank Platz.

Wie bisher immer trägt er einen perfekt sitzenden schwarzen Anzug in Kombination mit einem ebenso dunklen Hemd. Heute jedoch stehen die beiden oberen Knöpfe des Hemdes offen und er trägt keine Krawatte.

Ob er auch mal helle Kleidung trägt? Zu wissen, was sich unter dem Hemd befindet, eingehüllt in seinem einzigartigen

Geruch, der im gesamten Innenraum des Wagens hängt, lässt mich unruhig auf meinem Platz umherrutschen. Nervös wische ich meine nassen Handflächen auf den Oberschenkeln ab und lasse den Blick durchs Auto schweifen.

Auf dem Fahrersitz sitzt ein Mann um die vierzig, der mir über den Rückspiegel zum Gruß zunickt. Irgendwie finde ich es befremdlich, dass eine dritte Person mit im Wagen sitzt, auch wenn besagte Person diesen nur fährt.

Als könnte er meine Gedanken lesen, spricht Aiden mich an.

»Ich dachte, es wäre gut, uns fahren zu lassen, so kann ich ein Glas Wein mit Ihnen trinken.«

»Sicher, sehr gern.« Himmel bin ich nervös. Ich fummele an meinem rechten Ohrläppchen, eine blöde Angewohnheit, und versuche selbstbewusster zu klingen. »Ich denke, wenn man schon bei einem der besten Italiener der Stadt zu Abend isst, sollte man dort auch einen Wein trinken. Wie haben Sie es angestellt, so kurzfristig einen Tisch zu reservieren?«

»Ich kenne den Inhaber flüchtig und hatte Glück, dass er es nicht vergessen hat.« Er lacht, wobei er eine Reihe ebener weißer Zähne entblößt, die mich kurz ablenken.

Noch bevor ich weiter nachbohren kann, halten wir schon vor dem Pasta e basta.

Kaum im Eingangsbereich angekommen, nimmt man uns die Jacken ab und führt uns an den Tischen der übrigen Gäste im Restaurant vorbei, bis zu einem separat abgeteilten Tisch in der hintersten Ecke. Von hier aus kann man die anderen Restaurantbesucher zwar hören, die Sicht ist indessen durch eine halbhohe Wand versperrt.

Das Licht im gesamten Restaurant ist gedimmt, was die Kerzen auf den einzelnen Tischen umso heller erscheinen lässt. Im Hintergrund spielt leise italienische Musik, die durch das Stimmengewirr, dem Klappern des Bestecks und einiger aneinander klirrender Weingläser jedoch kaum zu hören ist.

Nachdem wir uns an den Tisch gesetzt haben, stellt der Kellner sich mir als Paolo und Inhaber des Restaurants vor, bevor er sich Aiden zuwendet.

»Mr. Stone, es ist mir eine Ehre, Sie heute begrüßen zu dürfen. Noch dazu in so charmanter Begleitung.« Nur kurz huscht sein Blick in meine Richtung. »Darf ich Ihnen einen Wein empfehlen?«

Sagte Aiden nicht, sie würden sich nur flüchtig kennen? Das hört sich für mich aber irgendwie anders an. Der Gute überschlägt sich ja fast.

Aiden sieht mich an und antwortet diesem Paolo, ohne den Blick von mir zu nehmen. »Sicher, Paolo, nur zu.«

Unfähig, seinem eindringlichen Blick auszuweichen, kneife ich die Beine unter dem Tisch zusammen, um das inzwischen bekannte Kribbeln zu besänftigen, mache es dadurch aber nur noch schlimmer. Paolo entfernt sich schnell, kommt aber innerhalb einer Minute mit einer Weinflasche wieder zurück an den Tisch.

»Dieser liebliche Rotwein, der ausgezeichnet zu unserem aktuellen Monatsmenü passt, kommt aus Apulien in Italien. Er besticht durch seine tiefe Fruchtsüße und ein üppiges Aroma. Ich denke, er wird genau nach Ihrem Geschmack sein, Mr. Stone.

Darf ich?«

Aidens Blick, unter dem ich beginne fahrig zu werden, wendet sich jetzt Paolo zu.

»Danke, wir nehmen den Wein und zwei Mal das Monatsmenü.«

»Darf ich Ihnen das Monatsmenü noch vorstellen?« Paolos fragender Blick wechselt zwischen Aiden und mir.

»Für mich nicht danke«, erwidert Aiden schnell.

Paolo scheint sich aus irgendeinem Grund vor Freude in die Hose machen zu wollen, während Aiden sich wieder mir zuwendet.

»Wie ist es mit Ihnen, Miss Young?«

Äh, was wurde denn gefragt?

Aidens Mundwinkel zucken. Ich weiß nicht, ob er kurz davor ist, mich auszulachen, oder ob ich ihn einfach amüsiere. »Möchten Sie, dass Paolo Ihnen das Monatsmenü vorstellt?«

»Bloß nicht.« Mist, habe ich das jetzt laut gesagt? Ich räuspere mich. »Entschuldigung. Nein danke, das ist nicht nötig. Vielen Dank.«

Ich bin sogar froh, es mir nicht anhören zu müssen. Dieses geschwollene Gerede über Wein. Ich habe kein einziges Wort verstanden. Das Ambiente sagt mir, dass ich ohnehin keine einfachen Tortellini bekommen kann.

Aidens rechte Augenbraue schießt über meinen Versprecher in die Höhe und er lacht laut auf.

Oh Gott ist das ein Lachen. Sofort verstärkt sich dieses verdammte Kribbeln. Paolo hingegen sieht mich an, als würde er lieber den Kopf schütteln. Öffnet dann aber die Weinflasche, schenkt uns ein und geht, um die Bestellung aufzugeben.

»Warum habe ich den Eindruck, dass Sie lieber woanders hingegangen wären?« Sein Lachen ist noch nicht ganz verschwunden.

Tja, wie soll ich es sagen, ohne unhöflich zu erscheinen?

»Das täuscht, ich wäre nicht lieber woanders hingegangen. Es ist nur … etwas ungewohnt. Ich habe noch nie irgendwo gegessen, wo der Wein in großen Gesten beschrieben wird und gefragt wird, ob man das Essen erklären darf.«

»Ich gebe zu, dass es etwas übertrieben ist, dafür schmeckt es aber ausgezeichnet. Ich verspreche Ihnen, dass wir bei dem Wein bleiben. Dann kommt Paolo nicht in die Verlegenheit, uns wieder ein Referat halten zu müssen.«

Jetzt muss auch ich lachen, gleichzeitig hält Aiden mir sein Weinglas zum Anstoßen hin. »Erzählen Sie mir etwas von sich.«

»Was möchten Sie denn wissen?«

»Alles. Fangen Sie mit Ihrer Familie an.«

Als wir beim Dessert angekommen sind, weiß er, dass ich ein Einzelkind bin und ein gutes Verhältnis zu meinen Eltern habe. Was sie beruflich machen und dass sie in Greenville Ohio leben, wo ich aufgewachsen bin. Außerdem, dass Eva meine beste Freundin und der Hauptgrund ist, warum ich vor fünf Jahren nach Chicago gekommen bin.

»Was ist mit Ihrer Familie?«

Stutzt er kurz oder bilde ich mir das nur ein? Der Moment ist so schnell vorbei, dass ich mir nicht mehr sicher bin, ob es ihn überhaupt gegeben hat.

»Meine Eltern wohnen wie Liam und ich auch in Oak Park. Morgen findet unser allwöchentliches Abendessen bei ihnen statt und wehe einer von uns kommt nicht. Dann kann meine Mutter ziemlich ungemütlich werden.« Allein der Gedanke scheint ihn zum Lächeln zu bringen.

»Sie wohnen nicht in der Stadt?« Ich kann nicht genau erklären, warum, aber es wundert mich.

»Nein. Ich investiere fast meine gesamte Freizeit in die Firma, bin immer in irgendwelchen Städten unterwegs. Wenn ich dann Feierabend habe, will ich auch wirklich meine Ruhe. Allerdings habe ich ein Zimmer neben meinem Büro, falls es mal ganz spät wird. Aber ich versuche, es zu vermeiden, dort zu übernachten.«

Ich will noch mehr über seine Familie, über Aiden, den Privatmenschen, wissen. Ohne dass es mir bewusst ist, lenkt er unser Gespräch aber wieder in eine andere Richtung.

Wir reden und lachen über meine Arbeit und Kunden mit verrückten Vorstellungen. Stellen fest, dass ich Horrorfilme mag, er hingegen so gut wie nie fernsieht. Dass ich am liebsten jedes Wochenende ins Kino gehen würde, er hingegen schon einen verdammt guten Grund bräuchte, um sich in einen fensterlosen Raum mit lauter knisternden Tüten und schmatzenden Menschen zu setzen.

Von meiner anfänglichen Nervosität ist kaum mehr etwas zu spüren, was vielleicht auch daran liegt, dass die Weinflasche sich dem Ende nähert. Aiden will uns gerade noch einmal einschenken, als der letzte Tropfen in meinem Weinglas landet.

Als er nach Paolo rufen will, stellen wir fest, dass außer uns niemand mehr im Restaurant ist. Ein Blick auf Aidens Uhr zeigt, dass es bereits kurz nach elf ist.

So in unser Gespräch vertieft, haben wir die Zeit und alles andere um uns herum komplett vergessen. Paolo scheint nur darauf zu warten, die Tür hinter uns schließen zu dürfen, traut sich aber aus irgendeinem Grund nicht, uns zum Gehen aufzufordern.

Bedauernd sehe ich zu Aiden rüber, der das Gleiche zu denken scheint.

»Hätten Sie Lust, bei Ihnen oder mir noch ein Glas zu trinken? Wir könnten uns eine Flasche von dem Wein mitnehmen?«

Eine leise Stimme sagt mir, dass es dann nicht bei dem Wein alleine bleibt, und genau das will ich.

»Sehr gerne.« Und damit schenke ich ihm mein hoffentlich schönstes Lächeln.

Nur ein paar Minuten später sitzen wir in der Limousine, die von seinem Fahrer gelenkt wird, der – wie ich mittlerweile erfahren habe – Leo heißt.

Ich habe entschieden, dass wir zu mir fahren.

Zwar würde mich brennend interessieren, wie Aiden lebt, aber ich habe kein Auto dabei und kann nicht einschätzen, wie der Abend endet. Was ist, wenn er nur die Flasche mit mir leeren will und mich dann wegschickt?

Oder, wenn er tatsächlich mit mir schläft und mich gleich darauf loswerden will? Nein, zu Hause fühle ich mich da einfach sicherer. Heimvorteil sozusagen.

In meiner Wohnung angekommen streife ich gleich im Flur meine Schuhe von den Füßen und kann nur mit Mühe ein erleichtertes Stöhnen unterdrücken. So schön diese Dinger auch sein mögen, meine Füße schmerzen wie sau.

Barfuß gehe ich vorweg in die Küche, lege meine Jacke über einen der Stühle und nehme uns zwei Weingläser aus dem Schrank. Aiden folgt mir, legt sein Jackett ebenfalls ab und krempelt die Ärmel seines Hemdes hoch.

»Soll ich den Wein öffnen?«, höre ich ihn direkt hinter mir.

Hart schluckend reiche ich ihm die Flasche und beobachte die Sehnen seiner Unterarme, die bei jeder Bewegung deutlich hervortreten.

Unbewusst stoße ich ein Seufzen aus und blicke erschrocken auf, in der Hoffnung, dass es ihm entgangen ist. Seine dunkelblauen Augen wirken jetzt fast schwarz und sehen mich verhangen an.

Wenn ich es nicht besser wüsste, würde ich sagen, dass so etwas wie Lust in ihnen steht.

Langsam stellt er die Flasche neben sich auf den Tisch und kommt mit selbstbewussten, geschmeidigen Schritten auf mich zu. Mein Herz schlägt wie verrückt, sodass er es eigentlich hören müsste. Mit der Zunge benetze ich meine trockenen Lippen und sehe abwechselnd in seine Augen oder auf seinen sinnlichen Mund.

Er nimmt mein Gesicht in seine Hände und fährt zärtlich mit seinem Daumen über meine Unterlippe. Nur diese zarte Berührung reicht aus und ich merke, wie die Aiden-Reaktion einsetzt.

Ohne weiter darüber nachzudenken, ob ich mich gut anstelle oder nicht, ob ich die Zeichen richtig deute, fahre ich mit meiner Zungenspitze an seinem Daumen entlang.

Scharf zieht er die Luft ein, bevor er mir den Finger wieder entzieht und sich seine Lippen zart auf meine legen.

Sie sind genauso weich, wie ich sie mir vorgestellt habe. Seine Zunge kitzelt mir um Einlass bittend über die Lippen, woraufhin ich meinen Mund öffne und ihm mit meiner Zunge entgegenkomme. Bei der ersten Berührung unserer Zungenspitzen entkommt uns beiden ein Stöhnen, welches wir gegenseitig schlucken.

Er schmeckt so gut, nach Wein und mehr … so viel mehr.

Jetzt gerade ist mir egal, was morgen ist, ob das hier alles für ihn ist oder nicht. Wenn ich diese Situation nicht ausnutze, werde ich es vielleicht für immer bereuen. Also löse ich mich von ihm und ziehe ihn hinter mir her ins Schlafzimmer.

Vor dem Bett stehend bekomme ich dann doch Angst vor meiner eigenen Courage und weiß nicht, wie und ob ich weitermachen soll.

Mir eine Haarsträhne hinter das Ohr streichend spüre ich seine weichen Lippen, seinen warmen Atem an meinem Ohr.

»Willst du das wirklich?« Seine raue Stimme dicht an meinem Ohr lässt meine Erregung noch weiter anwachsen.

»Ja.« Um das Ja zu unterstützen, nicke ich zusätzlich. Noch nie war ich so erregt, ich muss einfach wissen, wie er sich in mir anfühlt.

Er küsst und leckt eine Spur über meinen Hals, die eine Gänsehaut auf meiner Wirbelsäule hervorruft. Umrundet mich dabei und kommt hinter mir zum Stehen. Meine Haare streicht er mir über die linke Schulter, wobei er langsam den Reißverschluss meines Kleides herunterzieht und weiterhin meinen Hals und meine Schulter liebkost.

Seine Finger gleiten an meinem Rücken herunter und bleiben am Verschluss meines BHs hängen. Als er auch diesen öffnet, kann ich ein Stöhnen nicht mehr unterdrücken. Ich drehe mich zu ihm um, sehe in seine vor Lust flackernden Augen und knöpfe sein Hemd auf. Meine Finger zittern so sehr, dass er leise lacht und mir hilft.

Das Hemd streife ich von seinen Schultern, lasse es zu Boden fallen und atme hörbar ein. Wie schon gestern bin ich überwältigt von dieser Vollkommenheit.

Für mich untypische Selbstzweifel bahnen sich an, was Aiden mit jemandem wie mir will. Bilder von ihm und diesen hübschen Frauen kommen hoch und steigern das Gefühl der Unzulänglichkeit nur noch.

Mit seinem Finger unter meinem Kinn zwingt er mich, zu ihm aufzusehen, und bevor ich weiter nachdenken kann, küsst er mich mit einer Leidenschaft, die mich schwindeln lässt.

Langsam streift er mir das Kleid mitsamt dem BH von den Schultern. Zieht es über meine Arme herunter, bis es um meine Füße gebauscht zum Liegen kommt. Er geht einen Schritt zurück und lässt seinen Blick über meinen nur noch in einem Slip gehüllten Körper gleiten. Meinem ersten Impuls folgend, will ich meine Arme schützend vor der Brust verschränken, aber er hält sie an den Handgelenken fest.

»Du bist wunderschön.« Seine Worte sind so leise, dass ich nicht sicher bin, ob er sie nur zu sich selbst gesagt hat. Aber ich habe sie verstanden, er findet mich schön. Nein, wunderschön hat er gesagt und ich will ihm glauben.

Unter seinem intensiven Blick ziehen sich meine Brustwarzen noch fester zusammen, die innere Unruhe in mir wird immer unerträglicher.

Ich will, dass er mich berührt, dass er meine Nippel in seinen Mund nimmt. Dass er das Pochen in meinem Schoß, das nur er auslösen kann, endlich beendet. Am meisten aber will ich, dass er endlich seine mächtige Erektion, die sich unübersehbar unter der Hose abzeichnet, in mich schiebt.

»Leg dich aufs Bett.«

Ihn nicht aus den Augen lassend, tue ich, was er sagt, und krabbele rückwärts zum Kopfende des Bettes hoch. Sehe ihm dabei zu, wie er sich seine Schuhe, die Hose und die enge Shorts darunter auszieht.

Wie heißt noch diese Statue von diesem berühmten Bildhauer? David? Wie auch immer, der Bildhauer würde bei diesem Anblick in Tränen ausbrechen.

Noch nie habe ich verstanden, was manche Frauen an einem Penis schön finden können. Bei ihm jedoch kann ich meinen Blick nicht davon abwenden.

Lang, dick und mit kräftigen Adern überzogen reckt er sich fast bis zu seinem Bauchnabel hoch. Auf der Spitze schimmern die ersten Tropfen und der Gedanke mit der Zunge darüber zu fahren, erregt mich unwahrscheinlich.

Was ist nur los mit mir? Denke ich ernsthaft daran, dieses Monstrum in den Mund zu nehmen?

Seine beachtliche Größe erregt und ängstigt mich gleichermaßen. Mein letztes Mal ist schon so lange her, und wenn meine Erinnerung mich nicht täuscht, hatte keiner von beiden solche Ausmaße.

Die Matratze gibt nach, als Aiden sich neben mich legt und seine Lippen sich über meinen Bauch zu meinen Brüsten hocharbeiten. Fast schmerzhaft dreht er meine Brustwarzen zwischen Daumen und Zeigefinger, was meine Erregung nur noch mehr steigert.

Als er endlich eine von ihnen in den Mund zieht, an ihr leckt und knabbert, möchte ich keine Sekunde mehr länger warten. Ich drücke den Rücken durch und ziehe sein Gesicht zu mir hoch, um ihn zu küssen.

All meine Sinne sind nur noch auf ihn fixiert, nehmen nichts anderes mehr wahr.

Sein wunderschönes Gesicht, sein ganz eigener Geruch. Das Gefühl seiner Haut unter meinen Fingern, zusammen mit dem Gefühl seiner Hände, die mich in Brand zu stecken scheinen. Der Geschmack seiner sanften Zunge und alles, was ich noch höre, ist unser ersticktes Keuchen.

Endlich schiebt sich seine Hand in meinen Slip. Bitte lass ihn meine Klit berühren.

»So nass.«

Oh nein, wie peinlich.

»Ich mag, dass du so bereit für mich bist«, raunt er gegen meine Lippen.

Seine Finger finden meine empfindliche Perle, umrunden sie, drücken leicht darauf.

Oh mein Gott ist das gut … Ich kann und will mein Stöhnen jetzt nicht mehr unterdrücken und bettele ihn regelrecht an, endlich in mich zu kommen.

Ohne auf mein Gewimmer zu achten, schiebt er zuerst einen, dann einen weiteren Finger in mich. Zeitgleich reibt er meine geschwollene Perle weiter mit dem Handballen.

Als mein Körper anfängt, unkontrolliert zu zucken, zieht er seine Hand zurück und setzt sich auf seine Fersen. Ich höre das Knistern der Kondomverpackung, sehe ihm zu, wie er diese aufreißt und es sich gekonnt überzieht. Sofort drängt sich mir der Gedanke auf, dass er das wohl öfter macht.

Sein Körper, der sich über mich beugt, lenkt mich von diesem Gedanken ab. Mit einem Ruck zerreißt er mein Höschen. Drängt mit seinen Knien meine Beine auseinander und legt sich auf mich, sodass ich seine pralle Spitze bereits an meiner feuchten Spalte spüren kann.

Sein Blick auf mein Gesicht gerichtet, beginnt er, sich quälend langsam in mich zu schieben.

Stück für Stück dringt er in mich ein, wobei seine Härte mich fast schmerzhaft dehnt. Meine Versuche, ihm dennoch entgegenzukommen, ihn in mich zu ziehen, scheitern, obwohl ich an seinem verhangenen Blick und seinem zusammengepressten

Kiefer erkennen kann, wie schwer auch ihm diese Zurückhaltung fallen muss.

Immer wieder zieht er sich zurück, um von Neuem in mich zu dringen, bis er mit einem letzten kräftigen Stoß seine gesamte Länge in mir versenkt.

Kurz hält er in seiner Bewegung inne, damit ich mich an seinen Umfang gewöhnen kann. Aber ich will, dass er sich bewegt, und strecke ihm zur Aufforderung mein Becken entgegen, treibe ihn somit an, sich endlich zu rühren. Mich abwechselnd küssend und in den Hals knabbernd, beginnt er, langsam und genießerisch in mich zu stoßen.

Dieses Gefühl völlig ausgefüllt zu sein, diesen Druck zu verspüren, habe ich so noch nie erlebt.

Ich will mehr davon, mehr von ihm.

»Bitte«, stöhne ich unter ihm.

»Bitte was?«

»Fester bitte …« Meine Worte kommen nur noch stöhnend und abgehackt.

»Sag mir, was ich fester machen soll!«

Ich kann ihm ansehen, wie sehr er sich beherrschen muss, in diesem Tempo zu bleiben. Trotzdem bin ich verunsichert. Habe keine Ahnung, was er erwartet, und Angst, mich lächerlich zu machen. Aber ich will ihn jetzt endlich richtig spüren.

»Willst du, dass ich dich ficke?«

»Ja.«

»Dann sag es!«

Das kann ich nicht, oder? Aber ich will es so sehr.

»Bitte … fick mich.« Die Worte kommen so leise, dass ich Zweifel habe, ob er sie zwischen unserem Keuchen überhaupt hören kann. Doch kaum ausgesprochen, gräbt er seine Hände in meine Hüfte, zieht sich fast gänzlich aus mir zurück und rammt sich hart wieder in mich.

In immer schnellerem Rhythmus höre ich das Geräusch von aufeinander klatschender Haut. Ich schlinge meine Beine um seine Hüften, um seinen Stößen entgegenzukommen und ihn noch tiefer in mir spüren zu können.

Schweißtropfen bilden sich auf seiner Brust, während mein Stöhnen immer lauter wird. Unverhofft fühle ich seine Finger zwischen uns, die meine Klit reiben, und ein noch nie gekanntes Gefühl breitet sich von diesem Punkt an in meinem Körper aus. Dieses Gefühl ist zu viel, lässt meinen Körper unwillkürlich zucken.

Ich möchte mich seiner Hand entziehen, weil es sich zu intensiv anfühlt, komme aber nicht gegen ihn an.

Mein Herz rast, ich höre das Blut in meinen Ohren rauschen und dann durchströmt mich ein unbeschreibliches, langgezogenes Gefühl, in dem ich mich verliere, und die gesamte Anspannung fällt von mir ab.

Nach gefühlten Ewigkeiten die Augen öffnend, hält Aiden mich wieder mit beiden Händen an den Hüften. Noch zwei weitere Male stößt er tief in mich, bevor er laut keuchend auf mir zusammenbricht.

***

Ich weiß nicht, wie lange wir schon so, ohne etwas zu sagen, daliegen. Während er mit einer meiner Haarsträhnen spielt, streichele ich über Aidens Rücken und genieße das Gefühl seines warmen Körpers auf mir.

Irgendwann zieht er sich aus mir zurück, was ein eigenartiges Gefühl der Leere in mir zurücklässt. Am Bettrand sitzend, verknotet er das Kondom und legt es neben das Bett auf den Fußboden.

Wie er so mit dem Rücken zu mir sitzt, zieht sich mein Magen unangenehm zusammen. Die Nähe, die ich eben gerade noch gespürt habe, ist weg. Wie um mich zu schützen, ziehe ich die Decke hoch und verschränke die Arme vor der Brust. Ich weiß nicht, wie ich mich jetzt verhalten soll, was ich sagen soll. Also sage ich das Erste, was mir in den Sinn kommt.

»Warum hattest du ein Kondom dabei? Hattest du das hier geplant?«

Schelmisch grinsend sieht er über seine Schulter zu mir. »Ich habe es gehofft.«

Ich kann nicht anders und grinse wie eine Idiotin.

»Und jetzt? Bleibst du?«

Wie jämmerlich, da könnte ich ihn auch gleich fragen, ob er mich vielleicht heiraten will. Irre ich mich oder dauert seine Antwort etwas zu lang? Wieder einmal fällt mir auf, dass man seinem Gesicht fast nie eine Gefühlsregung ablesen kann. Starr wie eine Maske, wenn auch eine sehr schöne.

»Willst du das denn?«

»Ich habe es gehofft«, gebe ich seine eigenen Worte wieder,

wobei sein Lachen ehrlich wirkt und er sich wieder zu mir ins Bett legt.

Erleichtert hole ich Luft, die ich, ohne es zu merken, angehalten habe. Meinen Kopf auf seiner Brust abgelegt, könnte ich vor Freude quietschen. Zum einen, weil er heute Nacht bei mir bleibt, und zum anderen, weil ich den ersten Orgasmus meines Lebens hatte.

Ja, das *muss* einfach ein Orgasmus gewesen sein und ich fürchte, nach diesem Erlebnis werde ich zukünftig doch nicht mehr auf Sex verzichten wollen.

Diese kleine penetrante Stimme in meinem Kopf sagt mir, dass ich zukünftig nicht mehr auf Aiden verzichten will. Bevor ich aber weiter darüber nachdenken kann, bin ich in seinen Armen eingeschlafen.

Kapitel 6 Aiden

Ihr Körper wird schwerer und ihr Atem gleichmäßiger. Sie scheint eingeschlafen zu sein, während ich in Gedanken versunken immer noch mit ihrer seidenweichen Haarsträhne spiele.

Schon bei unserem gemeinsamen Essen habe ich mich in ihrer Gegenwart ungewöhnlich wohlgefühlt. Ihre offene Art zu erzählen, wobei sie sich selbst und andere nicht zu ernst nimmt, ist erfrischend. Gleichzeitig wirkte sie ernsthaft interessiert von dem Wenigen, was ich von mir preisgegeben habe. Als sie sich nach meiner Familie erkundigt hat, habe ich tatsächlich kurz in Erwägung gezogen, ihr mehr zu erzählen. Habe es dann aber doch nicht getan. Und auch hier hat sie nicht weiter nachgefragt, sondern gemerkt, dass mir das Thema nicht recht ist. Wir haben komplett die Zeit vergessen und ich weiß nicht, wann ich das letzte Mal so viel gelacht habe.

Wie sie mich nach unserem ersten Kuss selbstsicher in ihr Schlafzimmer gezerrt hat, nur um dann fast wieder scheu vor mir zu stehen und Angst vor dem nächsten Schritt zu haben. Dabei wirkte nichts an ihr aufgesetzt oder gespielt.

Ihren Körper dann nur noch mit diesem kleinen Höschen zu sehen, hat mich völlig umgehauen.

Die weiblichen Rundungen ihrer Hüften, ihre prallen Brüste, deren kleine dunkle Brustwarzen sich allein von meinem Blick steil aufstellten. Diese weiche Haut, die straff um jede ihrer Kurven liegt.

Nein. Sowohl optisch als auch mit ihrem Verhalten hat sie nichts mit all den anderen Schlampen gemeinsam, die sich jedem als Sperma-Container anbieten. Trotzdem, oder vielleicht auch gerade deswegen, empfinde ich sie als wunderschön.

Mit welcher Intensität ihr Körper auf jede noch so kleine Berührung von mir reagiert hat. Je erregter sie wurde, desto mehr legte sich ihre Scheu und sie schien nur noch von ihrer Lust angetrieben zu werden.

Wie echt sich jedes Stöhnen, jedes Betteln von ihr angehört hat.

Bei der Erinnerung, wie sich ihre Muskeln bei ihrem Orgasmus um meinen Schwanz gekrampft haben, mich regelrecht gemolken haben, werde ich schon wieder hart.

Üblicherweise ziehe ich mich sofort danach an und gehe nach Hause. So verhindere ich, in Bedrängnis zu kommen, danach mit der Ische reden zu müssen.

Aus ihr wollte ich mich jedoch nicht zurückziehen. Ihre Hände auf meinem Rücken fühlten sich so … ach scheiße, ich weiß auch nicht.

Ich weiß nur, dass ich noch nie so vollständig befriedigt war und das nicht nur körperlich. Und genau das ist der Grund, warum ich vorsichtig aus dem Bett steige, mich hastig anziehe und aus ihrer Wohnung verschwinde.

Ich habe diese Frau schon viel zu dicht an mich herangelassen.

***

Gegen Mittag rufe ich Liam an, ob er eine Runde mit mir laufen geht, bevor wir am Abend zu Ella und Matt gehen. Ich muss den Kopf freikriegen.

Ich bin im Schlafzimmer, um mich umzuziehen, als es an der Haustür klingelt. Den Türöffner von hier aus betätigend, rufe ich Liam zu, dass ich gleich unten bin.

Am Fuß der Treppe erwartet mich dann jedoch nicht Liam, sondern die Bratze von letzter Woche.

Was soll das denn bitte werden?

»Was willst du hier?«

»Ich dachte, du wolltest anrufen?«, quietscht sie mir mit ihrer viel zu piepsigen Stimme entgegen.

»Was dann wohl heißt, dass du nicht so viel denken solltest.« Damit gehe ich an ihr vorbei in Richtung Haustür, um ihr diese aufzuhalten.

Mit schwingenden, zugegebenermaßen Hammerhüften folgt sie mir, bleibt vor mir stehen und streicht mir mit ihrem rot beschmierten Fingernagel über die Brust. »Dir hat es doch auch gefallen. Wieso es also nicht wiederholen?«

Nein danke, ich ficke keine dieser Bratzen zweimal. Nie.

Auch nicht, wenn sie so gut Schwänze lutschen können wie diese hier. Oder war es die vor ihr? Ist ja auch scheißegal, das führt nur zu Problemen. Also schiebe ich sie durch die Tür und will diese gerade zuwerfen.

»Aber ich bin schwanger!«

Na bravo, auch das nun wieder, ich zucke mit den Achseln. »Da bist du nicht die Einzige. Melde dich bei meinem Anwalt.«

Damit schlage ich ihr die Tür vor der vermutlich mehrfach operierten Nase zu.

»Billige, kleine Schlampe!«

Sie machen einmal die Beine breit und denken, das wäre ihre Eintrittskarte in ein Leben voller Geld. Wenn sie merken, dass das allein nicht zieht, sind sie komischerweise immer schwanger.

Wenn dem wirklich immer so wäre, dann würde meine Brut allein mittlerweile drei beschissene Kindergärten füllen.

Es wird niemals jemanden geben, der dich nicht für wertlos hält. Du bist nicht mal die Scheiße wert, die dein Körper produziert.

Ich schüttele meine Gedanken ab. Was soll das denn jetzt?

Als es wieder an der Tür klingelt, ist es Liam und wir laufen direkt los. Nach den ersten beiden Kilometern verlassen wir die Villensiedlung und spüren endlich Waldboden unter den Füßen. Üblicherweise werde ich jetzt erst richtig warm, doch heute bin ich nicht in Form. Pustet das Laufen, der Geruch nach feuchter Erde und das Scheißgezwitscher der Vögel mir sonst den Kopf frei, regt es meine Überlegungen heute eher noch an.

Liam, der ein Stück vor mir läuft, bleibt vor der nächsten Bank stehen und sagt, dass er eine Pause einlegen will. Wir kommen einen Moment zu Atem, bis er das Schweigen bricht.

»Also, was ist los?«

»Was soll schon los sein?«, erwidere ich gereizter als gewollt.

»Ach komm schon. Du weißt, dass du immer mit mir reden kannst. Oder?«

Ohne zu antworten, sehe ich ihn an. Natürlich weiß ich das.

»Also?«

Er wird doch nicht lockerlassen und irgendwie interessiert mich seine Meinung ja auch.

»Diese Isabell … ich war gestern mit ihr essen und danach noch mit bei ihr.«

»Diese Shopping-Tussi?« Überrascht sieht er mich an, als ich nicke. »Und hast du der Katze Milch gegeben?«

»Ja und es war … irgendwie anders.«

Liam runzelt die Stirn. »Irgendwie gut oder irgendwie schlecht anders?«

»Irgendwie gut anders. Ich kann's gar nicht richtig erklären.« Ich suche in seinem Gesicht nach Hinweisen, ob der Komiker in ihm wieder durchkommt, aber da ist nichts. »Ich habe sogar kurz überlegt, bei ihr zu bleiben, bin dann aber doch abgehauen, als sie schon geschlafen hat.«

Liams Augenbrauen schieben sich bis zu seinem Haaransatz hoch. Fast muss ich lachen, so dämlich sieht er aus. »Warum?«

»Was warum? Warum ich bei ihr bleiben wollte oder warum ich abgehauen bin?«

»Warum bist du abgehauen?«

Tja, wenn ich das wüsste. Obwohl … wenn ich ganz ehrlich bin, dann weiß ich es.

»Weil ich eine Scheißangst vor ihr habe.« Ich lache bitter auf. »Anderseits fühle ich mich so gut in ihrer Nähe. Sie geht mir unter die Haut. Bringt mich sogar zum Lachen …«

Jetzt fällt Liam mir doch grinsend ins Wort. »Und das soll

schon was heißen.«

Ebenso grinsend versuche ich, mich weiter zu erklären.

»Ich fühle mich beschissen, weil ich einfach so abgehauen bin.« Wenn ich es nicht besser wüsste, würde ich fast sagen, ich habe ein schlechtes Gewissen. Dabei sind mir solche Gefühlsregungen eigentlich völlig fremd.

»Aiden, die Sache ist doch eigentlich ganz einfach. Willst du sie noch mal wiedersehen oder nicht? Reicht es dir, wie sonst nur einmal mit ihr gevögelt zu haben, oder willst du es vielleicht gerne wiederholen?«

Ich denke kurz über seine Frage nach. Bei dem Gedanken, sie nie wiederzusehen, zieht sich mein Magen auf unangenehme Weise zusammen.

»Ich will sie schon wiedersehen, aber Isabell ist keine Frau, die nur rumpimpert. Wenn, dann will sie bestimmt das volle Programm und …«

»Halt, halt, stopp. Du denkst schon wieder viel zu viel nach, Mann. Fang doch erst mal langsam an und dann siehst du, was daraus wird. Vielleicht bereust du es irgendwann, weil es sich als Fehler herausstellt. Aber wenn du es nicht mal versuchst, wirst du nie wissen, ob du nicht etwas ganz Großes verpasst hast.«

Ironisch lache ich ihn an.

»Sagt der, der selbst nie was versucht.«

Liam steht von der Bank auf und zieht mich hoch.

»Stimmt, bis jetzt. Aber wenn ich mal eine Frau treffe, die mich so jämmerlich hier sitzen lässt, dann werde ich es versuchen.«

Und ich weiß genau, wie er es meint. Dankbar klopfe ich ihm auf die Schulter, bevor wir uns auf den Rückweg machen.

***

Die kommende Woche vergeht rapide.

Wir haben einige gewinnbringende Investitionen abgeschlossen, uns in drei weitere Firmen eingekauft und eine vielversprechende neue Entdeckung auf der Start-up-Messe gemacht.

Jetzt sitzen Liam und ich im Konferenzraum unserer Firma und warten auf den letzten Termin für diese Woche. Natürlich könnten wir es uns einfacher machen und unsere Abteilungsleiter über Zuschlag oder Ablehnung der Investition entscheiden lassen. Aber diese Entscheidung, den letzten Schritt, haben wir uns erhalten. Nichts kann in dieser Firma passieren, ohne dass einer von uns seine Unterschrift daruntersetzt.

Die Tür geht auf und Mr. Walter, der die Vorarbeit zu diesem Termin geleistet hat, betritt den Raum. Direkt hinter ihm betritt Paolo Salvatore, der Besitzer des italienischen Restaurants, in dem ich mit Isabell essen war, den Raum. Schon lange versucht er, ein Vorsprechen bei uns zu bekommen, was wir bisher immer wegen Unrentabilität abgelehnt haben. Da er mir aber mit dem spontanen Termin zum Essen entgegengekommen ist, komme ich ihm natürlich auch entgegen und höre mir seine Idee an.

Paolo begrüßt Liam und mich, wobei er sowohl uns als auch Mr. Walter eine Präsentationsmappe aushändigt. Während er uns anhand einer Powerpoint-Präsentation sein Konzept vorstellt, überfliege ich die vorbereitete Mappe.

In Kurzfassung will Paolo eine Art Lieferservice auf hohem Niveau anbieten. Statt Pizza in Pappe will er sowohl den Tisch bei den Kunden zu Hause eindecken sowie das Essen anrichten.

Als er endet, sehe ich seinen erwartenden Blick.

»Paolo, die Idee ist nicht neu, das ist dir doch klar, oder?«, frage ich ihn.

»Ja, das weiß ich. Doch die Idee mit meinem Essen ist neu und mein Essen ist einzigartig.«

Er weiß, was er kann, das gefällt mir. Aber darum geht es hier nicht. Es geht darum, ob wir unser investiertes Geld irgendwann zurückbekommen. Im Idealfall noch mehr als nur das.

Liam meldet sich zu Wort und lässt sich erklären, wofür genau Paolo die zweihunderttausend Dollar, die er von uns haben will, eingeplant hat. Und was noch wichtiger ist, was springt für uns dabei raus.

Da Liam und ich uns, was unsere Investitionen angeht, zu neunundneunzig Prozent einig sind, brauchen wir nicht lange, um eine Entscheidung zu fällen. Wieder übernehme ich das Wort.

»Zehn Prozent Unternehmensanteile bei einer Investition von zweihunderttausend sind zu wenig.« Ich blättere noch einmal in der Präsentationsmappe und sehe mir die Umsätze des letzten Jahres an, um dann fortzufahren. »Fünfundzwanzig Prozent. Zusätzlich von jedem verkauften Artikel, sei es Vorspeise, Hauptspeise oder auch nur ein Wasser, egal. Von jedem verkauften Artikel einen Dollar, bis die zweihunderttausend zurückgezahlt sind.«

»Von jedem Artikel? Das sind mehrere Hundert Dollar in der Woche, die mir dann fehlen.«

»Alles andere ist für uns zu riskant. Ich wünsche dir, dass deine Idee zündet, aber die Konkurrenz ist groß. So sichern wir uns bestmöglich ab, damit wir zumindest unser investiertes Geld schnell zurückbekommen.«

Paolos Blick schwankt Hilfesuchend zwischen mir und Mr. Walter, der ihm vermutlich etwas anderes vorgeschlagen hat.

Ein Blick auf die Armbanduhr verrät mir, dass wir seit fast einer Stunde hier sitzen. Jeden Augenblick müsste Isabell hier erscheinen, um mir die Kleidung zu präsentieren, die sie in meinem Auftrag gekauft hat. Daher versuche ich, den Termin voranzutreiben.

»Ich habe noch einen wichtigen Termin. Nimm unser Angebot an oder lass es.« Mit einem Nicken in Liams Richtung, der die Sache zu Ende bringen soll, verlasse ich den Konferenzraum und fahre hoch in mein Büro.

Seit ich Isabell letztes Wochenende ohne ein Wort verlassen habe, habe ich mehrfach versucht, über meinen Schatten zu springen und sie anzurufen. Doch ich habe keine Ahnung, was man in solch einer Situation sagt oder macht, weil es so eine Situation für mich bisher noch nie gegebenen hat.

Vielleicht empfindet sie es auch als gar nicht so schlimm und ist hingegen froh, dass ich morgens nicht mehr da war.

Hoffentlich kommt sie überhaupt. Zumindest hat sie nicht

abgesagt.

Die Gegensprechanlage unterbricht meine Gedanken. Amelia teilt mir mit, dass Isabell da ist und zu mir durchgelassen wird.

Mit einer Art Schrank auf Rädern und einem knallroten Businesskostüm, das jede ihrer Kurven verführerisch betont, betritt sie mein Büro. Sofort erhebe ich mich aus meinem Stuhl, um sie zu begrüßen.

Ihren Blick nicht einmal in meine Richtung werfend, nimmt sie zwei Kleiderbügel aus dem Koffer und fängt an, ihre Ware in standardisierten Sätzen zu erklären.

»Dieser Anzug besteht aus Jacke und Hose. Das Jackett hat einen Kragen mit fallendem Revers …«

»Isabell …«

»Das Innenfutter ist aus Bemberg Sei…«

Ich werde nun etwas lauter. »Isa!«

»Was ist?!« Wütend funkeln mich ihren grellgrünen Augen an, was mich irgendwie anmacht. Mensch Stone, jetzt bleib mal bei der Sache.

»Ich …« Oh Shit, was soll ich sagen?

»Was ist mit dir? Kommt da noch was oder lässt du mich jetzt diese beschissenen Klamotten erklären?«

Oha, das ist gar nicht gut.

Ich gehe auf sie zu, was sie mit einer ausgestreckten Hand abblockt.

»Nein! Komm mir bloß nicht zu nahe!«

»Bitte, lass mich das erklären.«

»Was willst du erklären? Dass ich nur eine von vielen bin?

Eine, die du mal eben fickst, und das war es dann? Oder dass du nicht mal den Arsch in der Hose hast, gleich danach zu gehen? Lieber wartest du, bis ich Blödkröte eingeschlafen bin!« Inzwischen hat sie sich so in Rage geredet, dass sich ihre Worte überschlagen. »Weißt du was? Such dir einfach was von dem Zeug aus, den Rest lasse ich von einer Kollegin abholen.«

Mist, sie will gehen. Ich mache einen Ausfallschritt auf sie zu und halte sie an den Händen zurück.

»Warte, Isa. Eine von vielen bist du nicht für mich, das musst du mir glauben. Und es tut mir leid, dass ich einfach so gegangen bin.«

Feuchtigkeit sammelt sich in ihren Augen. Bitte nicht auch das noch. Ich habe schon Dutzende Frauen flennen sehen und nie hat es mich interessiert. Bei ihr habe ich aber das unbestimmte Gefühl, dass es anders sein könnte.

»Und was bin ich dann für dich?«

Ich streiche mir mit der Hand durch die Haare, um Zeit zu schinden. Fuck!

»Ich weiß es nicht. Noch nicht. Aber ich will es rausfinden. Und wenn wir es nicht einmal versuchen, werden wir nie erfahren, ob wir nicht was ganz Großes verpassen.« Damit zitiere ich das Geseier von Liam. Etwas anderes fällt mir selbst nicht ein und außerdem ist es die Wahrheit.

Endlich erscheint ein zaghaftes Lächeln auf ihrem hübschen Gesicht. Ich bin auf dem richtigen Weg, also muss ich schnell weiterreden. Womit könnte ich sie restlos überzeugen?

»Wir könnten noch einmal von vorne anfangen. Mit einer

Verabredung zum Kino vielleicht?«

»Du magst doch gar kein Kino«, erwidert sie nun leicht grinsend. Das hat sie sich also gemerkt.

»Das habe ich so nie gesagt. Ich habe gesagt, ich bräuchte einen guten Grund, um hinzugehen.«

Ich lege meine Hände um ihr Gesicht und meine Stirn an ihre. »Es tut mir wirklich leid.«

Endlich legt sie ihre warmen Hände um meine Handgelenke. Noch nie hat mir eine so einfache Berührung einer Frau so gutgetan.

»Spiel bitte nicht mit mir, Aiden.«

Weil ich nicht weiß, wie ich darauf reagieren soll, senke ich meine Lippen auf ihre und lege alles in diesen Kuss, was ich ihr im Moment noch nicht sagen kann.

***

Am nächsten Abend hole ich sie von zu Hause ab und fahre mit ihr ins Kino.

Wie befürchtet ist der Saal voller Menschen, die knisternd in ihre Tüten grapschen. Den Mund voller Popcorn oder anderem Zeugs reden sie miteinander und bespucken sich gegenseitig mit dem halb verdauten Kram. Einfach widerlich. Ein extrem wiederkäuendes Exemplar sitzt natürlich direkt hinter mir.

Sollte ich auch nur einen Brocken abbekommen, reiße ich ihm die Eier ab und stopfe sie ihm in den Hals.

Rechts neben mir sitzt Isa, deren Popcorntüte auch schon halb leer ist, obwohl noch nicht einmal die Werbung angefangen hat. Sie redet zwar nicht, versucht aber jedes Mal, solche Mengen in ihren Mund zu schaufeln, dass die Mehrheit der Körner vor dem Sitz und auf ihrem Pullover landet.

Derweil beobachte ich ein Popcorn, welches auf einer ihrer Brüste klebt und droht, jeden Moment abzustürzen. Intuitiv lehne ich mich zu ihr rüber und nehme das Popcorn in den Mund. Jedoch nicht, ohne dabei ihre Brustwarze zu streifen, die sich sofort deutlich sichtbar unter dem engen Pullover aufstellt. Isa atmet hörbar ein, unterbricht ihr Geschmatze und schluckt stattdessen den Inhalt ihres Mundes geräuschvoll herunter.

Ihre Reaktion lässt auch mich nicht kalt und schon merke ich, wie mein Schwanz zu zucken anfängt. Die Intensität, mit der mein Körper auf sie reagiert, sollte mich eigentlich stören. Tut es aber nicht.

»Meinst du, es wäre schlimm, wenn wir das Date mit dem Kino verschieben?«, wispert sie.

Dieser schon bekannte fragende Ausdruck gepaart mit ein bisschen Unsicherheit und leichter Schamesröte steht ihr im Gesicht. Ohne zu antworten, stelle ich ihr Popcorn weg, nehme sie an der Hand und ziehe sie aus dem Kinosaal.

Dieses Mal fahren wir zu mir.

Kaum im Eingangsbereich angekommen, drücke ich Isa an die Wand und küsse sie leidenschaftlich. Mit ihren Händen um meinen Nacken zieht sie mich begierig an sich und reibt ihre vollen Brüste an mir. Ihren prallen Hintern umfassend, weise ich sie an, ihre Beine um meine Hüften zu legen, und gehe mit ihr im Arm die Treppe hinauf in mein Schlafzimmer.

Ohne sie abzusetzen, lege ich mich mit ihr auf das Bett, während sie sich lasziv an meinem inzwischen fast schmerzhaft harten Schwanz reibt.

Von ihrer Lust enthemmt reißt sie stoßweise atmend mein Hemd aus der Hose, wird fordernd. »Zieh das aus!«

Grinsend richte ich mich auf und reiße mir die Kleidung regelrecht vom Körper. Dabei sehe ich zu, wie sie das Gleiche tut. Beim BH zögert sie kurz, zieht ihn dann aber ebenso wie den Slip aus. Vor Erregung heben und senken sich ihre Brüste schneller, als ich mich auf sie schiebe, um diese zu kneten und in ihre aufgerichteten Brustwarzen zu beißen. Gierig reibt sie ihre Scham an meinem darauf liegenden Bauch, wobei ich ihre Nässe spüre.

Es kostet mich all meine Selbstbeherrschung, sie nicht sofort grob zu ficken, da auch mein Schwanz mehr als bereit ist. Aber zuerst will ich sie noch schmecken.

Küssend und saugend schiebe ich mich an ihrem Körper abwärts, bis sie mich am Arm festhält.

»Nicht!« Beklommen sieht sie mich aus ihren Lust verhangenen Augen an.

»Warum nicht?«

»Es ist … mir unangenehm.« Ihr Atem geht weiterhin stoßweise. »Du musst das nicht machen.«

»Aber ich will.« Mein Daumen umkreist jetzt ihre Klitoris, worauf sie sogleich mit einem leisen Stöhnen reagiert. »Wenn es dir nicht gefällt, höre ich sofort auf.«

Damit lässt sie meinen Arm los und ich schiebe mich zwischen ihre Beine. Liebkose die zarte Haut der Innenseite ihrer Schenkel, ihrer Leiste, bis zu ihrer triefend nassen Pussy, wobei ich ohne Unterlass ihre Perle reibe.

Ihre Schamlippen spreizend, ersetze ich den Daumen durch meine Zunge, deren erster Schlag sie erschrocken zusammenzucken lässt. Sinnlich umkreise ich ihre freigelegte Klit, lecke und puste zart darüber.

Sie schmeckt so wahnsinnig gut.

Ich sehe zu ihr hoch, wie sie sich windet, ihren Kopf in die Matratze drückt und ihre Hände in das Bettlaken krallt. Wie ihre prallen Brüste mit den kleinen Knospen sich immer schneller heben und senken. Und erst die Geräusche, die sie macht … dieses Seufzen und Stöhnen.

Wollte sie mich gerade noch davon abhalten, sie zu lecken, krallt sie sich jetzt in mein Haar und zieht mein Gesicht enger an ihre überlaufende Pussy.

Ihre Klit mit meinen Lippen umschließend, sauge ich an ihr, folge ihrem Körper, der unkontrolliert hin- und herzuckt, bis der Orgasmus erlösend über sie hinwegrollt.

Wie sie dabei meinen Namen stöhnt, lässt eine Gänsehaut über meine Wirbelsäule wandern. Umgehend ziehe ich mir ein Kondom über, um mich mit einem einzigen kräftigen Stoß in ihr heißes Loch zu bohren.

Oh fuck, hat sich schon jemals eine Pussy so gut angefühlt?

»Sag mir, wie ich dich ficken soll«, bringe ich schwer atmend hervor.

Ihre Beine umschließen mich, ziehen mich tiefer in ihren engen Kanal.

»Zärtlich.« Wieder stöhnt sie auf, als ihre noch immer empfindliche Klitoris an meinem Schambein reibt. »… und tief.«

Wir küssen uns sanft und ich weiß, sie kann sich selbst auf meinen Lippen schmecken. Gemächlich lasse ich die Hüften kreisen, um dann mein Tempo langsam zu steigern.

Ihre Beine über meine Schultern legend, schiebe ich ihr ein Kissen unter den Po und stoße langsam weiter in sie. Den Winkel somit etwas verändert, treffe ich den besonderen Punkt in ihr, den ich gesucht habe, und reibe meine Spitze an der kleinen riffeligen Oberfläche.

Fuck, lange halte ich das nicht mehr durch.

»Oh Gooootl, Aiden!« Isa krallt ihre Nägel in meine Hüften, zieht wieder meine ganze Länge in sich.

Damit verabschiedet sich meine Selbstbeherrschung und ich ramme mich immer wieder bis zum Anschlag in sie.

Isa stöhnt noch einmal laut auf, bevor sich ihre Muskeln noch enger um meinen Schwanz krampfen. Wie ihre Pussy mich massiert, ist unglaublich.

Ich spüre noch, wie meine Hoden sich zusammenziehen, bevor ich auf ihr zusammensacke und mein Schwanz heftig pumpend in sie abspritzt.

Kapitel 7

Gähnend rekele ich mich im Bett und reibe mir über die Augen. Ich spüre ein Brennen zwischen den Beinen und schrecke in eine sitzende Position hoch.

Aiden … er ist nicht hier, ich bin alleine im Bett.

Bitte nicht, bitte lass das nicht schon wieder alles gewesen sein. Mein Magen zieht sich auf unangenehme Weise zusammen. Mit der aufsteigenden Übelkeit kämpfend, suche ich meine Kleidung zusammen und gehe in das ans Schlafzimmer angrenzende Bad. Dort putze ich mir mit der bereitgelegten Zahnbürste schnell die Zähne, binde meine Haare zu einem unordentlichen Knoten und wasche mir das Gesicht.

Glasige Augen blicken mir aus dem Spiegel entgegen. Nein, Isa, du wirst jetzt nicht heulen. Ich werde mich souverän geben und ihm nicht zeigen, wie sehr mich sein Verhalten verletzt. Heulen kann ich, wenn ich zu Hause bin.

Erinnerungen an die letzte Woche kommen hoch. Daran, wie ich wach wurde und er nicht mehr da gewesen ist.

Ich war mir so sicher, dass zwischen uns mehr war als reiner Sex, und wurde doch eines Besseren belehrt. Die ganzen wechselnden Frauen, von denen Eva mir erzählt hat. Ganz offensichtlich will Aiden sich nicht festlegen.

Was also habe ich erwartet, dass er gerade von mir mehr will?

Erwartet, nein. Gehofft, definitiv ja.

Die gesamte letzte Woche habe ich entweder gearbeitet oder heulend auf dem Sofa verbracht. Und dann bin ich so blöd und vergesse wegen eines einzigen »Tut mir leid« von ihm alle meine Vorsätze, dass ich das nie wieder mit mir machen lasse.

Also dann mal los, irgendwann muss ich dieses Badezimmer ja mal verlassen und je eher ich hier wegkomme, desto besser.

Auf dem Weg durch das Schlafzimmer bleibt mein Blick an den zerwühlten Laken hängen, die Bilder aus der letzten Nacht in meinem Kopf heraufbeschwören. Sogar der Geruch nach Sex hängt noch in der Luft.

Noch einmal tief durchatmend öffne ich die Tür, durch die Aiden mich gestern getragen hat, und stehe auf einer lichtdurchfluteten, weitläufigen Galerie.

Bewundernd trete ich an das Geländer vor und sehe auf den Eingangsbereich des Hauses herunter. Sowohl an der Decke als auch an den Wänden ist der Charakter des Altbaus mit den wunderschönen Stuckverzierungen erhalten geblieben. Links von mir gelange ich über eine breite, geschwungene, mit weichem Teppich ausgelegte Treppe ins Erdgeschoss.

Mein Blick fällt neben die Haustür, dort hat Aiden mich gestern gegen die Wand gedrückt. Den Kloß im Hals runterschluckend, höre ich Geräusche aus dem Raum schräg vor mir. Die Tür steht offen und dem Kaffeegeruch nach scheint es die Küche zu sein.

Mein rebellierender Magen erreicht seinen Höhepunkt und kurz denke ich darüber nach, einfach ohne ein Wort zu gehen.

Wäre da nicht diese klitzekleine Hoffnung, dass es für Aiden eben doch nicht *nur* Sex war.

Im Türrahmen der geräumigen, komplett in Weiß gehaltenen

Küche bleibe ich stehen. Bodentiefe Fenster mit Blick auf den Garten lassen den Raum noch größer wirken. Mittendrin steht Aiden an einer Kücheninsel, an der neben dem Herd auch noch Plätze zum Sitzen sind.

Mit feuchten Haaren, tief auf den Hüften sitzenden blauen Jeans, einem einfachen weißen T-Shirt und barfuß nippt er in der Zeitung versunken an seinem Kaffee.

Noch nie habe ich ihn in anderer Kleidung als seinen Anzügen gesehen, die ihm, wie ich dachte, eine gewisse Autorität und Distanz verleihen. Aber da habe ich mich geirrt, selbst jetzt scheint ihn eine undurchdringliche Aura zu umhüllen.

Seine einnehmende Präsenz, die Unnahbarkeit, vermischt mit diesem Hauch von Überheblichkeit hat also nichts mit seiner Kleidung zu tun.

Ich könnte ihn ewig beobachten, aber irgendwann muss ich mich wohl bemerkbar machen und so betrete ich die Küche und steuere auf die Insel zu. Angesichts der Angst, die ich vor seiner Reaktion auf mich habe, schlägt mir das Herz dabei bis zum Hals. Nervös wische ich meine schweißnassen Hände an der Jeans ab, als er endlich von der Zeitung aufblickt und mich anlächelt.

Oh Gott, und wie er lächelt.

Erst jetzt, wo der Zweifel bleischwer von mir abfällt, bemerke ich, wie angespannt ich gewesen bin.

»Guten Morgen, gut geschlafen?«

»Guten Morgen. Ja, ich habe sehr gut geschlafen.« Ich kann nicht aufhören, im Kreis zu grinsen.

»Kaffee?«

Juhu, er schmeißt mich nicht raus. Ich habe mich wieder mal unnötig verrückt gemacht und trete ihm gegenüber an die Insel.

»Gern. Mit Milch bitte.«

»Ich habe auch erstaunlich gut geschlafen. Wenn mir nicht immer jemand die Decke geklaut hätte, wäre es wahrscheinlich noch besser gewesen.«

Oh …

»Du hättest sie dir zurückerobern können.«

Er grinst schelmisch.

»Das habe ich. Soweit ich mich erinnere, brauchten wir dann aber erst mal beide keine Decke mehr.«

Prompt erröte ich. Tatsächlich hat er mich in der Nacht geweckt, allerdings ging es dabei weniger um die Decke.

Wir haben noch zwei weitere Male miteinander geschlafen und mit jedem Mal wurde es schöner.

Schon wieder fühle ich Nässe, die sich zwischen meinen Beinen sammelt, und bemerke Aiden erst, als er direkt vor mir steht. Seine Hand unter meinem Kinn hebt er mein Gesicht an und legt seine Lippen auf meine. Erst vorsichtig, wird er immer leidenschaftlicher, bis mir ein Stöhnen entkommt, das ihn kurz innehalten lässt.

»Hast du Hunger?«

Was?!

Was ist denn das für ein ruppiger Themenwechsel?

»Äh … ja, ein bisschen.«

»Dann gehen wir nach dem Kaffee frühstücken.«

***

Knapp eine Stunde später sitzen wir gesättigt mit noch einem weiteren Kaffee vor uns in einem Café. Alle paar Minuten kommt die Bedienung und fragt, ob wir zufrieden sind. Dabei versucht sie nicht mal zu kaschieren, wie sie Aiden mit Blicken auszieht. Er scheint es entweder nicht wahrzunehmen oder gekonnt zu ignorieren, aber in mir brodelt es.

Ich könnte sie zu Mario bringen. Der würde sie komplett entwachsen. Jaha, sogar Brazilian Waxing, damit sie noch einmal richtige Schmerzen hat.

Danach bringe ich sie zu der Baustelle neben dem Attractive. Die Bauarbeiter fragen mich jeden Morgen, ob ich ihnen mal meine Brüste zeige. Wenn sie die Trulla dafür verschwinden lassen, dann mache ich es.

Oh ja, das wäre es mir wert. Sie könnten sie in die Bodenplatte eingießen oder …

»Isa?« Aiden wackelt mit seiner Hand vor meinem Gesicht herum und grinst. »Wo bist du denn gerade gewesen?«

Ähm ja, ein unverfängliches Thema muss her.

»Darf ich dich auch mal zum Essen einladen? Zu einem normalen italienischen Essen?«

»Normales italienisches Essen? Was soll das sein?«

»Na ja, da gibt es eben andere Sachen als im Pasta e basta. Tortellini, Pizza und solche Sachen. Das solltest du mal probieren.«

Er zieht seine rechte Augenbraue nach oben und sieht mich

ungläubig an. »Du glaubst, dass ich noch nie eine Pizza gegessen habe?«

Ups …

»Ich dachte …«

»Isa, ich bin ganz bestimmt nicht mit dem goldenen Löffel im Mund geboren worden und mir ist sehr wohl bewusst, was eine Pizza ist.« Seine Mundwinkel zucken nun kaum wahrnehmbar. »Und um deine Frage zu beantworten: Ja, ich würde gerne noch einmal mit dir essen gehen. Aber ich bezahle.«

»Aber ich möchte dich einladen.«

»Du suchst das Restaurant aus, ich zahle.« Sein Ton sagt mir, dass er in diesem Punkt nicht mit sich verhandeln lässt.

»Du bist es wohl gewohnt, dass die Leute machen, was du verlangst, hm?«

»Ja.«

»Ja? …Und was, wenn sie es nicht tun?«

»Ich kann sehr überzeugend sein.« Dieses schelmische Grinsen ist zum Niederknien.

»Hört sich für mich aber doch irgendwie nach goldenem Löffel an.«

»Nein, Isa, kein goldener Löffel.«

»Erzählst du mir, wie du und Liam die Firma gegründet habt?«

»Es gibt bestimmt interessantere Themen.«

»Für mich gerade nicht.«

Sein Blick ist forschend, bevor er doch anfängt zu erzählen.

»Mit achtzehn haben Liam und ich unsere Hilfe für alles Mögliche in der Zeitung angeboten, um uns neben der

Highschool etwas dazu zu verdienen. Irgendwann haben wir dann einem kleinen Unternehmen beim Umzug in neue Räume geholfen, die uns als Bezahlung Geld oder Aktien angeboten haben. Spaßeshalber haben wir die Aktien genommen. Zwei Jahre später wurde die Firma immer erfolgreicher und wollte die Aktien zurück. Wir haben verkauft und haben uns mit dem Gewinn selbstständig gemacht. Möglichst wenig zu investieren und es irgendwann gewinnbringend wieder abzustoßen, hat uns gefallen und somit war klar, was wir machen wollen.«

»Und ist das immer noch das, was du willst?«

»Ja. Inzwischen hat sich unser Schwerpunkt ja auch ein bisschen verändert. Wir haben irgendwann angefangen, Anteile an Firmen oder wieder aufgewertete Firmen nicht abzustoßen, sondern zu behalten und an deren Umsatz Gewinn zu machen.«

»Ich habe gelesen, dass ihr Start-up-Unternehmen fördert, ist das nicht riskant?«

Er grinst wissend und ich merke, dass ich mein zweites Standbein als Stalkerin zugegeben habe.

»Riskant ist jede Investition, aber wenn nie jemand eine für uns eingegangen wäre, dann wäre ich heute auch nicht da, wo ich bin. Warum also anderen nicht auch die Chance bieten, wenn ihre Idee gut ist?«

»Also ist das deine soziale Ader?«

»Ich vergesse einfach nicht, wo ich herkomme, das ist alles.«

»Und wo kommst du her?«

»Jetzt bin ich erst mal an der Reihe, hier die Fragen zu stellen.« Und wieder lenkt er subtil von sich selbst ab.

***

Kaum zu Hause, klingelt mein Telefon. Es ist Eva, mit der ich mich auf einen Kaffee in der Stadt verabrede.

Während ich auf sie warte, kreisen meine Gedanken mal wieder, oder immer noch, um Aiden.

Noch nie habe ich mich so zu jemandem hingezogen gefühlt, und das nicht nur körperlich. Natürlich sieht er aus, wie einer Modezeitschrift entsprungen, und sein unnahbares, einschüchterndes Auftreten lässt ihn nur umso interessanter erscheinen, aber da ist noch mehr.

Ich glaube, hinter dieser äußeren Erscheinung steckt ein Charakter, der es locker mit seinem Äußeren aufnehmen kann.

»Na, von wem träumen wir denn?« Eva beugt sich zu mir herunter, um mich zu umarmen, erstarrt dann aber mitten in der Bewegung. »Warte, sag nichts. Ich kann es sehen: Ihr. Hattet. Sex.«

Trotz der circa Siebzigjährigen am Nachbartisch, die echauffiert ihr weißes Haupt schüttelt, kann ich mein stolzes Grinsen einfach nicht unterdrücken. Also berichte ich ihr von unserem Abend und dem heutigen Morgen, wobei ich nicht zu sehr ins Detail gehe.

»Und, seht ihr euch wieder?«

»Ja. Ich hole uns morgen im Dolce was zu essen und fahre dann zu ihm.« Dass ich etwas zu essen mitbringe, weiß Aiden allerdings noch nicht, aber sonst komme ich nie dazu, ihn einzuladen.

»Kannst du ihn nicht mittendrin mal fragen, ob er mir nicht doch ein oder zwei Fragen beantwortet?« Dabei schubst sie ihre Schulter gegen meine. »Das wäre echt der Hammer. Er und dieser Benett reden nie mit der Presse, ich wäre die Erste und Einzige.«

»Nein, Eva, das kann ich nicht.« Ich muss lachen.

Ihr Gesichtsausdruck verändert sich, wird ernster. »Pass bitte auf dich auf und investiere nicht gleich zu viel Gefühl, ich will nicht, dass du verletzt wirst.«

»Riskant ist jede Investition«, wiederhole ich das, was Aiden vorhin von sich gegeben hat. Es stimmt … nur dass meine Gefühle hier die Währung sind.

»Ne, oder?« Sie reißt ihre Augen weit auf. »Du hast dich schon verliebt, oder?«

Habe ich das? Ich weiß es nicht.

»Oh Scheiße … sag es ihm bloß noch nicht. Solche Typen neigen dazu, schreiend wegzulaufen, wenn sie das Gefühl haben, dass es ernst wird.« Sie winkt dem Kellner und ruft, ohne auf ihn zu warten: »Zwei Aperol Spritz bitte, das brauche ich jetzt.«

Im weiteren Verlauf unseres Gesprächs hat Eva all ihre fragwürdigen Tipps zum richtigen Umgang mit Männern mit mir geteilt.

Dazu muss ich sagen, dass Eva in etwa die gleiche Menge an Erfahrung hat wie ich und ihre Ratschläge aus irgendwelchen Zeitschriften kommen.

***

Mit Tortellini in Schinken-Sahnesoße und einer Salamipizza auf dem Beifahrersitz fahre ich auf das Tor zu, das mich zu Aidens Stadtvilla durchfahren lässt.

Ich weiß, es ist albern, dennoch freue ich mich wie ein kleines Kind, dass er mir gestern einen Chip gegeben hat, durch den sich das Tor öffnet, wenn ich davorstehe. Für mich fühlt es sich ein bisschen so an, als würde er mich in sein Leben lassen.

Der gewundenen Einfahrt folgend, komme ich vor dem blassgelben, mit Stuckfassade verzierten Altbau zum Stehen.

Erst mal nur die Tüte mit dem Essen nehmend, gehe ich über den knirschenden Kiesboden zur Haustür. Zwar habe ich eine Reisetasche mit Wechselwäsche dabei, die ich jedoch erst mal im Auto lasse. Aiden und ich haben nicht darüber gesprochen, ob ich auch die Nacht hier verbringe, und ich möchte mich nicht lächerlich machen, oder dass er sich dazu genötigt fühlt.

Mit einem zarten Kuss werde ich begrüßt und mitsamt meiner Tüte in das geradeaus liegende Wohnzimmer geführt. Natürlich nicht, ohne dass er darauf besteht, mir das Geld für das Essen zurückzugeben.

Auch hier besteht die gegenüberliegende Wand komplett aus Glas. Zur rechten Seite steht eine riesige Couchlandschaft mit einem modernen Tisch davor. Zur Linken ist ein Esstisch, an dem locker zwölf Leute Platz finden. Die Tür daneben führt in die Küche, aus der Aiden gerade Teller, Besteck und Gläser holt.

Wie in der Küche, im Eingangsbereich und im Schlafzimmer sind auch hier alle Möbel in Weiß gehalten. Sein Einrichtungsstil steht damit im kompletten Gegensatz zu seiner Kleidung, die fast ausschließlich schwarz ist.

Bevor ich mich zu Aiden an den Esstisch setze, hole ich das Essen aus seiner Verpackung, was ihn gespielt aufschrecken lässt. »Oh mein Gooott, was ist das?«

Ich weiß, er will mich ärgern, weil ich angenommen habe, er wüsste nicht, was eine Pizza ist.

Anfänglich unterhalten wir uns über den heutigen Tag. Irgendwann frage ich, ob ich ihn mal in der Mittagspause im Büro besuchen darf.

»Natürlich, sofern du dabei keine Unterwäsche trägst.« Wie immer ist seine Miene unergründlich.

Nie weiß ich, ob er es ernst meint, was er sagt, oder mich nur auf den Arm nimmt.

Ob ich mit der Zeit lerne, in ihm zu lesen?

Nach dem Essen steht er auf und nimmt meine Hand. »Komm, wir gehen ins Bett.«

»Willst du denn, dass ich über Nacht bleibe?«

»Ich habe es gehofft.« Über seine Antwort und dem Wissen, bei ihm zu bleiben, strahle ich über beide Ohren, bevor ich meine Tasche aus dem Auto hole.

Oben in seinem Schlafzimmer geht Aiden zuerst ins Bad, was ich dafür nutze, mir ein schwarzes transparentes Negligé mit tiefem Spitzenausschnitt anzuziehen. Ich mag schöne Unterwäsche und jetzt ist da auch endlich mal jemand, der sie auch sieht.

Und jetzt? Lege ich mich schon ins Bett oder setze ich mich aufreizend hin? Warum bin ich in seiner Nähe nur so unsicher?

Als Aiden das Schlafzimmer betritt, liege ich mit bis an die Nase hochgezogener Decke im Bett.

Nur in einer dieser engen, sexy Shorts kommt er mit geschmeidigen, selbstbewussten Bewegungen auf das Bett zu, hebt die Decke an, um darunter zu schlüpfen, und verharrt mit brennendem Blick auf meinem Körper.

Wieder wird das Blau seiner Augen anscheinend dunkler. Die Pupillen sind so stark geweitet, dass seine Augen fast schwarz wirken. Unter der Eindringlichkeit seines Blickes läuft mir ein Kribbeln über den Körper, sodass meine Brustwarzen sich sofort aufrichten und sich durch den dünnen Stoff des Kleides drücken.

Mit einem Ruck reißt er die Decke vom Bett, legt sich dicht neben mich auf die Seite und streicht fast ehrfürchtig mit seinen Fingerspitzen über den Stoff meines Negligés.

»Hast du eine Ahnung, was du mit mir machst?«

»Nein.« Meine Atmung wird schneller.

Er rutscht noch näher an mich heran, zieht mich gleichzeitig in seine Arme und senkt seine Lippen auf meine. Fährt mit seiner Zunge an ihnen entlang, bis ich sie öffne und seiner Zunge entgegenkomme.

Schnell wird der Kuss leidenschaftlicher, tiefer. Dabei reizt er meine Brustwarzen durch den Stoff hindurch, dreht sie in genau der richtigen Intensität zwischen Daumen und Zeigefinger. Mein kleines Spitzenhöschen ist jetzt schon feucht.

Ich will ihn sofort in mir spüren. Also lege ich mich auf den Rücken, ziehe ihn mit mir und versuche, ihn in die richtige Position zu bringen, was ihn leise lachen lässt. Seine Lippen ziehen eine Spur zu meinem Ohr, über den Hals, herunter über mein Schlüsselbein. Bis zu meinen Nippeln, die fast schmerzhaft aufgerichtet sind.

Mir das Negligé über den Kopf ziehend, reibt er sich lasziv an mir. Auf Höhe meiner Handgelenke zieht er das Kleid jedoch nicht restlos aus, sondern verknotet meine Handgelenke damit.

»Lass die Hände hier oben.« Das klang nicht wie eine Bitte und aus unerfindlichen Gründen gefällt mir das, lässt mich meine eigene Feuchtigkeit bereits an den Schenkeln spüren.

Wieder widmet er sich meinen Brüsten, zwirbelt die Brustwarze der einen, solange er die der anderen zwischen die Zähne zieht und an ihr knabbert.

Seine andere Hand wandert in meinen Slip, wo er meine empfindliche Perle findet, sie umkreist und an ihr reibt.

»Und schon wieder bist du mehr als nur feucht«, keucht er erregt an meiner Brust.

»Ich … ich kann nichts dafür, das ist die Aiden-Reaktion.«

Schlagartig unterbricht er seine Berührung und sieht mich prüfend an, was mich erröten lässt. »Die was?«

»Na ja, diese Gefühle löst nur du in mir aus. Meine Reaktion auf dich, sozusagen.« Die Intensität, mit der er mir in die Augen sieht, lässt mich unruhig werden. Dann endlich finden seine Finger wieder meine Klit.

»Ich mag, dass es eine Aiden-Reaktion ist.«

Das mir mittlerweile bekannte Druckgefühl fängt an, sich aufzubauen, mein Gehirn verabschiedet sich und ich stöhne auf. Dabei nehme ich meine Hände runter, will ihn berühren.

»Hände nach oben!« Seine Stimme hat einen scharfen Ton angenommen, der mir zusätzliche Lust bereitet, und ich tue, was er sagt. Ohne Unterbrechung reibt er meine Perle, verteilt meine Nässe bis zu meinem Anus, den er damit massiert.

»War hier schon mal jemand?«

Himmel nein. Und doch fühlt es sich einerseits verboten, anderseits aber auch merkwürdig gut an. Unbewusst strecke ich ihm meinen Hintern weiter entgegen.

»Nein.«

»Aber ich werde dich irgendwann dort nehmen. Ich will meinen Schwanz in jedes Loch deines schönen Körpers versenken.«

Heilige Scheiße …

Endlich schieben sich seine Finger in mich und finden diesen einen Punkt, der mir die Erlösung bringen soll.

Obwohl ich die Heftigkeit der sich in mir aufbauenden Erregung mittlerweile kennen sollte, versuche ich, mich seinen Berührungen zu entziehen.

»Halt still!«, befiehlt er und damit erfasst mich der Höhepunkt mit aller Macht.

Aiden entzieht sich mir und stellt sich – inzwischen nackt – hinter das Bettende.

»Knie dich aufs Bett. Hintern zu mir.«

Ich will tun, was er sagt, und doch bleibt mein Blick an seinem aufgerichteten Penis hängen. Allein der Gedanke von ihm in meinem Mund lässt meine Klit von Neuem pulsieren.

Gerade will Aiden die Kondomverpackung öffnen, wovon ich

ihn abhalte, stattdessen rutsche ich vom Bett und knie mich vor ihn auf den Boden.

Noch nie habe ich so was gemacht. Vielleicht kann ich es auch gar nicht, aber ich will es unbedingt.

Aidens Hand streichelt durch mein Haar.

»Was hast du jetzt vor, Baby?«

Vorsichtig nehme ich ihn in die Hand, streiche an seinem Schaft hoch und runter. Bewundere jede Ader auf seinem Penis. Jeden Tropfen, der aus dem Schlitz seiner Eichel dringt. So gewaltig und hart, wie er ist, so samten fühlt sich seine Haut an.

Noch einmal sehe ich wie zur Bestätigung in Aidens vor Lust und Verlangen dunklen Blick, dann schiebe ich meine Lippen über seine Spitze.

Augenblicklich höre ich ein gequältes Stöhnen von oben.

Aiden hat den Kopf in den Nacken gelegt, was seine Venen am Hals deutlich hervortreten lässt. Sein Griff in meine Haare hat sich verstärkt, ist jetzt fast an der Schwelle zum Schmerzhaften, was mich nur noch mehr anstachelt.

Das löse ich in ihm aus, das kann ich ihm geben.

Erst langsam, dann immer schneller nehme ich seinen Penis in den Mund, umkreise und lecke seine empfindliche Eichel. Ich schmecke weitere Tropfen seiner Lust, habe das Gefühl, dass er noch weiter anschwillt, bis er sich ruckartig aus mir zurückzieht und mich vor sich auf das Bett kniet.

Ich höre noch das Knistern der Kondomverpackung und das Zerreißen meines Höschens, bevor er sich mit einem tiefen Stoß in mir versenkt. Hart und bestimmend stößt er immer wieder in mich.

»Komm mit mir, Baby!«, stöhnt er, während er sich weiter in mich rammt. Fassungslos, dass mein Körper auf seinen Befehl reagiert, lande ich vom Orgasmus bebend auf dem Bett und Aiden auf mir.

***

Nachdem Aiden das Kondom entsorgt und etwas zu trinken geholt hat, kommt er wieder ins Bett zurück und reicht mir die Flasche.

»Nimmst du eigentlich die Pille?«

Dankend nehme ich die Flasche Wasser, die er mir hinhält.

»Nein, ich brauchte sie bisher nicht. Ich könnte sie mir aber verschreiben lassen.«

»Das wird nicht nötig sein, ich kann keine Kinder zeugen.«

Nach dem ersten Schluck setze ich die Flasche ab. Wie soll ich darauf reagieren? Aiden kann keine Kinder bekommen …

Ich habe mir nie Gedanken gemacht, ob ich mal welche haben will, aber die Endgültigkeit, dass es gar nicht ginge, selbst wenn ich es wollte, ist komisch. Aber ändert das etwas an den Gefühlen, die ich bereits für ihn habe? Zweifelsohne nein.

Sollte ich ihn fragen, warum er keine Kinder bekommen kann?

Während ich noch in meinen Überlegungen hänge, nimmt er mir das Wasser aus der Hand, legt sich hin und zieht mich in seine Arme.

»Ich möchte ohne Kondom mit dir schlafen. Ich war erst vor

Kurzem beim Arzt und bin gesund. Außerdem habe ich noch nie ohne Kondom mit einer anderen Frau geschlafen.«

Meine Fingerspitzen streicheln über seine Brust, umkreisen eine seiner kleinen Brustwarzen, die sich unter meiner Berührung zusammenzieht. Fahren über die Narbe unter seinem Rippenbogen, die, wie ich mittlerweile weiß, von einer Operation nach einem Unfall kommt.

»Warum willst du es dann mit mir?«

»Weil ich die nassen Wände deiner engen Pussy an meiner Haut fühlen will, wenn ich in dir bin.«

Die Deutlichkeit seiner Worte lässt mich schon wieder rot werden, was er glücklicherweise nicht sehen kann.

Ich liebe es, wenn er so redet, auch wenn ich dabei regelmäßig im Erdboden versinken will.

»Hat er dir das gesagt?«

»Wer ›er‹?«

»Na, dein Schnipi.« Mühsam presse ich meine Lippen aufeinander, um nicht laut loszulachen.

»Mein was?« Ruckartig richtet er sich auf und sieht mich perplex an.

Dieser Gesichtsausdruck an ihm bringt mich dann doch zum Kichern, wobei ich meinen Blick provokant in Richtung seines besten Stückes senke.

Kurzzeitig scheint er so geschockt zu sein, dass er mich nur sprachlos anstarrt. Dann begräbt er mich blitzschnell unter seinem Körper und fängt an, mich durchzukitzeln.

»Soweit ich mich erinnere, hat *Schnipi* «, wobei er das Wort abfällig betont, »dich vor ein paar Minuten noch nach Gott rufen lassen.«

Lachend winde ich mich unter seiner Kitzelattacke, wobei ich ihn anbettele, aufzuhören. Mehr kreischend als redend, versuche ich, ihn zu besänftigen.

»Du hast recht. Du hast keinen Schnipi, sondern einen … einen … Muttermundkontaktbolzen.«

Abrupt lässt er mich los, beobachtet, wie ich mich langsam wieder beruhige und zu Atem komme.

Mit einem bösartigen Lächeln kommt er wieder über mich, fährt mit seiner Zunge über mein Schlüsselbein, den Hals hinauf, zu der weichen Stelle hinter meinem Ohrläppchen und sorgt damit für ein erneutes Kribbeln in meinem Schoß.

»Ich zeige dir jetzt noch mal, was mein Muttermundkontaktbolzen alles kann.«

***

Der nächste Morgen ist surreal, zugleich aber auch irgendwie normal. Ich kann es kaum glauben, in Aidens Badezimmer zu stehen und mich für so etwas Normales wie die Arbeit zurechtzumachen.

Wenn ich mit ihm zusammen bin, fühlt es sich an, als gäbe es die Welt da draußen nicht und wir befänden uns in unserer ganz eigenen Seifenblase. Und trotzdem ist es genau das, was ich will, dass Aiden und ich zu einem Teil unserer Normalität werden.

Noch vor ein paar Tagen hat mich eine verunsicherte Frau aus diesem Spiegel angesehen, heute hat sie rosige Wangen und strahlende Augen. Kurzum, ich sehe wirklich glücklich aus und … gut durchgevögelt, was mich zum Kichern bringt. Isa, die nie Sex wollte.

Die Küche betretend, finde ich statt Aiden eine schlanke Frau, vielleicht Mitte vierzig vor. Ihre hellen Haare hat sie zu einem Dutt am Hinterkopf verknotet, dazu trägt sie ein graues Kleid, das ihr bis über die Knie reicht.

Als sie mich bemerkt, sieht sie genauso überrascht aus wie ich. Um genau zu sein, starrt sie mich an.

Gefühlte Minuten taxiert sie mich von oben bis unten und wieder zurück. Langsam wird's gruselig.

Vielleicht eine psychopathisch fanatische Ex, die hier eingebrochen ist, um an Aidens Unterhosen zu schnüffeln. Vermutlich würde sie dann aber nicht die Rühreier braten, die ihr gerade auf dem Herd verbrutzeln.

»Ähm, Ihre Eier!«, sage ich und deute dabei auf die Pfanne neben ihr, aus der langsam Qualm aufsteigt. Erschrocken zieht sie mit einer Hand in der Luft wedelnd, die Pfanne von der Herdplatte, wischt sich ihre Hände an einem Handtuch ab und kommt auf mich zu.

»Kann ich Ihnen irgendwie helfen?«

»Ja, ich suche Aiden.«

Jetzt wird ihr Blick noch verrückter.

»Mr. Stone ist … ah, da kommt er ja.«

Wirkt sie irgendwie erleichtert? Vielleicht denkt sie, ich bin auch eine Schlüpper-Schnüfflerin? Aiden kommt schweißnass mit einem Handtuch um die Schultern auf uns zu, küsst mich aufs Haar und stellt uns einander vor.

»Isabell, das ist Olivia Williams, meine Haushälterin. Olivia, das ist Isabell Young.«

Mich noch immer anstarrend, als hätte ich zwei Köpfe, reicht sie mir die Hand.

»Freut mich, Miss Young.«

»Ebenfalls, aber nennen Sie mich doch bitte Isa.«

Das erste Mal, seit ich die Küche betreten habe, lächelt sie mich an.

»Gerne, dann nennen Sie mich bitte Olivia.«

Nachdem Aiden und ich uns an die reich gedeckte Kücheninsel gesetzt haben, bringt Olivia uns Kaffee und beginnt erneut damit, Rührei zu machen.

Verdammt, sieht Aiden so verschwitzt heiß aus und sein Geruch erst! Die Schweißtropfen laufen seinen Hals hinab, bis sie hinter dem feuchten Shirt verschwinden. Wie gerne wäre ich jetzt so ein Tropfen.

Ich reiße mich von seinem – mich durchaus erregenden – Anblick los, sehe wieder in sein Gesicht, wo ein wissendes Lächeln seinen wunderschönen Mund umspielt.

»Wo kommst du her, hast du einen Fitnessraum im Haus?«

Ohne mich aus den Augen zu lassen, trinkt er einen Schluck seines Kaffees. »Ja, im Keller. Mir fehlt die Zeit, neben der Arbeit auch noch in ein Studio zu gehen. Außerdem sind mir da zu viele Menschen. Ich mag die Ruhe da unten.«

»Machst du neben deiner Arbeit auch noch irgendwas

anderes? Ein Hobby oder so?«

Grinsend lässt er seinen Blick über meinen Körper gleiten. »Wenn ich mich recht erinnere, warst du die letzten Male dabei, als ich meinem Hobby nachgegangen bin.«

Glühend spüre ich das Blut in meine Wangen schießen und ein Kribbeln über mein Rückgrat rollen. Ich sehe zu Olivia hinüber, die in diesem Moment zu uns kommt, um uns die Rühreier zu bringen. Danach verlässt sie die Küche, was mich das Gespräch wieder aufnehmen lässt. Vielleicht ist Mister Schweigsam ja heute ein bisschen mitteilungsfreudiger.

»Hattest du schon mal eine feste Freundin?«

Auf halbem Weg zum Mund kommt seine Gabel mit dem Rührei zum Stehen, bevor er sie dann doch in den Mund schiebt. Gibt es eigentlich irgendwas, was bei ihm nicht gut aussieht?

»Nein.«

»Nein? Warum nicht?« Fragend sehe ich ihn an.

»Du hast wirklich die außergewöhnlichsten Augen, die ich je gesehen habe.«

Peinlich berührt kratze ich mich am Ohrläppchen, was mein Grinsen trotzdem nicht zurückhält. »Das war aber nicht die Antwort auf meine Frage.«

Er lehnt sich in seinem Stuhl zurück.

»Ich habe bisher einfach noch nie eine Frau getroffen, mit der ich fest zusammen sein wollte. Ich habe keine Lust, mich näher mit einer Frau auseinanderzusetzen oder jemandem etwas von mir zu erzählen. Und ich will auch nichts über irgendeine Frau wissen.« Er beugt sich wieder vor und macht sich weiter über seine Rühreier her. »Und du? Hattest du schon mal einen Freund? … Isa?«

»Was? Ähm, ja, also nein. Eine richtige Beziehung hatte ich auch noch nicht.« Er hat bisher noch keine Frau getroffen, die es wert war, also bin ich wohl auch nicht diejenige welche.

Gerade will ich ihn fragen, was genau ich dann für ihn bin, als Olivia wieder in die Küche kommt und es mir unpassend vorkommt.

Nachdem wir fertig mit dem Frühstücken sind, bringt Aiden mich zum Auto.

»Sag mal, deine Haushälterin … sie war irgendwie merkwürdig, findest du nicht.«

»Ja, fand ich auch«, schmunzelt er.

»Ich dachte erst, sie wäre eine Irre. So komisch, wie sie mich angesehen hat, als ich in die Küche kam.«

»Olivia ist nicht irre und normalerweise auch nicht merkwürdig.«

Ich sehe ihn stirnrunzelnd an, steige dann aber ins Auto, dessen Tür er mir aufhält.

»Sie hat nur noch nie erlebt, dass ich Frauenbesuch habe, das ist alles.«

»Du hattest noch nie eine Frau zu Besuch?« Ich kann meine freudige Überraschung nicht zurückhalten.

»Natürlich hatte ich den.« Wieder grinst er. »Ich wollte nur nie, dass das auch jemand mitbekommt.«

»Und bei mir darf sie es mitbekommen?«

»Offensichtlich.«

Also Augen zu und durch. »Was bin ich für dich, Aiden?«

Mein Herz rast in einem ungesunden Tempo, aber ich muss es jetzt wissen.

Sanft streicht er mir mit dem Daumen über die Lippen, bevor er sich zu mir runterbeugt und mir einen sanften Kuss gibt. Danach lächelt er mich auf diese bestimmte, aber wunderschöne Art an. Dieses seltene Lachen, das seine Augen mit einschließt.

»Na, ich dachte, du wärst die Erste, mit der ich mich auseinandersetzen will.«

Ich kann nicht anders, als ihn dusselig anzugrinsen, während er die Wagentür zuwirft. Und dieses dusselige Grinsen verschwindet auch den Rest des Tages nicht.

Kapitel 8

In den folgenden sechs Wochen kommen Aiden und ich uns stetig näher. Meine Wohnung betrete ich nur noch sporadisch, um mir Kleidung, oder was auch immer ich gerade brauche, zu holen.

Vor etwa einer Woche hat Aiden mir einen Teil seines begehbaren Kleiderschranks freiräumen lassen. Diese Geste mag nur eine Kleinigkeit sein, doch ich weiß, dass dieser Schritt für ihn ein sehr großer ist. Stück für Stück lässt er mich in sein Leben und trotzdem habe ich das Gefühl, dass ihn irgendwas an meinen aufrichtigen Absichten zweifeln lässt.

Ein weiterer großer Schritt ist, dass ich übermorgen bei dem rituellen Familienessen dabei sein werde, um seine Familie kennenzulernen. Allein wenn ich nur daran denke, wird mir schon flau im Magen.

Wenn ich in den vergangenen Wochen etwas Entscheidendes über Aiden erfahren habe, dann, dass seine Familie ihm das Wichtigste ist. Was, wenn sie mich nicht mögen und es ihn auch wissen lassen? Wird er mich dann trotzdem noch wollen?

Wie dem auch sei, ich habe Urlaub und heute ist der Tag, an dem ich Aiden in seinem Büro besuchen werde. Noch immer bin ich mir nicht ganz sicher, ob er das mit der Unterwäsche ernst gemeint hat oder nicht, aber allein die Vorstellung, keine zu tragen, bringt mein Blut in Wallung.

Es ist Anfang August und brütend heiß, also entscheide ich mich für ein dunkelrotes knielanges Spaghettiträgerkleid mit farblich passenden Ballerinas. Darunter trage ich einen trägerlosen BH. Den kann ich einfach nicht weglassen, wenn das einer sieht … dafür aber keinen Slip.

Zwei Stunden später betrete ich wie vor acht Wochen die Eingangshalle von Stone & Benett Investment und wieder sitzt meine gute Freundin Miss Jenkins am Empfang.

»Guten Tag, was kann ich für Sie tun?« Kacken freundlich, sie erinnert sich wohl nicht.

»Guten Tag, ich möchte gerne zu Mr. Stone.«

»Haben Sie einen Termin?«

»Nein.«

»Das tut mir leid, aber ohne Termin haben Sie keine Möglichkeit, ihn zu sprechen. Der Terminkalender von Mr. Stone ist streng durchorganisiert, dort unangemeldet dazwischen geschoben zu werden, ist unmöglich.«

»Ich bin mit ihm verabredet.«

Laut gackernd legt sie sich die Hand, heute mit schwarzen Nägeln, auf ihre Brust.

»Liebchen, wenn Sie wüssten, wie oft hier welche von Ihrer Sorte rumstehen und genau das behaupten.«

Liebchen? Ich habe wirklich keine Lust, hier wieder stundenlang mit dieser aufgetakelten Empfangsschlampe zu diskutieren.

Schon gar nicht ohne Slip.

Während ich mein Handy aus der Tasche nehme und Aidens Nummer wähle, frage ich mich, ob seine Ausdrucksweise eventuell anfängt, auf mich abzufärben.

»Hey Baby, wolltest du nicht auf einen Kaffee rumkommen?«

»Wollte ich, aber Edward lässt mich nicht zu dir hoch«, erwidere ich extra laut, damit die dämliche Miss Jenkins mich auch hören kann.

»Wer ist Edward?«

»Na, Edward mit den Scherenhänden. Guckst du eigentlich nie Fernsehen? Ach, ist ja auch egal, sie will mich nicht hoch lassen.«

»Du meinst Miss Jenkins?«

»Ja, nennen wir sie so, wenn du willst.«

»Ich komme runter.«

Blondchen sieht mich weiterhin herablassend an.

»Auch das haben schon mehrere vor Ihnen versucht. Ich muss Sie jetzt bitten zu gehen, ansonsten bin ich gezwungen, den Sicherheitsdienst zu rufen.«

Mein erster Impuls ist, mich über den Tresen zu werfen und der blöden Pute die Spachtelmasse aus dem Gesicht zu drücken. Aufgrund meines nicht vorhandenen Höschens gebe ich dem aber nicht nach. Endlich höre ich das Pling eines Fahrstuhles und Aiden kommt aus diesem.

Das Gefühl, das sich augenblicklich in mir ausbreitet, während Blondie nach Luft schnappt wie ein Fisch auf dem Trockenen, ist unbeschreiblich. Das hochmütige Lachen auf meinem Gesicht kann und will ich jetzt einfach nicht unterdrücken.

»Miss Jenkins, das ist Isabell Young und sie wird in Zukunft immer zu mir durchgelassen.«

Wanda schnappt nach Luft. »Selbstverständlich, Mr. Stone.«

Erst dann begrüßt Aiden mich mit einem Kuss auf die Wange

und führt mich wie damals mit der Hand auf meinem Rücken in Richtung der Fahrstühle.

Ich kann einfach nicht anders, als noch einmal über die Schulter zu gucken und ihr mit hochgezogener Augenbraue einen Siehste-Blick zuzuwerfen.

Vor seinem Büro stellt er mir noch seine persönliche Assistentin, die ich schon einmal bei unserem ersten Termin gesehen habe, als Amelia Addison vor und sagt auch ihr, dass er jederzeit für mich zu sprechen wäre. Sie ist groß, schlank und blond, und ich schätze sie auf mein Alter. Also genau der Typ Frau, den er auf all den Fotos im Internet im Arm hält. Ob er mal mit ihr geschlafen hat?

In seinem Büro angekommen unterbricht er meine Gedanken, als könnte er diese lesen.

»Ich habe sie nicht gefickt.«

»Was?«

»Das hast du dich doch gefragt, oder? Ob ich Amelia gefickt habe.«

Ertappt steigt mir die Röte in die Wangen, sodass ich mich in Richtung der Fensterfront von ihm abwende.

Schon bei meinem ersten Termin hier ist mir diese fabelhafte Aussicht aufgefallen. Von hier oben hat man einen wunderschönen Blick über die Dächer der Stadt. Alles sieht so klein aus, fast wie eine andere Welt. Dabei ist dieses Gebäude bei Weitem nicht das höchste in Chicago und doch das höchste, in dem ich je war.

Ohne mich umzudrehen, antworte ich ihm: »Sie ist genau dein

Typ.«

»Du bist mein Typ.« Ohne dass er mich berührt, nimmt jede Faser meines Körpers wahr, dass er direkt hinter mir steht.

Meine Nackenhaare stellen sich auf, ich spüre meine Nippel, die sich gegen die Körbchen des BHs drücken, und das anfängliche Pochen. Meine Aiden-Reaktion.

»Ich habe viele Fotos gesehen, auf denen nur solche wie sie zu sehen sind«, gebe ich meine Onlinerecherche jetzt offen zu.

Seine Arme umschließen mich und wie jedes Mal beruhigt mich sein mittlerweile vertrauter Geruch in gleichem Maße, wie er das Verlangen in mir schürt.

»Die mir alle egal waren. Du bist mir nicht egal.«

Woher ich den Mut nehme, als ich Aidens Arme von mir löse und zur Bürotür gehe, um diese abzuschließen, weiß ich nicht. Aber ich brauche jetzt die Gewissheit, dass ich, wirklich nur ich, ihm nicht egal bin, und dafür muss ich ihn spüren.

Wieder bei ihm drücke ich ihn mit dem Rücken gegen die Fensterfront und küsse ihn heftig, mit aller Leidenschaft, die ich aufbringen kann. Aiden scheint überrascht zu sein, wehrt sich jedoch nicht gegen mich.

Schnell öffne ich seine Hose, die ich mitsamt seiner Shorts ein Stück herunterschiebe. Umfasse seinen schon halb erigierten Schaft und spüre, wie er in meiner Hand härter wird.

Mit meinem Daumen streiche ich über die empfindliche Spitze und lasse mich vor ihm auf die Knie sinken, was ihn wie stranguliert aufstöhnen lässt.

»Baby, was machst du da?«

Die Worte von dem, was ich will, liegen mir auf der Zunge, und doch treibt mir allein der Gedanke, sie auszusprechen, die Schamesröte ins Gesicht. Da ist aber noch dieses andere Gefühl, das mir sagt, dass ich mich vor Aiden für nichts schämen muss.

Eine Hand weiter am Schaft, umschließe ich seine pralle Eichel mit meinen Lippen, sauge daran und stimuliere das Bändchen an der Unterseite. Mit der anderen Hand umfasse ich seine Hoden und massiere sie leicht.

Kurz lasse ich von ihm ab.

»Ich will … dass du mich in den Mund fickst.«

Ohne seinen Blick loszulassen, umschließe ich erneut seine gewaltige Erektion mit meinen Lippen, schiebe meinen Mund immer schneller vor und zurück. Sein vor Lust verhangener Blick wird noch dunkler, treibt mich an, ihn noch tiefer, noch schneller in mich aufzunehmen.

Seine Finger krallen sich unsanft in mein Haar, was mich begehrlich aufstöhnen lässt. Zu sehen, welche Lust er empfindet, dass ich es bin, die sie in ihm auslöst, erregt mich unheimlich. Unterdrückt stöhnend lässt er den Kopf nach hinten fallen und pumpt seinen Schwanz zweimal tief in meinen Rachen. Gleich darauf löst er sich von mir und zieht mich an den Armen hoch. Rückwärts schiebt er mich zum Schreibtisch, der ebenfalls vor der Fensterfront steht.

Barsch wischt er sämtliche Unterlagen zur Seite, wobei einige sich schwebend auf dem Boden verteilen, dreht mich herum und drückt mich mit der Brust auf den Tisch. Stürmisch zieht er mir das Kleid hoch und erstarrt kurz in seiner Bewegung.

»Du Luder hast doch tatsächlich kein Höschen an.« Seine Stimme ist rau vor Erregung. Grob hält er mich an den Hüften fest. Trotzdem rutsche ich unter der Heftigkeit, mit der er sich tief in mich rammt, weiter auf den Schreibtisch. Fest greift er mir in die Haare, zieht meinen Kopf zurück und streicht mit seinen Lippen meinen überstreckten Hals entlang.

»Ich werde nicht zaghaft sein. Wenn du kommen willst, dann berühr dich selbst.« Und sofort packt er meine Hüften noch eiserner als vorher und beginnt, seinen zum Bersten gespannten Schwanz in einem unnachgiebigen Rhythmus in mich zu rammen.

Für einen Sekundenbruchteil bin ich von seiner schroffen Art erschrocken, doch wie immer kennt Aiden meinen Körper besser als ich. Mit jedem seiner immer tiefer werdenden Stöße komme ich dem Orgasmus näher, führe zusätzlich meine Hand zwischen meine Beine, um meine geschwollene Perle zu reiben.

Den Blick nach draußen auf die Stadt gerichtet, meine geschwollene Klit reibend und Aiden, der sich meinen Namen stöhnend in mir entlädt, lassen mich alles um mich herum vergessen und ich schreie den überwältigenden Orgasmus aus mir heraus.

Immer noch in mir legt Aiden sich erschöpft auf meinen Rücken und küsst den Übergang meines Halses zur Schulter.

»Tut mir leid. Habe ich dir wehgetan?«

»Nein, es hat mir gefallen.«

Wieder küsst er meine Schulter.

»Sollte ich dir jemals aus Versehen wehtun, egal auf welche Art, sagst du es mir, ja?!«

Täusche ich mich oder ist da tatsächlich so etwas wie Unsicherheit in seiner Stimme? Bevor ich jedoch irgendetwas erwidern kann, unterbricht uns ein Poltern an der Tür.

»Ich bin's.«

Mist! Wer ist *ich*? Hastig zupfe ich mein Kleid zurecht, flitze zum Sofa, auf dem ich meine Handtasche abgelegt habe, und ziehe den Slip über, den ich eingepackt habe.

Nachdem auch Aiden wiederhergestellt ist, entriegelt er die Tür, die sich mit Schwung öffnet. Dieser Liam, den ich bisher nur von den Fotos im Internet kenne, betritt das Büro. Er ist fast so groß wie Aiden, hat blonde Haare und stechend eisblaue Augen. Auf den ersten Blick das, was im Allgemeinen als attraktiv bezeichnet wird, auch wenn er Aiden meiner Meinung nach natürlich nicht das Wasser reichen kann.

Laut krachend wirft er die Tür hinter sich zu, was mich erschrocken zusammenzucken lässt.

»Endlich fertig mit der Fickerei? Meine Fresse, die arme Amelia hat ganz rote Ohren bekommen. Die geht jetzt bestimmt erst mal die berühmte Zigarette danach rauchen.«

Wie peinlich ist das denn? Sie haben uns gehört.

Liam lässt seinen Blick anzüglich über meinen Körper wandern, bis er schamlos an meinen Brüsten hängen bleibt.

»Nicht schlecht, aber uuhh, der Teppich macht ja fiese Abdrücke.«

Bitte was? Wie auch Aiden inspiziere ich meine Knie, auf denen sich tatsächlich ein roter Abdruck des Teppichs gebildet hat.

Was gäbe ich jetzt für ein Loch, das sich unter mir auftut.

»Liam, es reicht.« Aidens Ton ist streng, aber die Härte, die ich schon oft vernommen habe, wenn er geschäftliche Telefonate führt, fehlt.

»Ist ja schon gut.« Liam kommt auf mich zu und streckt mir grinsend die Hand entgegen. »Ich bin Liam und du bist dann wohl Isabell.«

Natürlich weiß ich, dass Aiden mich bei seiner Familie erwähnt hat, schließlich werde ich übermorgen mit ihnen essen. Trotzdem macht es mich glücklich, dass Liam gleich weiß, wer ich bin. Noch immer peinlich berührt, versuche ich, meine Stimme wiederzufinden.

»Hallo, freut mich, dich kennenzulernen.«

»Wir haben einen Termin, den du aus gegebenem Anlass wohl vergessen hast«, wendet er sich an Aiden, wobei er impertinent meine Knie und das Papier rund um den Schreibtisch beäugt.

Mein Kopf hat inzwischen vermutlich eine dunkelrote Färbung angenommen. »Ich ähm … ich wollte sowieso gerade gehen.«

Aiden kommt auf mich zu und gibt mir einen sanften Kuss.

»Tut mir leid. Wir dachten, mit seinem Hirnschrittmacher wird's besser, aber wie du siehst, wurden wir enttäuscht.«

Lachend verabschiede ich mich. Noch bevor ich die Bürotür hinter mir schließen kann, ruft Liam mir hinterher. »War schön, dich kennenzulernen, Blasehase, wir sehen uns.«

Ohne noch einmal in ihre Richtung zu sehen, renne ich fast am Schreibtisch dieser Amelia vorbei.

Mensch, Isa, das hast du ja mal wieder ganz toll hinbekommen, das hast du jetzt von deiner sliplosen Nummer.

Kapitel 9

Nervös zupfe ich am Saum meines Kleides und zähle die Häuser, die in schnellem Tempo an uns vorbeiziehen. Mit jedem Meter, den wir uns Aidens Elternhaus nähern, zieht sich mein Magen weiter zusammen. Irgendwann werden wir langsamer und biegen in eine Einfahrt ab, die zu einem gemütlichen, kleinen Bungalow gehört. Hier wohnen sie? Ich habe mir irgendwas übertrieben Herrschaftliches vorgestellt und bin mehr als positiv überrascht.

Der Weg zur Haustür windet sich durch eine akkurat getrimmte Grünfläche. Nicht ein Grashalm scheint hier aus der Reihe zu tanzen. Ringsherum ist das Grundstück von Blumen und Pflanzen in den schönsten Farben eingefasst, offensichtlich hat hier jemand einen grünen Daumen.

Bevor wir klingeln, halte ich Aiden zurück.

»Was ist, wenn sie mich nicht mögen?«

»Das werden sie.«

Ich weiß, Aiden will mich beruhigen, was ihm aber nur mäßig gelingt.

»Und was ist, wenn nicht? Wirst du dann …« Wie soll ich es sagen, ohne jämmerlich zu erscheinen. »Was, wenn du mich dann nicht mehr willst?« Toll, damit habe ich jämmerlich wohl noch getoppt.

Er legt einen Finger unter mein Kinn, damit ich ihn ansehe.

»Ich will dich. Ganz unabhängig von diesem Treffen, okay?«

Ich nicke zögerlich und klammere mich an seine Hand, als er klingelt. Fast gleichzeitig öffnet uns eine groß gewachsene, rundliche Frau mit blonden, langen Haaren. Die Art, wie sie Aiden in ihre Arme zieht und ihn begrüßt, lässt darauf schließen, dass sie seine Mutter ist.

Danach wendet sie sich mir zu und zieht mich zu meiner Überraschung ebenfalls in eine freudige Umarmung.

»Hallo Isabell, ich freue mich so, dass Aiden dich endlich mitbringt. Ich bin Ella. Hoffentlich habt ihr Hunger mitgebracht.« Sie schiebt uns durch den Flur und weist uns an, in das Wohnzimmer durchzugehen. Sie selbst geht wieder in die Küche.

Das Erste, was mir auf dem Weg durch den Flur auffällt, sind die vielen Fotos an den Wänden. Am liebsten möchte ich sie mir ansehen, doch Aiden zieht mich um eine Ecke in das Wohnzimmer, wo sich ein Mann erhebt, der wie eine ältere Version von Liam aussieht. Auch er umarmt Aiden und klopft ihm auf den Rücken. Mir gibt er die Hand.

»Hallo Isabell, ich bin Aidens Vater Matt. Schön, dass du heute da bist.«

»Ich freue mich auch, hier zu sein. Vielen Dank für die Einladung.«

Nach und nach geht meine Angst zurück. Mit der herzlichen Begrüßung seiner Eltern habe ich nicht gerechnet und ein erster Stein fällt mir vom Herzen.

Auch Liam begrüßt mich und flüstert mir – für Matt nicht zu hören – ein »Hallo Blasehase« ins Ohr, was mich prompt erröten und Aiden auflachen lässt.

Ella, die sofort darauf besteht, dass wir uns duzen, tischt uns gute alte Hausmannskost aus Kartoffeln, Fleisch und Soße auf.

Würde ich es nicht selbst sehen, könnte ich nicht glauben, dass das hier Aidens Familie ist.

Es hat ein bisschen was von der gern zitierten Bilderbuchfamilie. Der Vater fragt seine Söhne, wie es auf der Arbeit läuft. Die Mutter sorgt für das Essen und rügt ihre Männer, wenn sie sich nicht wie gewünscht benehmen.

Das Band, das die vier verbindet, ist deutlich zu spüren. Ihr Umgang miteinander ist herzlich, humorvoll und zeugt von großem gegenseitigem Respekt.

Aiden, der erfolgreiche, herrschende Geschäftsmann, und auch *mein* Aiden, der stets kontrolliert, geheimnisvoll und immer etwas zu ernst ist, scheinen hier keinen Platz zu haben. Stattdessen wirkt er völlig losgelöst. Scherzt mit Liam auf Kosten aller anderen, was bei Ella für Kopfschütteln sorgt und Matt so tun lässt, als fände er ihre Blödeleien nicht lustig.

Wenn ich es bis jetzt nicht wahrhaben wollte, heute Abend habe ich mein Herz vollkommen und unwiderruflich an ihn verloren.

Nach dem Essen ziehen die Männer vom Esstisch auf das Sofa um, um noch ein Bier zu trinken. Ich hingegen helfe Ella, den Tisch abzuräumen, was sie erst ablehnen möchte, es dann aber doch dankend annimmt. Nach dem letzten Geschirr bleibe ich im Flur vor der Fotowand hängen.

Die meisten Fotos sind von Aiden und Liam, auf vielen davon sind sie gemeinsam zu sehen. Ein etwas größeres, offenbar aktuelles Foto zeigt alle vier zusammen.

Matt, Ella und Liam mit ihren hellen Haaren und ebenso heller

Kleidung, Aiden hingegen mit seinem dunklen Haar und dem wie üblich schwarzen Anzug. In diesem Kontrast sieht er zwischen ihnen fast wie ein dunkler Engel aus.

Auch ein paar Babyfotos sind zu sehen, allerdings immer nur mit einem Baby. Ist Liam eigentlich jünger oder älter als Aiden?

Stirnrunzelnd trete ich dichter an die Wand und erkenne, dass das Kleinkind auf den Bildern immer das gleiche ist. Deutlich ist zu sehen, dass es Liam und nicht Aiden ist. Aufmerksam gehe ich die Fotos noch einmal durch.

Ja, Aiden ist ganz sicher erst auf den Fotos zu sehen, auf denen beide schon etwas größer sind.

Erschrocken drehe ich mich um, als Ella mich von hinten anspricht.

»Sie werden viel zu schnell groß.« Liebevoll blickt sie auf die Fotos.

»Warum ist nur Liam auf den älteren Bildern?« Die Frage beschäftigt mich.

Ich kann ihr förmlich dabei zusehen, wie sie an Farbe verliert und sich entschuldigend zurück in die Küche geht. Ich platze vor Neugier, will mich jedoch nicht in etwas reindrängen, was mich offenbar nichts angeht.

Gerade komme ich an der Küchentür vorbei, um zu den anderen zu gehen, da höre ich Ella leise mit Aiden sprechen. Unsicher, ob ich gehen oder lauschen soll, entscheide ich mich aus krankhafter Neugier für das Letztere.

»Isabell hat mich nach den fehlenden Babyfotos von dir gefragt. Wann hattest du vor, es ihr zu erzählen?«

»Bald.«

»Aiden.« Ellas Stimme nimmt einen eindringlichen Klang an. »Nichts, was dir passiert ist, muss dir unangenehm sein. Niemals, hörst du?« Sekundenlang ist es still und ich entscheide mich, doch weiterzugehen. Bis Aiden doch noch antwortet.

»Die Träume von Allen sind wieder da.«

»Was?! Seit wann?« Ellas Stimme nach zu urteilen, scheint sie ernsthaft erschrocken zu sein.

»Seit ein paar Wochen. Seit das mit Isabell enger wurde.«

Was? Was für Träume und warum seit das mit uns ernster wurde?

»Warst du mal bei Dr. Martin?«

Aiden antwortet ihr nicht, was ihr offenbar Antwort genug ist.

»Dann geh bitte jetzt hin. Versprich mir das.«

Den Geräuschen nach zu urteilen bewegen sie sich, sodass ich schnell weiter in Richtung des Wohnzimmers gehe und mich zu Liam und Matt setze.

Obwohl der Abend so schön gewesen ist, bin ich froh, dass wir gleich, nachdem Aiden aus der Küche kommt, aufbrechen. Meine Gedanken kreisen und ich fürchte, mich nicht mehr auf irgendwelche Gespräche konzentrieren zu können.

Was für Träume? Wer ist Allen und wer ist Dr. Martin?

Gerne würde ich Aiden im Auto danach fragen, traue mich aber nicht zuzugeben, dass ich ihn und seine Mutter in diesem privaten Moment belauscht habe.

Kapitel 10

Seit dem Essen bei Ella und Matt ist fast eine weitere Woche vergangen. Noch immer habe ich mich nicht getraut, Aiden auf das Gespräch mit seiner Mutter anzusprechen, und je mehr Zeit vergeht, desto mehr verschwimmt meine Erinnerung daran.

Heute treffen wir uns mit Eva und Liam in einer Bar am Cold Coast, von der aus man einen wunderschönen Blick über den Michigansee hat.

Eva hat immer öfter darauf gedrängt, Aiden endlich kennenzulernen, und so haben wir auch Liam gefragt, ob er mitkommen will. Aiden und ich setzen uns gerade an einen Fensterplatz, als Eva die Bar betritt und sich ihr sofort einige überwiegend männliche Blicke zuwenden.

Sie hat diese Wirkung auf Männer, auch wenn sie selbst es nie wahrhaben will. Um genau zu sein, ist sie exakt der Typ Frau, den Aiden bisher bevorzugt hat, und genau das macht mir Angst.

Natürlich weiß ich, dass Eva niemals etwas tun würde, was mich verletzt. Aber was, wenn sie Aiden besser gefällt als ich? Was, wenn er die Augen kaum von ihr lassen kann?

Ich stehe auf, um sie zur Begrüßung in die Arme zu nehmen. Nachdem ich die beiden einander vorgestellt habe, versuche ich, in Aidens Gesicht zu lesen, ob sie ihm gefällt oder zu gut gefällt. Aber wie immer ist er unleserlich.

Nachdem wir uns etwas zu trinken bestellt haben, entschuldigt Eva sich, um zur Toilette zu gehen. Wie gut könnte ich jetzt einen Scheißegal Spezial gebrauchen. Ich sehe auf meine Finger, die ich in meinem Schoß knete.

»Alles in Ordnung?«

Ich spüre Aidens Blick auf mir, doch was soll ich ihm antworten?

Klar, alles bestens. Bis auf dass ich eine unerklärliche Unsicherheit in mir habe, dass du mich gegen eine andere eintauschen könntest. Dass ich unbeschreibliche Angst verspüre, dir nicht genügen zu können. Ohne aufzusehen, antworte ich ihm.

»Natürlich, alles bestens.« Na super, das hörte sich ja total überzeugend an.

Aiden dreht sich auf seinem Platz zu mir. »Isa, sieh mich an!«

Obwohl ich nicht mag, hebe ich den Kopf und setze ein erzwungenes Lächeln auf. »Was ist los?«

Offensichtlich fällt es ihm leichter, meine Gefühlslage zu durchschauen, aber auf keinen Fall werde ich ihm von meinen Klein-Mädchen-Problemen erzählen.

»Findest du sie sexy?« Sehr gut, Isa, weiter so.

»Was? Wen?«

Forschend sehe ich ihm ins Gesicht, also entweder er kann gut schauspielern, oder er hat wirklich keine Ahnung, von wem ich spreche.

»Eva.«

Aiden runzelt die Stirn und scheint tatsächlich überrascht von der Frage zu sein. »Ja, schon. Warum?«

Wieder senke ich den Blick auf meine mittlerweile schmerzenden roten Finger. Bin ich jetzt eigentlich total durchgeknallt?

»Das ist nicht dein Ernst, oder?« Sein scharfer Ton lässt mich erschrocken aufblicken. »Ja, deine Freundin Eva ist heiß, so wie viele andere Frauen auch. Aber keine von ihnen kann dir auch nur im Entferntesten das Wasser reichen.« Aiden zieht mich in seine Arme und legt seinen Mund an mein Ohr.

»Keine von ihnen kann mich mit ihrem Stöhnen allein dazu bringen abzuspritzen. Keine hat diese weichen, vollen Brüste, die sich so verdammt perfekt in meinen Händen anfühlen. Deren Nippel auf die kleinste Berührung von mir reagieren. Keine hat diese runden Hüften, die sich an meinem harten Schwanz reiben und ihn damit zum Sabbern bringen. Keine hat diese enge Pussy, die jedes Mal förmlich für mich überläuft und den letzten Tropfen aus meinem Schwanz melkt. Keine sieht so atemberaubend aus wie du, wenn du kommst. Von deiner mich völlig einnehmenden Persönlichkeit will ich jetzt gar nicht erst anfangen. Dafür reicht unsere Zeit hier nicht aus.«

Oh mein Gott, wenn das mal nicht eine Liebeserklärung auf komplimentisch war. Seine Worte schießen mir direkt zwischen die Beine, wo sie meine Klit heiß zum Pochen bringen.

»Ich will sowas nie wieder hören, verstanden?!«

Sprachlos, wie ich bin, nicke ich nur leicht.

»Und jetzt atme, Baby.«

Seufzend stoße ich den Atem aus, den ich unbewusst angehalten hatte, und sehe Aiden in seine dunklen Augen. Das erste Mal in meinem Leben ziehe ich es in Erwägung, mich auf die Toilette einer Bar zurückzuziehen. Ach was soll das

Drumherum-Gerede. Ich ziehe es in Erwägung, mich das erste Mal auf einem Klo ficken zu lassen.

»Hey, tut mir leid, dass ich zu spät bin.«

Ertappt ruckt mein Kopf herum. Liam zieht einen Stuhl zurück und setzt sich verkehrt herum zu uns an den Tisch. »Ist deine Freundin noch nicht da?« Dabei lässt er seinen Blick durch die Bar wandern, wo er am Tresen hängen bleibt. »Das ist doch mal spaltbares Material.«

Immer noch leicht benommen folge ich seinem Blick und sehe Eva, die sich am Tresen mit einem Mann unterhält. Als sie zu uns rüber sieht, lächelt sie kurz, wendet sich noch einmal ihrem Gesprächspartner zu und kommt dann breit lachend in unsere Richtung.

Noch bevor einer von uns etwas sagen kann, springt Liam auf.

»Endlich mal eine, die weiß, wie es läuft. Wollen wir gleich los, oder muss ich dir vorher noch einen ausgeben?«

Ich habe keine Ahnung, ob Liam einen Spaß macht oder er das tatsächlich ernst meinen könnte. Fakt ist jedoch, dass Aiden sich die Karte vors Gesicht hält und ich an dem Wackeln eben dieser erkennen kann, dass er sich gerade kaputtlacht. Eva hingegen sieht aus, als würde sie bereits planen, wie sie Liams Leiche verschwinden lassen kann. Ich könnte ihr die Baustelle neben dem Attractive empfehlen.

»Wie bitte?«, fragt Eva ungläubig, als könnte sie nicht fassen, was er gerade zu ihr gesagt hat.

Bevor Liam sich wiederholen kann, gehe ich dazwischen und stelle die beiden einander vor.

»Eva, das ist Liam. Liam, das ist Eva. Meine Freundin!«

»Das ist Eva?« Schockiert sieht er Aiden und mich an. »Bedeutet das jetzt, ich muss mir ’ne andere zum Furchedurchackern suchen?«

Evas Augen sind so weit aufgerissen, dass ich befürchte, ihre Augäpfel gleich vom Boden aufkratzen zu müssen.

»Isa. *Das* …«, ihr Blick wechselt zwischen Liam und mir, »ist jetzt nicht dein Ernst, oder?«

Bevor ich reagieren kann, übernimmt Liam wieder das Wort.

»Reg dich ab, für einen guten Tittenfick sind Titt und Tott hier ohnehin zu klein.« Viel länger als angemessen bleibt sein Blick an Evas Oberweite kleben.

Nur durch Aidens Eingreifen und mit viel gutem Zureden kann ich Eva überzeugen, nicht sofort wieder zu gehen und sich mit uns hinzusetzen.

Aiden gefällt Eva, wie es mir wichtig war. Was ich jetzt nach seinen Worten auch genießen kann. Liam und sie hingegen werden wohl keine Freunde, jedenfalls nicht so bald. In einer Tour checkt er die Frauen, ich korrigiere, »Schlunzen« in der Bar ab und kommentiert bei jeder, ob sie seines »Bestrafers« würdig wäre oder nicht.

Seine Art dabei ist jedoch auf krankhafte Weise so gewinnend, dass sogar ich immer öfter lachen muss und mir kritische Blicke von Eva einfange.

Bei der Verabschiedung teilt sie Liam mit, dass sie sich hoffentlich nie wiedersehen werden. Woraufhin er ihr das einmalige Angebot eines Gnadenficks anbietet, bei dem er ihr die

Prüderie ausficken wolle.

***

Es ist schon Mitternacht, als ich mich restlos ausziehe und mich zu Aiden ins Bett lege. Ich schmiege mich an seinen mir zugewandten warmen Rücken und streichele über seine Brust die Hüfte entlang.

»Wenn du so weitermachst, ist er gleich hart.«

»Wer? Schnipi?«, frage ich lachend.

Er dreht sich zu mir und zieht mich in seine Arme. Ob ich mich jemals an dieses wahnsinnige Gefühl gewöhnen werde?

»Ich geb dir gleich Schnipi.«

»Der Abend ist irgendwie anders verlaufen als geplant, hm?«

»Ja, allerdings«, lacht er an meinen Lippen.

Ich weiß, dass er Liams Verhalten oft kritisiert, ihn aber auch gerade wegen dieser lockeren Art so mag. Eine Eigenschaft, die er insgeheim vielleicht selbst gerne hätte.

Er dreht mich auf den Rücken und drückt seine Lippen auf meine, die ich augenblicklich öffne, um seiner Zunge Einlass zu gewähren. Schnell nimmt der zarte Kuss an Tiefe zu, was mich in seinen Mund stöhnen und meinen Schoß pulsieren lässt.

Aiden lässt von meinem Mund ab.

»Ich will dich fesseln.«

»Was?« Panisch sehe ich ihn an.

»Wenn es dir nicht gefällt, mache ich dich sofort los.«

Abschätzend sehe ich ihm ins Gesicht, bevor ich zögerlich

nicke und ihn dabei beobachte, wie er zwei Seidenschals unter dem Kissen hervorzieht, womit er zuerst mein rechtes, dann mein linkes Handgelenk an den dicken Bettpfosten fixiert.

Trotz meiner unterschwelligen Furcht muss ich zugeben, dass mich das Gefühl, ihm so ausgeliefert zu sein, erregt. Sehr sogar. Aus einem Reflex heraus ziehe ich probeweise an dem Stoff, der, wie zu erwarten war, nicht nachgibt.

Aiden kniet links von mir auf dem Bett, und während er seinen begierigen Blick über meinen Körper gleiten lässt, umfasst er seinen zur vollen Größe erregten Schaft und reibt sich selbst, was ihn gequält aufstöhnen lässt.

»Siehst du, wie geil du mich machst?«

Ich winde mich in dem Wissen, dass ich diese Lust in ihm auslöse. Lecke mir beim Anblick seiner feuchten Spitze über die Lippen und bettele ihn an, zu mir und in mich zu kommen.

Noch ein paar Mal fährt seine Hand den Schaft hoch und runter, bis er endlich zwischen meine Beine kommt.

Doch statt sich in mir zu versenken, nimmt er die Kerze vom Nachttisch, die mir bisher gar nicht aufgefallen ist. Sie brennt in einem Behälter, der Ähnlichkeit mit einem kleinen Milchkännchen hat. Als ich sehe, was er damit vorhat, reiße ich panisch die Augen auf.

»Nein, Aiden! Wag es nicht!« Panisch reiße ich an den Fesseln.

»Vertrau mir, Baby!«

Oh Scheiße, was mache ich jetzt? Ich will das nicht. Natürlich mag ich es, wenn Aiden mich manchmal etwas grober anfasst, aber der Gedanke an richtige Schmerzen, egal welcher Art, turnt mich absolut nicht an.

Aber was, wenn es Aiden anturnt? Wenn er nur mit jemandem zusammen sein kann, der das mitmachen will?

Wie von selbst nicke ich und beobachte ihn, wie er mit dem heißen Wachs auf meinen Bauch zielt. Ich kneife die Augen zusammen, spanne jeden einzelnen Muskel in meinem Körper an, um mich gegen den Schmerz zu wappnen, der jetzt kommen wird. Aber alles, was ich auf meiner Haut spüre, ist eine angenehm warme Flüssigkeit. Entgeistert blicke ich zuerst auf meinen Bauch, dann zu Aiden, der lächelnd anfängt, die ölige, nach Lavendel duftende Flüssigkeit zu verstreichen.

»Das ist eine Massagekerze, Baby. Das Wachs wird durch die Hitze zu Öl und ist, wie du merkst, nicht so heiß wie normales Wachs.« Mit sanftem Druck verreibt er das Öl auf meinem Oberkörper, sorgsam darauf bedacht, meine Brüste auszusparen. »Ich werde dir nie wehtun, Baby.«

Auch meine Arme und Beine kommen in den Genuss des warmen Öls und Aidens Händen, die genau wissen, was sie tun. Das Gefühl, am ganzen Körper von ihm berührt zu werden, entspannt mich jedoch nicht. Im Gegenteil, es erregt und frustriert mich gleichermaßen. Bisher ist er weder meinen Brüsten mit den hart aufgerichteten Nippeln noch meiner brennenden Pussy zu nahegekommen.

Wie aus Versehen streift sein Schwanz mal an meinem Bein entlang, mal am Bauch und hinterlässt die Feuchtigkeit seiner Lusttropfen auf mir. Wie jetzt, als er seine Arme neben meinem Kopf abstützt und sanfte Küsse über meinen Hals und mein Kinn regnen lässt und Besitz von meinem Mund nimmt.

»Sag mir, was ich jetzt machen soll.«

»Berühr mich.«

»Wo? … Hier?« Dabei zwirbelt er meine Nippel zwischen seinen Fingern, was mich aufstöhnen lässt. »Oder hier?« Damit fährt seine Hand dahin, wo ich sie schon seit Beginn der Massage haben will.

»Jaah da!« Ich erkenne meine eigene Stimme kaum wieder, so verlangend hört sie sich an.

Seine Finger streichen durch meine Nässe zu meiner geschwollenen Perle und wieder zurück zu meinem Eingang, in den er erst einen, dann zwei Finger versenkt und sie diesen einen Punkt finden, der mich nach Erlösung betteln lässt.

Dabei beobachtet er, wie mein Körper sich unter ihm windet und nach weiteren Liebkosungen bettelt, die er mir schließlich auch gewährt. Seine Finger weiter in mir, stimuliert er zusätzlich meine Klit, knetet meine Brüste und saugt fest an meinen schmerzhaft aufgerichteten Nippeln.

»Sieh mich an, Baby.«

An den Fesseln reißend, sehe ich ihm in die Augen und gebe mich am ganzen Körper zuckend dem Orgasmus hin.

Benommen kriege ich mit, dass Aiden die Fesseln löst und mir die Handgelenke massiert.

Irgendwas ist anders an ihm. Er sieht mich mit einer Intensität an, die ich noch nie an ihm wahrgenommen habe. Als könnte er bis auf den Grund meiner Seele sehen und dort alles ausmachen, was ich für ihn empfinde.

Jetzt weiß ich es. Ich sehe nur ihn. Aiden, ohne das, was er vor allen anderen nach außen hin präsentiert. Aiden ohne seine Maske.

Ohne den Augenkontakt zu unterbrechen, dringt er langsam und zärtlich in mich ein, verharrt einen Moment, bevor er sich zurückzieht, um sich erneut in mich zu versenken.

Das hier ist anders als jedes Mal davor, das ist nicht einfach nur Sex, Aiden macht Liebe mit mir. Er senkt seine Lippen auf meine und küsst mich in dem gleichen langsamen Rhythmus, mit dem er sich immer wieder in mich schiebt. Mein Herz läuft über vor Emotionen und in diesem Moment will ich, dass er weiß, was ich für ihn fühle.

»Ich liebe dich.«

Abrupt erstarrt Aiden in seinen Bewegungen und ich fürchte schon, dass ich ihn mit meiner Offenbarung gleich wieder verschreckt habe.

»Sag das noch mal.«

Oh Scheiße, ist das jetzt gut oder schlecht? Unsicher komme ich seiner Aufforderung nach. »Ich habe mich in dich verliebt.«

Ohne ein Wort senkt er abermals seine Lippen auf meine und bewegt seine Hüften in einem quälend langsamen Rhythmus.

»Du gehörst mir. Sag, dass du mir gehörst und mich nie mehr verlässt«, presst er zwischen jedem einzelnen Stoß hervor.

»Ja, ich gehöre dir. Für immer.«

Natürlich hätte ich lieber gehört, dass Aiden meine Liebeserklärung erwidert. Doch ich weiß, dass dies seine Art ist, mir zu sagen, dass es ihm ähnlich geht.

Noch mehrere Male schiebt er sich quälend langsam in mich, bis wir gemeinsam den Höhepunkt erreichen und das leise Stöhnen des anderen schlucken.

Dieser Orgasmus ist nicht wie die anderen, nicht wie eine Explosion. Er ist leise, intensiv und zumindest für mich voller Liebe.

***

Am nächsten Tag überrede ich Aiden, diesen faulenzend auf der Couch zu verbringen. Ich weiß, dass dies für ihn vergeudete Zeit ist, die er weitaus sinnvoller in seine Firma investieren könnte, und trotzdem schlägt er mir den Wunsch nicht ab.

Im Fernseher läuft irgendein langweiliger Nachrichtensender, aber wenn er schon mir zuliebe hier liegt, dann kann er auch gucken, was er möchte.

Ich hingegen lehne mit geschlossenen Augen auf seiner Brust und höre dem beruhigenden Schlagen seines Herzens zu. Ich denke an die gestrige Nacht. Das Gefühl, ihm völlig ausgeliefert zu sein, von ihm benutzt zu werden, hat mich auf eine Art berauscht, die ich zweifelsfrei wieder erleben will. Und genau dieses Gefühl möchte ich Aiden auch schenken.

»Darf ich dich auch mal fesseln?«

»Nein.« Dabei streicht er mir das Haar in den Nacken.

»Wieso nicht?«, möchte ich wissen, ohne zu enttäuscht zu klingen.

»Weil ich es nicht möchte, das ist nichts für mich.«

»Das habe ich auch erst gedacht und da…«

»Ich habe Nein gesagt!«

Schockiert über seine vor Wut bebende Stimme schrecke ich hoch. Offenbar selbst über seine Reaktion erschrocken, zieht er mich wieder in seine Arme. Küsst meinen Scheitel und streichelt mir über den Rücken.

»Es tut mir leid, ich wollte nicht so schroff sein.«

Noch immer verunsichert, was hier gerade passiert ist, beruhigt sich mein Puls nur langsam. Irgendwann nehme ich ganz leise Aidens Stimme wahr.

»Der Mann, der, bis ich dreizehn war, mein Vater gewesen ist, hat mich immer an die Heizung gebunden, wenn er damit fertig war, mich zu verprügeln. Dann sollte ich über meine Fehler nachdenken.«

Was?! Ich wage es kaum zu atmen, aus Angst er könnte nicht mehr weitersprechen.

»Meine Eltern wollten mich nie haben, aber für eine Abtreibung war es wohl schon zu spät. Ich weiß nicht, wie oft sie mir wortwörtlich gesagt haben, dass sie sich gewünscht haben, mein Vater hätte ›am Tag meiner Zeugung lieber daneben gespritzt‹ oder ›sie stattdessen in den Arsch gefickt‹. Auch damals haben sie mich schon geschlagen … Richtig losgegangen ist es dann aber, nachdem meine Mutter abgehauen ist, da war ich zehn. Sie wollte einfach nicht mehr mit meinem Vater und diesem Abschaum, den sie mit ihm in die Welt gesetzt hat, zusammenleben.«

Völlig abwesend streicht Aiden mir durch mein Haar, scheint

mit seinen Gedanken in der Zeit zu sein, von der er mir gerade erzählt. Als ich schon denke, dass er nicht weitersprechen wird, tut er es doch.

»Besoffen oder nicht, Allen hat mich jeden Tag verdroschen und mir klargemacht, wie wertlos ich bin. Er hat mich dafür verantwortlich gemacht, dass seine Frau abgehauen ist und er selbst nie was auf die Reihe bekommen hat. Wenn ich nach Hause gekommen bin, bin ich immer sofort in mein Zimmer gegangen und habe mich so ruhig wie möglich verhalten. Manchmal hat er mich dann tatsächlich vergessen und ich hatte einen Tag Ruhe vor ihm. Ich habe mich nicht mal auf die scheiß Toilette getraut und stattdessen in meinem Zimmer in leere Flaschen gepinkelt. Ich weiß noch, wie gerne ich bei Liam und seinen Eltern war. Ich war viel dort und habe das Gefühl genossen, dass ich ihnen etwas wert bin. Auch wenn ich immer dachte, dass ich mir das nur einbilde. Ella hat mich jedes Mal in den Arm genommen und mich angefleht, ihr doch zu sagen, was bei mir zu Hause vor sich geht. Sie wollte mir helfen, aber ich hatte einfach zu viel Schiss vor Allen. Nie waren Spuren der Schläge zu sehen, darauf hat er immer geachtet, aber sie hat an meinem Verhalten gemerkt, dass etwas nicht stimmt. Hat bemerkt, dass ich oft unter ihren Berührungen zusammengezuckt bin. Irgendwann mit dreizehn stand er dann mit einer der Flaschen voller Urin vor mir, die ich morgens vergessen hatte zu entsorgen. An dem Tag hat er mich halb tot geprügelt …«

Wieder bricht Aiden ab und braucht ein paar Minuten, um weiterzusprechen.

»Er hat mir den rechten Arm und ein paar Rippen gebrochen, von denen eine meine Milz durchbohrt hat. Dann hat er die Flasche Urin über mir verschüttet und ist gegangen. Irgendwie habe ich mich noch zum Telefon geschleppt und habe bei Liam angerufen. Dass Ella, Matt und Liam gekommen sind, habe ich dann kaum noch wahrgenommen. Ich weiß nur noch, dass Ella neben mir gekniet und die ganze Zeit geweint hat. Wach geworden bin ich dann im Krankenhaus. Sie haben mir in einer Notoperation die Milz entfernt. Das Ganze war wohl ziemlich knapp.«

Ich will, dass Aiden weiterspricht, und so unterdrücke ich mein Schluchzen, weine leise über das, was er mir erzählt, und um den Jungen, der solchen Bestien ausgesetzt war.

Als er weiterspricht, verändert sich seine Stimme, er scheint nicht mehr so weit weg zu sein.

»Ella, Matt und Liam waren von Anfang an bei mir. Liam hat sogar die gesamten zwei Wochen bei mir im Krankenhaus geschlafen. Am dritten Tag stand dann Allen in meinem Krankenzimmer. Natürlich nicht, um zu sehen, wie es mir geht, sondern um da weiterzumachen, wo er aufgehört hat. Er schrie mich an, dass die Polizei und das Jugendamt bei ihm gewesen sind, und noch bevor er an meinem Bett war, ist er mit einem Ruck von hinten durch die gerade geöffnete Zimmertür gezogen worden.«

Ich kann hören, dass er bei dieser Erinnerung ein kleines bisschen lächelt.

»Matt hat ihn durch das halbe Krankenhaus geprügelt, wofür

er nachher sogar noch belangt wurde. Aber er hat immer gesagt, dass es ihm das wert war. Nach meiner Entlassung durfte ich bis zu meiner vollständigen Genesung mit zu Liam nach Hause, bevor ich in einer Pflegefamilie untergebracht werden sollte. An einem Sonntag saßen wir zusammen beim Essen, als Matt mir sagte, dass sie mich lieben würden wie einen Sohn und ich bei ihnen bleiben kann, wenn ich es denn wollen würde. Ich habe stundenlang nur geheult und seitdem essen wir jeden Sonntag zusammen … als Familie.«

Inzwischen ist mein gesamtes Gesicht und Aidens T-Shirt nass, weil die Tränen ohne Unterlass laufen.

Darum gibt es keine Bilder von Aiden als Kleinkind. Darum hat er keine Ähnlichkeit mit Ella, Matt und Liam. Davon träumt er also. Und dann fällt es mir ein.

»Vom Dunklen ins Helle. Deine Tätowierung. Das verängstigte Kind im Dunkeln, das unter die hellen Flügel gezogen wird … unter die schützenden Flügel einer Familie.« Ich drehe meinen Kopf zu ihm, streichele sein Gesicht, weil ich nicht weiß, was ich noch sagen soll. Noch nie habe ich – wie jetzt – gesehen, dass Aiden offensichtlich verunsichert ist.

»Was denkst du jetzt von mir?«

Kopfschüttelnd sehe ich ihn an.

»Wie kannst du nur glauben, dass ich wegen deiner Vergangenheit meine Meinung über dich ändern könnte? Ich liebe dich, Aiden. Dich, das hier drin. Mit allem, was zu dir gehört.« Dabei lege ich meine Hand auf seine Brust. »Nichts und niemand wird daran jemals wieder etwas ändern. Niemals!«

Kapitel 11

Seit Aiden mir vor zwei Wochen von seiner Vergangenheit erzählt hat, hat sich unsere Beziehung noch einmal verändert. Es fühlt sich an, als wären wir noch enger zusammengekommen, vertrauter im Umgang miteinander.

Das Wissen, dass er mir seine Geschichte erzählt hat, vor mir zugeben kann, dass er nicht immer der selbstsichere Mann von heute war, beflügelt mich auf berauschende Art und Weise. Es gibt mir Hoffnung, dass das mit uns mehr für ihn ist als nur eine Phase.

Noch immer hat er mir die drei Worte, die ich so herbeisehne, nicht gesagt. Dabei merke ich ganz deutlich, dass er auch etwas für mich empfindet.

Immer öfter lässt Aiden die Schranken der Unnahbarkeit fallen. Lässt mich sehen, was dahinter ist und seine Gefühlslage an ihm erkennen.

Ich erkenne, wenn er verärgert ist, wenn er gute Laune oder wenn er Lust hat. Sollten mir diese blöden Worte da nicht eigentlich egal sein? Sind Taten nicht viel mehr wert als Worte? Ja, natürlich. Und doch würde ich es so gerne von ihm hören.

Während ich in seiner Küche sitze, ist Aiden schon auf der Arbeit, wo ich ihn heute in der Mittagspause besuchen werde.

Dieses Mal allerdings mit Höschen. So ein Vorfall wie bei meinem letzten Besuch passiert mir bestimmt kein zweites Mal. Gott bewahre, dass Liam irgendwo in der Nähe ist. Ich mag ihn sehr und er bringt mich oft zum Lachen, aber seine

Ausdrucksweise ist manchmal wirklich unterirdisch. Eva ist immer noch nicht über ihr erstes Zusammentreffen hinweg. Wie vermutet, gefällt er ihr optisch wahnsinnig gut, aber charakterlich hat ihr der Abend gereicht, um ihn nie wiedersehen zu wollen.

Olivia sitzt mit ihrem Kaffee vor mir. In den letzten Wochen ist auch sie mir zu einer Art Freundin geworden und inzwischen hat sie sich an meinen Anblick gewöhnt. Vor Kurzem hat sie mir erzählt, dass sie tatsächlich geschockt war, eine Frau in diesem Haus anzutreffen. Deswegen hat sie so eigenartig auf unser erstes Zusammentreffen reagiert. Sie meint auch, dass Aiden viel umgänglicher geworden ist, seit wir zusammen sind. Auch Leo, sein Fahrer und Leiter der Sicherheitsabteilung, hätte das festgestellt.

Solche Aussagen machen mich einfach glücklich und ich hoffe, dass ich wirklich diese Wirkung auf ihn habe.

***

Es ist kurz nach eins, als ich den Eingangsbereich von Stone & Benett Investment betrete. Natürlich sitzt meine herzallerliebste Miss Jenkins hinter dem Empfangstresen, die mich schon von Weitem anstrahlt, als ich auf sie zugehe.

»Miss Young, Sie möchten sicher zu Mr. Stone?«

Dumme Kuh.

»Hallo Miss Jenkins. Es wäre zu freundlich, wenn Sie ihm Bescheid geben würden, dass ich hier unten auf ihn warte.«

»Aber selbstverständlich. Setzen Sie sich doch so lange in den

Wartebereich.«

Tzz, na nun überschlag dich mal nicht.

»Danke.«

Gerade hingesetzt, höre ich schon Schritte hinter mir. So schnell kann er doch nicht unten sein, oder?

»Pommespanzer?«

Das ist nicht wahr, oder? Ich blicke über meine Schulter und sehe gerade noch, wie Aiden sich hinter Ben dem Wurm aufbaut. Seine schneidende Stimme lässt selbst mich zusammenzucken.

»Wie haben Sie meine Freundin gerade genannt?«

Ben zieht den Kopf zwischen die Schultern, dreht sich in Slow Motion um und lässt den Blick zwischen Aiden und mir hin- und herwandern.

Er hat mich seine Freundin genannt, das erste Mal nach elf Wochen. Ich könnte schreien vor Glück.

»Mr. … Mr. Stone, es tut mir leid. I-i-ich … Ich wusste ja nic…«

»Wie heißen Sie?«, fällt Aiden ihm ins Wort.

»Ben Miller, ich bin der leitende Eventmanager Ihrer Firma.« An mich gewendet, spricht er weiter. »Isabell, es tut mir leid, ich ha…«

»In einer Stunde in meinem Büro.« Wieder fällt Aiden ihm ins Wort. Dann nimmt er mich an die Hand und geht mit mir an seiner Seite aus dem Gebäude.

Kurz darauf sitzen wir in einem kleinen Café, das sich unweit der Firma befindet. In meinem Latte macchiato rührend, frage ich mich, warum Ben zu ihm ins Büro kommen soll. Ich hatte keine

Ahnung, dass er bei Stone & Benett Investment angestellt ist, und war schon auf der Eröffnungsfeier damals überrascht, überhaupt jemanden aus Greenville anzutreffen. Die Autorität, die Aiden gegenüber seinen Angestellten ausstrahlt, ist einschüchternd, obwohl ich weiß, dass ich nicht betroffen bin.

Wie sooft scheint Aiden in mir lesen zu können und unterbricht meine Gedanken.

»Worüber denkst du nach?«

»Darüber, was du jetzt mit Ben machen willst.«

»Ich werde ihn entlassen.«

»Was?! Das kannst du doch nicht machen.«

»Isabell, ich erwarte von meinen Angestellten den Respekt, den ich ihnen auch entgegenbringe. Und das nicht nur für mich, sondern auch für meine Freundin.« Unwillkürlich muss ich grinsen. »Was ist?«

»Das war das erste Mal, dass du mich offiziell als Freundin bezeichnet hast.« Freudestrahlend nehme ich seine große Hand in meine und spiele mit seinen Fingern. »Trotzdem, du kannst ihn doch nicht entlassen, nur weil er mich mit meinem Spitznamen aus Schulzeiten angesprochen hat.«

»Ist das das Arschloch gewesen, weswegen du dich auf der Hoteleröffnung so betrunken hast?«

Daran kann er sich erinnern?

»Und wäre das Arschloch nicht gewesen, hätte ich nichts getrunken und auch nicht ins Auto getragen werden müssen«, gebe ich ihm zu bedenken.

Endlich entlocke ich ihm ein Schmunzeln.

»Er bekommt eine Abmahnung und beim nächsten Mal fliegt er.«

Wow … jetzt bin ich wirklich baff. Ich habe den nie vom Plan abweichenden Aiden dazu gebracht, seine Entscheidung zurückzuziehen. Ich kann nicht anders, als mich stehend über den Tisch zu beugen, ihn an der Krawatte zu mir zu ziehen und ihn zu küssen.

Nachdem Aiden in die Firma zurückgekehrt ist, fahre ich in meine Wohnung, um dort nach dem Rechten zu sehen. Dass ich kaum noch hier bin, tut mir irgendwie leid, doch mehr als das will ich bei Aiden sein. Und egal, wo das sein mag, da wo er ist, fühle ich mich zu Hause.

Danach fahre ich zurück in die Stadt, wo ich später mit einer Kundin zum Einkaufen verabredet bin. Vorher gehe ich noch in den Starbucks.

In der Schlange stehend, klingelt mein Handy.

Nachdem ich es endlich in den Tiefen meiner Handtasche gefunden habe, gehe ich – ohne vorherigen Blick aufs Display – ran.

»Young.«

»Hey Zuckerpuppe. Bock mit dem geilsten Hengst der Stadt einen Kaffee zu trinken?«

Mit dem Handy am Ohr drehe ich mich grinsend um und durchsuche den Raum mit meinen Blicken. An der Tür sehe ich Liam an der Wand gelehnt stehen. Heute trägt auch er mal einen schwarzen Anzug, was das Blau seiner Augen noch deutlicher als sonst hervorstechen lässt.

»Was hättest du denn gern?«

»Eine Latte …« Ein spitzbübisches Grinsen umspielt seinen Mund, weshalb ich mich kopfschüttelnd wegdrehe und auch schon an der Reihe bin, um die Bestellung aufzugeben.

Mit einem Latte macchiato in jeder Hand gehe ich auf den Tisch zu, den er in der Zwischenzeit organisiert hat.

Wie immer unterhält er mich auf seine unverkennbare Art und bringt mich pausenlos zum Lachen. Natürlich vergisst er nicht, den im Café anwesenden Frauen zuzuzwinkern, was tatsächlich bei jeder anzukommen scheint. Eine Rothaarige scheint ihm besonders zu gefallen.

So nah sich Aiden und Liam auch stehen, sie könnten nicht unterschiedlicher sein.

Aiden beeindruckt durch seine kontrollierte, überhebliche und unnahbare Art. Er lässt in einem den Wunsch entstehen, seine Aufmerksamkeit zu erregen und vielleicht sogar hinter diese Fassade blicken zu können. Liam hingegen ist locker, offen und gibt jedem, vorzugsweise Frauen, nur zu gerne etwas von seiner Aufmerksamkeit.

»Erzähl mal, wie ist das denn so mit einem Partner, was fressen die denn so?«

Mein dummer Gesichtsausdruck bringt Liam zum Lachen. Ohne zu überlegen, ob ich mich zu weit aus dem Fenster lehne, erzähle ich ihm von meinen Sorgen.

»Aiden hat mir von früher erzählt, bevor er zu euch gekommen ist.«

Sofort verändert sich Liams Gesichtsausdruck, wird ernster.

»Ich frage mich, ob … na ja. Ich hatte schon immer das Gefühl, dass er sich nicht richtig auf mich einlassen will. Jetzt frage ich mich natürlich, ob seine Vergangenheit damit zu tun hat. Glaubst du … glaubst du, dass Aiden sich je auf mich einlassen wird. Mich lieben kann?«

Liam sieht mich eine Zeit lang stumm an.

Ein Schatten, der sich auf unseren Tisch wirft, lässt mich aufsehen. Besagte rothaarige Frau steht vor unserem Tisch und stammelt irgendwas, was sich danach anhört, als wollte sie Liams Nummer haben.

»Hat deine Mutti dir nicht beigebracht, dass man Erwachsene, die sich unterhalten, nicht stört? Verzieh dich.«

Ähm … also damit habe ich jetzt nicht gerechnet. Sein Ton ist scharf und irgendwie kalt.

Läuft sein Geflirte und Gezwinker nicht gerade darauf hinaus, dass ihn hoffentlich ein paar Frauen ansprechen?

Entschuldigend sehe ich sie an, bevor sie rot wie eine Tomate das Café verlässt. Vielleicht hat sie auch einen falschen Moment erwischt? Zumindest scheint von seiner soeben noch unbeschwerten Art nichts mehr übrig zu sein.

»Liam, weißt du was, vergiss meine Frage einfach, okay?«

»Als Aiden damals zu uns in die Familie kam, war er so kaputt, wie man nur sein kann. Seine äußeren Verletzungen sind verhältnismäßig schnell verheilt, aber das, was diese Wichser ihm in sein Gehirn gepflanzt haben, das hat lange gebraucht. Verdammt lang … Täglich haben sie ihn psychisch und physisch misshandelt und dann verschwindet diese Schlampe von Mutter und verschlimmert sein Martyrium dadurch nur noch. Ihm wurde so oft gesagt, dass er nichts wert ist, dass er es irgendwann sogar selbst geglaubt hat. Vielleicht denkt er das sogar heute noch manchmal. Mir hat Aiden schon immer vertraut, aber bis es auch bei Ella und Matt so weit war, bis er sich wirklich klar wurde, was er ihnen bedeutet, hat es ewig gebraucht.«

Eben noch den Blick irgendwo in die Ferne gerichtet, sieht er mir jetzt direkt in die Augen.

»Ich weiß, dass das, was ihr beide habt, ihm eine Scheißangst macht, aber ich weiß auch, dass er das mit euch will. Also ja, ich glaube, dass Aiden sich in dich verlieben könnte, und wenn es so weit ist, wage es nicht, ihn zu verletzen. Ansonsten sorge ich dafür, dass du in dieser Stadt nie wieder ein Bein an die Erde bekommst.«

Die Eindringlichkeit, mit der er mich ansieht, macht mir fast Angst. Liam macht mir Angst. Vielleicht sollte ich meine Meinung über seine ach so fröhliche Persönlichkeit doch noch mal überdenken.

»Das werde ich nicht«, antworte ich ihm dennoch mit voller Überzeugung.

Liam sieht mich prüfend an, bevor er nickt und damit zu seiner gewohnt unbeschwerten Art zurückfindet.

»Dann ist ja alles bestens. Noch einen Kaffee?«

Während er noch einen zweiten Kaffee besorgt, nutze ich die Minuten, um mich an seinen Sinneswandel zu gewöhnen. Auf dem Weg zu unserem Tisch zwinkert er bereits der Nächsten zu.

»Meinst du, die Rothaarige kommt noch mal zurück?«

Mit offenem Mund starre ich ihn an und kann nicht glauben, was ich da höre. Fragt er mich das jetzt im Ernst? Ich kann mir ein Schmunzeln nicht verkneifen und schüttele zum wiederholten Mal den Kopf.

Obwohl ich offenbar einem Gestörten gegenübersitze, bleibe ich noch eine weitere halbe Stunde, bevor ich mich auf den Weg zu meiner Kundin mache.

Kapitel 12 Aiden

Nass geschwitzt verlasse ich nach drei Stunden meinen Fitnessraum und gehe in die Küche, um mir eine Flasche Wasser aus dem Kühlschrank zu holen.

Isa ist mit Eva ausgegangen und das erste Mal seit Wochen bin ich am Abend allein.

Eigentlich sollte ich froh sein, mal wieder Zeit für mich alleine zu haben, und doch muss ich mir eingestehen, dass ohne sie etwas fehlt. Noch schlimmer ist aber die Ungewissheit über das, was sie heute Abend macht. Wo ist sie und mit wem redet sie vielleicht?

Ob sie danach hierher kommt oder zu sich in die Wohnung fährt?

Vorsorglich habe ich ihr einen Haustürschlüssel gegeben, aber weiter darüber geredet haben wir nicht. Und doch hoffe ich, dass sie zu mir kommt.

Noch vor ein paar Wochen hätte ich mir nie vorstellen können, dass eine Frau ständig hier in meinem Haus ist. So nah bei mir ist. Einem Teil von mir macht das Sorgen. Nein, eher gesagt habe ich mächtig Schiss. Der andere Teil will aber genau das.

Verwirrt von meinen sich im Kreis drehenden Gedanken gehe ich gleich nach dem Duschen ins Bett.

Irgendwann nachts werde ich von einem nackten Körper, der sich von hinten an mich schmiegt, geweckt. Die Erleichterung, dass sie da ist, ist körperlich zu spüren. Als hätte ich die gesamte Zeit unter Spannung gestanden, die erst durch ihr Erscheinen von mir abfällt.

Isas weiche Brüste drücken sich an meinen Rücken und eine ihrer Hände sucht sich ihren Weg an meine Brust, wo sie meine kleinen Brustwarzen reizt.

Ihre Lippen liebkosen meinen Nacken, während ihre Hand meinen Körper entlang bis zu meinem bereits halb aufgerichteten Ständer wandert. Unter ihren langsamen Auf- und Abbewegungen schwillt er in ihrer Hand zu seiner vollen Größe an. Fast qualvoll zärtlich schiebt sie die Vorhaut zurück. Streicht mit ihrem Daumen über meine schon befeuchtete Eichel und weist mich an, mich auf den Rücken zu legen.

Ohne die Hand von meinem Schwanz zu nehmen, küsst sie mich. Neckt mich mit ihrer nach Alkohol schmeckenden Zunge.

»Heutä übanehm ich das Kommandooo. Hände üba den Kopp!«

An ihren Lippen lachend, tue ich, was sie sagt, lege meine Hände über den Kopf und umgreife den Rahmen des Bettes.

Von meinem Mund aus leckt sie mir über das Kinn, an meinem Hals hinab, von wo aus sie sich zu meinen Brustwarzen vorarbeitet und mit ihren Fingern jede einzelne Vertiefung meiner Bauchmuskeln nachfährt. Dabei sind ihre Berührungen so sanft, dass ich eine Gänsehaut bekomme.

»Du bist so wundaschööön und ich hab dich so vamisst. Darf ich dich heutä benutzn?«

Vermisst? Ja, das ist es wohl. Ich habe sie auch vermisst.

»Du darfst mit mir machen, was du willst, Baby.«

Gleich darauf stülpt sie ihre Lippen über meine pralle Eichel, was mich zischend Luft holen und meine Hand sich wie automatisch in ihr Haar krallen lässt.

»Aidään. Lass die Hände oben, sonst mach ich nich weita.«

Als ich mache, was sie sagt, leckt sie von unten nach oben über meinen Schwanz. Saugt an dem Bändchen der Unterseite und knetet dabei meine Eier, sodass ich glaube, jeden Moment zu explodieren. Wieder saugt sie an meiner Spitze, leckt darüber, um ihn erneut in ihren Mund zu saugen.

Da es im Zimmer dunkel ist, kann ich sie kaum sehen, aber allein die Vorstellung, wie sie ihren Kopf immer schneller auf- und abbewegt, dabei saugt und leckt, macht es nur noch erregender.

»Baby, wenn du jetzt nicht aufhörst, komme ich in deinen Mund«, mache ich ihr stöhnend klar.

Augenblicklich hört sie auf und kniet sich mit gespreizten Beinen über mich.

»Das wolln wir aba nich. Ich bin noch nich fertich mit dir.« Dann nimmt sie meinen Schwanz und führt ihn durch ihre klatschnasse Pussy, zu ihrer Klit und wieder zurück. Gott, wie mich anmacht, dass sie jedes Mal so geil ist.

»Spürst du, wie fäucht ich für disch bin?« Sie will mich eindeutig umbringen.

Am liebsten würde ich sie an der Hüfte packen und sie mit meinem Schwanz aufspießen, aber ich kontrolliere mich, damit sie nicht aufhört.

Immer schneller reibt sie meine empfindliche Spitze an ihrer geschwollenen Klit. Wird immer wilder in ihrer Bewegung, bis sie laut stöhnend den Kopf in den Nacken wirft und zum Höhepunkt kommt.

Dieses Luder hat sich doch tatsächlich – an mir – selbstbefriedigt.

Nur einen Moment später setzt sie meinen Schwanz an ihre Pussy. Lässt sich aber immer nur so weit sinken, dass sie meine Spitze aufnimmt, um dann von vorne zu beginnen. Die schmatzenden Geräusche dabei lassen mich sogar hören, wie nass sie ist. Immer tiefer nimmt sie mich auf, bis sie meinen inzwischen schmerzhaft harten Schwanz endlich ganz in sich aufnimmt. Oh fuck, sie ist so verdammt eng.

Zuerst langsam und träge krallt sie ihre Nägel in meine Brust, wobei sie mit jedem Stoß schneller wird. Immer ungezügelter reitet sie meinen Schwanz, bis ihre Muskeln sich ein zweites Mal zusammenziehen und sie auf meiner Brust zusammenbricht. Ich halte ihre Hüften fest, ramme mich noch einmal von unten in sie, bevor mein Schwanz nicht enden wollend in sie pumpt.

***

Mein Rücken fühlt sich an, als würde er mit einer heißen Klinge darauf herumritzen.

Immer wieder höre ich, wie der Gürtel zischend durch die Luft fliegt, bevor er mich trifft.

Als würde das irgendwas ändern, reiße ich an den Seilen, die meine

Hände an die Heizung binden. Dabei sollte ich inzwischen wissen, dass ihn das nur noch wütender macht.

Ich gebe auf, lasse mich neben die Heizung sacken und seine folgenden, nicht enden wollenden Schläge über mich ergehen.

»Warum ist deine Hurenmutter noch mal abgehauen?«

Aus Angst vor weiterer Prügel sage ich ihm, was er hören will und was ich inzwischen selbst glaube. Also wispere ich: »Weil ich ein Stück Scheiße bin.«

»Ich hab dich nicht verstanden, du Fickfehler!«, brüllt er mir ins Gesicht.

»Weil ich ein Stück Scheiße bin.«

Schweißgebadet und mit rasendem Herzschlag werde ich wach und brauche einen Moment, um mich zurechtzufinden.

Ich bin in meinem Schlafzimmer und Isa liegt ruhig atmend neben mir.

Natürlich bin ich das. Das war nur wieder einer dieser beschissenen Träume. Langsam beruhigt sich meine Atmung und ich fahre mir ausgelaugt mit beiden Händen durch das nasse Gesicht. Versuche, seinen widerlichen Geruch von altem Schweiß und Alkohol aus der Nase zu kriegen.

Kommende Woche habe ich einen Termin bei Lucas.

Hauptsächlich habe ich den Termin Ella zuliebe gemacht, aber es kann sicher nicht schaden, einmal hinzugehen. Die Träume nehmen zu und werden immer realer. Seit ich mit achtzehn die Therapie beendet habe, hatte ich nie wieder einen, jetzt habe ich sie fast jede Nacht.

Ich hasse es, dass Allen auch nach so vielen Jahren noch

immer, oder vielmehr wieder, diese Macht über mein Unterbewusstsein hat.

Der Wecker zeigt an, dass es kurz vor sechs ist, also stehe ich auf, um in den Fitnessraum zu gehen. Einschlafen kann ich jetzt ohnehin nicht mehr.

***

Gegen acht Uhr betrete ich die Küche, in der Isa mit Olivia an der Kücheninsel sitzt und sich stöhnend den Kopf hält. Grinsend gehe ich zu ihr, küsse sie auf die Schläfe und flüstere ihr ins Ohr, damit Olivia nicht hören kann, was ich sage.

»Na, hat mein kleines Luder Kopfschmerzen?«

Sofort schießt ihr die Röte ins Gesicht.

»Ich …« Unsicher sieht sie sich nach Olivia um, die gerade dabei ist, den Kaffee aufzusetzen. »Es tut mir leid, wie ich gestern war.«

»Mir hat gefallen, wie du warst.« Ich grinse sie schief an und setze mich ihr gegenüber hin.

Olivia bringt ihr eine Kopfschmerztablette, die sie glücklich annimmt, wohl auch, um dem weiteren Verlauf unseres Gespräches zu entgehen.

Es ist, als wäre sie eine andere, wenn sie sich in ihre Lust fallen lässt. Dann gibt sie sich mit ihrem ganzen Körper hin. Sobald dieser Rausch aber vorüber ist, beschämt sie schon die kleinste Anspielung.

Wieder muss ich grinsen. Es hat Wochen gebraucht, bis sie die

Worte Pussy, Schwanz und ficken in den Mund genommen hat, ohne dabei zu stottern. Gestern kam wohl noch der Alkohol hinzu, der ihr die restlichen Hemmungen genommen hat.

Sie kramt in ihrer Handtasche neben sich und legt mir meinen Haustürschlüssel auf den Tisch.

»Behalte ihn.« Habe ich das wirklich gerade gesagt? Am besten nicht zu viel darüber nachdenken. Außerdem gefällt mir der Gedanke, dass sie bei mir zu Hause ist, selbst wenn ich nicht hier bin.

»Du willst, dass ich einen eigenen Schlüssel für dein Haus habe?«

»Ja.«

Sie schreit so laut auf, dass Olivia und ich zusammenzucken, kommt um die Insel gelaufen und springt mir auf den Schoß.

»Danke. Das bedeutet mir so viel.« Und für den Kuss, der darauf folgt, hätte ich ihr den Schlüssel schon viel eher geben sollen.

***

Es ist eigenartig, nach fünfzehn Jahren wieder in diesem Zimmer zu sitzen, das sich trotz der Zeit kaum verändert hat.

Lucas hingegen hätte ich auf der Straße wohl nicht wiedererkannt. Er müsste jetzt Ende vierzig sein und statt der Anzüge, die er immer anhatte, trägt er Jeans und Sweatshirt. Da wo früher mal Haare waren, sind sie anscheinend runtergerutscht und offensichtlich als Bart in seinem Gesicht hängen geblieben.

In der ersten halben Stunde einigen wir uns darauf, beim Du von damals zu bleiben, und ich erkläre, warum ich ihn nach all der Zeit wieder aufsuche.

»Jetzt stellt sich mir erst mal die Frage, warum sind die Träume wieder da. Es muss einen Vorfall, vielleicht eine Veränderung in deinem Leben gegeben haben, die gewisse Ängste hervorruft.«

Auch wenn ich mich sträube, Isa damit in Verbindung zu bringen, weiß ich, dass die Träume mit ihrem Erscheinen angefangen haben.

»Vor einigen Wochen habe ich angefangen, mich regelmäßig mit einer Frau, Isabell, zu treffen. Das Ganze hat sich recht schnell entwickelt und inzwischen ist sie durchweg bei mir.«

»Und ist das in Ordnung für dich oder fühlst du dich von Isabells dauerhafter Präsenz unter Druck gesetzt?«

Ich denke kurz über seine Frage nach. »Nein. Ich will, dass sie um mich ist.«

»Was empfindest du für Isabell?«

Sofort merke ich, dass meine Stimmung kippt. Diese Bohrerei habe ich damals schon gehasst.

»Das geht dich einen Scheißdreck an«, fahre ich ihn an.

Lucas hebt seine Augenbrauen und macht sich Notizen.

Etwas ruhiger spreche ich weiter.

»Um ehrlich zu sein, habe ich mir darüber noch keine Gedanken gemacht.«

»Man macht sich auch keine Gedanken darüber, ob Empfindungen da sind, Aiden. Sie sind es einfach. Du sagst, du willst, dass sie um dich ist. Warum? Was gibt es dir, wenn sie da ist?«

»Ich weiß nicht, ich kann es nicht erklären.« Ärgerlich fahre ich mir mit der Hand durchs Haar. »Irgendwas ist anders, wenn sie da ist. Ich fühle mich gut.«

Wieder kritzelt er minutenlang wie ein Besessener auf seinem Block rum. Noch etwas, das ich schon früher nicht ausstehen konnte.

»Aiden, darf ich ganz ehrlich sein?«

Auf seinen prüfenden Blick hin nicke ich, was ihn fortfahren lässt.

»Als du damals die Therapie nicht fortsetzen wolltest, hatte ich nichts dagegen, weil ich dir zu dem Zeitpunkt nicht weiterhelfen konnte. Du hast dich irgendwann dafür entschieden, die massiven Misshandlungen, die du ertragen musstest, in eine Schachtel zu packen und irgendwo in dir zu vergraben. Dieses Verdrängen hat aber leider oftmals auch Folgen, unter anderem kann es zu Persönlichkeitsstörungen kommen. Bei dir ist es das zwanghafte Gefühl, deine Emotionen zu kontrollieren oder zu unterdrücken … Zu viel oder soll ich weiterreden?«

Am liebsten würde ich ihm meine unkontrollierten Emotionen zeigen und ihm die Zähne ausschlagen, die er dann mit seinen gebrochenen Fingern wieder aufsammeln kann. Stattdessen nicke ich.

»Zum anderen war mir schon damals klar, dass du es durch dein fehlendes Urvertrauen schwer haben wirst, je eine Beziehung zu führen. In meinem letzten Eintrag von damals steht«, er blättert in seinem vollgeschmierten Block, »Verdacht auf

Beziehungsunfähigkeit.« Damit schließt er seine beschissene Analyse ab und ich könnte explodieren.

»Ich hab keine Zeit, mir diese gequirlte Kacke anzuhören. Ich bin hier, weil ich diese abgefuckten Träume habe, nicht damit du mir erzählst, dass ich schon immer einen an der Klatsche hatte.« Wütend stehe ich auf, wobei ich den Stuhl geräuschvoll nach hinten schiebe.

»Ich habe lange gehofft, dich irgendwann wiederzusehen. Dich *so* wiederzusehen.«

Schon an der Tür drehe ich mich noch einmal zu ihm um. »Was meinst du?«

»Damals warst du nur noch eine Hülle deiner selbst. Nach außen hin hast du wunderbar funktioniert, aber innerlich gab es da nicht mehr viel. Du hast deine neuen Eltern stolz gemacht, und wie man unschwer sehen kann, hast du deinen Lebensweg bestens gemeistert. Aber wann hast du das letzte Mal Emotionen gespürt? Wann warst du das letzte Mal glücklich, traurig oder verzweifelt? Hast jemanden vermisst oder gerne um dich gehabt? Vor Isabell meine ich, und deine Familie mal außen vor gelassen. Wenn es um sie geht, wirst du aufbrausend. Ich wette, dass niemand anderes dir solche Reaktionen entlocken kann, stimmt's? Sie kratzt an deiner Oberfläche, will an die Schachtel in dir, die nun mal zum Gesamtpaket Aiden gehört. Dein Unterbewusstsein begreift, was du dir selbst noch nicht eingestehen kannst, nämlich dass du genau das willst. Aber um eine Beziehung führen zu können, musst du die Schachtel öffnen. Heraus kommen nur leider auch die unliebsamen Dinge wie zum Beispiel deine

Träume.«

Mein Kopf beginnt zu dröhnen, während ich das Gesagte zu verarbeiten versuche.

»Kannst du mal mit diesem blöden Schachtel-Gelaber aufhören! Davon bekomme ich Kopfschmerzen.«

Sein dümmliches Grinsen, als ich mich wieder hinsetze, entgeht mir nicht. Tatsächlich bleibe ich noch eine ganze Stunde und verlasse die Praxis mit einem weiteren Termin in der Tasche.

***

Isas Auto vor der Garage sagt mir, dass sie schon zu Hause ist. Wieder dieses *zu Hause*. Ist das hier ihr Zuhause und will ich, dass es das ist?

Sie sitzt mit einem Buch und einer Decke auf der Terrasse und hat mein Kommen noch nicht bemerkt. Dieses inzwischen bekannte Gefühl, das nur sie auslöst, welches ich aber nicht benennen kann, macht sich in mir breit. Bei allen Fragen, auf die ich noch keine Antwort habe, kann ich eins mit ziemlicher Sicherheit sagen. Dass ich es mag, dass sie da ist, wenn ich nach Hause komme.

Ich will sie nur noch kurz betrachten, wie sie in ihr Buch vertieft und in ihren Haaren spielend auf der Liege sitzt, da entdeckt sie mich schon.

Wann bin ich eigentlich zu diesem Lappen geworden?

Kapitel 13

Aiden sieht müde aus, als er zu mir auf die Liege kommt. Deshalb bedeute ich ihm, seinen Kopf auf meinen Schoß zu legen, und fange an, ihm durch sein verwuscheltes Haar zu streichen. Bestimmt ist seine Hand heute wieder mehrere Male hindurchgefahren.

Ich beobachte diese Geste oft, wenn etwas nicht nach seinem strikt durchdachten Konzept verläuft und er für andere unbemerkt unruhig wird.

Er hat die Augen geschlossen und gibt sich ganz meinen Streicheleinheiten hin. Eine ganze Weile sitzen beziehungsweise liegen wir ohne ein Wort nur so da, hängen unseren Gedanken nach und genießen den lauen Sommerwind und die Ruhe, die uns umgibt. Bis Aiden sie unterbricht.

»Ich war heute bei einem Arzt. Einem Psychologen«, teilt er mir völlig emotionslos mit. Nach beinahe unmerklichem Stocken streichele ich weiter durch sein Haar. »Ich habe Träume von meiner Kindheit. Jahrelang waren sie weg, aber seit ein paar Wochen sind sie wieder da.«

Ich kann keinerlei Regung auf Aidens Gesicht ausmachen. Alles, was mir stattdessen zeigen könnte, wie er wirklich denkt, sind seine Augen und diese hält er weiterhin geschlossen.

»Lucas, Dr. Martin, meint, es würde vielleicht helfen, wenn du mal zu einer Stunde mitkommst.«

Dr. Martin. Das ist der Name des Arztes, den Ella damals in der Küche erwähnt hat.

»Natürlich, ich komme gerne mit. Und wobei genau soll ich dir helfen können?«

»Er meint, dass die Empfindungen, die ich für dich habe, irgendwas in mir hervorrufen könnten.«

Ich fühle, wie der Schweiß blitzartig aus jeder meiner Poren dringt, aber ich muss ihn das einfach fragen.

»Und was empfindest du für mich?«

Endlich öffnet er seine Augen.

»Ich dachte, dass du das wüsstest.« Er legt den Kopf in den Nacken, um mich ansehen zu können. »Isa, ich …«

Ich lege ihm einen Finger auf die Lippen, um seine hilflose Suche nach den richtigen Worten zu unterbrechen.

»Nein, sag nichts, nur weil du denkst, dass ich es hören will.«

Er nimmt meine Hand in seine und bleibt stumm. Währenddessen versuche ich die Enttäuschung darüber, dass er nichts mehr sagt, zu kaschieren. Was mir aber nur mäßig gelingt. Wie gerne wüsste ich, was genau er für mich empfindet, kann es aber weiterhin nur erahnen. Bedeute ich ihm das Gleiche wie er mir? Oder schläft er nur einfach gerne mit mir? Nein, das kann und will ich einfach nicht glauben, nicht nach alldem, was er mir schon gesagt und mit mir geteilt hat.

Noch eine weitere Stunde bleiben wir hier draußen sitzen. Glücklicherweise hat Aiden wieder die Augen geschlossen. So kann er nicht sehen, dass ich meinen Kopf zurücklege, um meine mit Tränen gefüllten Augen daran zu hindern überzulaufen.

***

Am Wochenende verabrede ich mich mit Eva im Water Tower Place. Morgen wird ein weiteres Hotel im Cold Coast eröffnet, in dem Stone & Benett Investment als Hauptinvestor fungiert.

Bei der letzten Hoteleröffnung haben Aiden und ich uns kennengelernt, bei dieser werde ich das erste Mal als seine offizielle Freundin auftreten. Dementsprechend muss mein Kleid einfach der Wahnsinn sein.

Wohl wissend, wie Aiden mich kennengelernt hat, hat auch Eva eine Einladung bekommen, um mich vor der Langeweile zu bewahren. Oder besser gesagt vor Cocktails mit dem Namen Scheißegal Spezial.

Nach gefühlten zweihundertsiebenundzwanzig Läden werde ich fündig. Es ist ein zweifarbiges trägerloses Korsagenkleid. Der obere Teil ist in Beige gehalten. Der schwarze, bodenlange, schmal geschnittene Schleppenrock hat einen raffinierten Schlitz bis über das Knie. Korsage sowie der Schlitz am Bein sind mit kleinen Applikationen bestückt. Dazu trage ich feine Riemchensandalen.

Eva findet ein rotes, vorne hochgeschlossenes Kleid, dessen Rückenausschnitt fast den Ansatz ihres Hinterns freigibt. Auf meine Frage, wem dieses Kleid denn den Kopf verdrehen soll, bekomme ich keine Antwort.

Mit den Einkäufen fertig, gehen wir wie immer in den Starbucks. Während Eva sich mit unseren Errungenschaften an einen Platz begibt, bin ich für Kaffee und Kuchen zuständig.

Ein paar Bissen von dem Kuchen später und es geht schon wieder los. Den Teller von mir schiebend atme ich tief ein und aus.

»Alles in Ordnung bei dir?« Eva sieht mich mit besorgtem Gesichtsausdruck an.

»Ja, alles gut. Mir ist nur seit ein paar Tagen so komisch. Einerseits habe ich Hunger und könnte die ganze Auslage an Kuchen in mich reinstopfen, und dann ist mir nach ein paar Bissen schlecht. Wahrscheinlich brüte ich was aus.«

»Dann hast du ja sicher nichts dagegen, wenn ich den Rest deines Kuchens in mich aufnehme.«

Während ich neidisch dabei zusehe, wie sie meinen Kuchen in sich reinschaufelt, fragt sie mich aus, ob Liam morgen auch da sein wird. Ihre Frage bejahend, glaube ich kurz, so etwas wie Vorfreude an ihr zu erkennen, aber da muss ich mich getäuscht haben.

Seit dem unglücklichen ersten Zusammentreffen von Liam und Eva brennt jedes Mal förmlich die Luft, wenn sie aufeinandertreffen. Liam kann es einfach nicht lassen, Eva als Opfer seiner Attacken zu benutzen, woraufhin ihr nach kürzester Zeit der Dampf aus den Ohren pfeift.

Aiden hat mir allerdings versichert, dass der geschäftliche und der private Liam nicht zu vergleichen wären, und so hoffe ich einfach auf einen ruhigen Abend.

***

»Isa, bist du so weit? Leo wartet, ich gehe schon mal runter«, ruft Aiden mir durch die geschlossene Badezimmertür zu.

Ich werfe einen letzten kritischen Blick in den Spiegel und bin zufrieden.

Meine langen Haare habe ich zu dem schulterfreien Kleid hochgesteckt und mich dezent geschminkt. Lediglich meine Augen, die Aiden so gefallen, habe ich im Smokey-Eyes-Stil betont.

Noch beim Herabsteigen der Stufen spüre ich Aidens brennenden Blick, der am Fuß der Treppe wartet.

»Du kannst dieses Kleid nicht anlassen. Geh dich noch mal umziehen.«

Erschrocken sehe ich ihn an. Das kann er doch unmöglich ernst meinen, oder?

»Den ganzen Abend lang werden irgendwelche sabbernden, schwanzgesteuerten Kerle dich mit ihren Blicken ausziehen. Ich glaube nicht, dass mir das gefällt.«

Grinsend reiche ich ihm meine Hand. Höre ich da einen Hauch von Eifersucht?

»Aber nur einer von ihnen darf mich heute Abend ausziehen.«

Ruckartig werde ich von ihm in die Arme gezogen. Atme den inzwischen bekannten, aber immer noch betörenden Duft seines Aftershaves ein. Ein leises Seufzen entfährt mir, als Aidens Zunge über meinen Hals fährt.

»Du bist wunderschön.« Er tritt einen Schritt zurück und lässt seinen Blick noch einmal anzüglich über meinen Körper gleiten. Länger als angemessen bleiben seine Augen an meinen Brüsten hängen, deren Nippel sich sofort aufrichten.

»Du siehst aber auch nicht schlecht aus. Seit wann trägst du weiße Hemden zum Anzug?«

»Vielleicht erhellst du mich ja. Und jetzt komm, sonst schleife ich dich gleich wie ein Neandertaler an den Haaren nach oben und wir bleiben zu Hause.«

Liam sitzt bereits im Wagen, da Leo ihn zuerst abgeholt hat. Bevor wir uns auf den Weg zum Hotel machen, fahren wir bei Eva vorbei, um auch sie wie ausgemacht mitzunehmen.

In ihrem Kleid sieht sie toll aus, als sie zu uns ins Auto steigt und gleich einen passenden Spruch von Liam an den Kopf geknallt bekommt. Natürlich springt sie sofort darauf an, obwohl ich ihr schon mehrfach erklärt habe, dass es ihm nur deshalb solchen Spaß macht.

Den weiteren Verlauf ihres Schlagabtausches nehme ich nicht mehr wahr. Aiden legt seine Hand auf meinen Oberschenkel, die verdächtig nah zu meinem Slip hochrutscht, wofür ihm der hohe Schlitz gerne Platz macht. Wie immer, wenn er mich berührt, zieht sich mein Unterleib zusammen und wünscht sich, dass er seinen Weg fortsetzt. Was mit Liam und Eva im Wagen natürlich nicht geht.

»Ich weiß, woran du gerade denkst. Hör sofort auf damit!«, flüstert er dicht an meinem Hals. Erstaunt sehe ich ihn an und erkenne die Lust in Aidens Augen aufblitzen. In seinen Iriden versunken, vergesse ich für einen Moment, dass wir nicht allein im Wagen sitzen. Zumindest, bis Liams lauter werdende Stimme uns ins Hier und Jetzt zurück katapultiert.

»Vielleicht sollte dir mal einer 'ne ordentliche Cremefüllung verpassen, dann bist du auch nicht mehr so zickig.«

Glücklicherweise sind wir endlich am Hotel angekommen, vor dem Hunderte von Leuten stehen und das Wort Blitzlichtgewitter eine ganz neue Bedeutung bekommt. Aiden drückt meine Hand, bevor er sich zum Aussteigen bereit macht.

»Fertig?«

Ich strahle ihn an. »Fertig.«

Noch nicht ganz aus dem Wagen ausgestiegen, blitzen Dutzende von Kameras zeitgleich auf und blenden uns. Aiden nimmt mich an seine Seite und geht mit mir über den roten Teppich, der bis zum Eingang des Hotels ausgelegt ist.

Undefinierbar prasseln von allen Seiten die Fragen auf uns ein.

Mr. Stone, wer ist die Frau an Ihrer Seite?

Mr. Stone, sind Sie jetzt in festen Händen?

Miss, wie heißen Sie und in welcher Beziehung stehen Sie zu Mr. Stone?

Natürlich wurde mir vorher vom Pressesprecher der Firma eingebläut, auf keinen Fall auf irgendwelche Fragen zu antworten. Zwar dürfen alle wissen, wer ich bin, aber sobald man der Meute den kleinen Finger reicht, reißen sie einem den ganzen Oberkörper ab. Da ich an meinen Oberkörper hänge, halte ich den Mund und kralle mich in Aidens Jackett. Wobei ich versuche, nicht allzu dusselig auszusehen.

Auch Liam und Eva werden mit Fragen bombardiert und fotografiert. Jedoch stehen sie nicht Arm in Arm, was die Fotografen ihr Interesse schnell verlieren lässt.

Nach gefühlten Stunden, die eigentlich nur Minuten waren,

betreten wir endlich das Hotel. Aiden, der die ganze Zeit seinen Arm um mich gelegt hält, führt mich durch den Saal und stellt mich alle paar Meter irgendwelchen Leuten vor. Immer wieder als seine Freundin.

Wuhu! Ich mache mir gleich vor Freude in die Hose.

Ich könnte vor Stolz platzen und kann immer noch kaum glauben, dass der Mann, an dessen Arm ich hänge, tatsächlich zu mir gehören soll. Wo es mir anscheinend wie vielen anwesenden Damen geht, die sich auch noch nicht damit abgefunden haben.

Ich fange mehr als einen lüsternen Blick auf, der schamlos über Aidens Körper wandert. Aber er hat nur Augen für mich und gibt mir damit das Gefühl, die schönste Frau im Saal zu sein, obwohl ich objektiv weiß, dass dem nicht so ist. Zwischen all diesen Weibern mag ich meinen Wachposten an seiner Seite kaum verlassen, aber meine Füße in diesen Folterinstrumenten brauchen dringend eine Pause.

An der Bar kann ich Eva und Liam ausmachen, die sich ausnahmsweise mal zu verstehen scheinen. Anscheinend hatte Aiden recht und Liam weiß sich wirklich zu benehmen, wenn er will.

Ich entschuldige mich bei Aiden und werde, bevor ich mich zu den beiden an die Bar setze, erst mal die Waschräume aufsuchen. Ich verlasse den Saal und gehe durch die Hotellobby in Richtung der Toiletten, wo mich eine Frau hinter mir abfängt.

»Entschuldigen Sie«, ruft eine Frauenstimme hinter mir. Rein aus Reflex drehe ich mich um, stelle dann aber fest, dass sie tatsächlich mich meint. »Du scheinst nett zu sein, deswegen will ich dir einen guten Rat geben. Bilde dir ja nicht ein, dass er irgendwas für dich empfindet. Zu solchen Gefühlen ist Aiden nicht fähig. Er wird dich einmal ficken, wie schon viele andere vor dir, und dich sofort danach gegen deine Nachfolgerin austauschen, der es dann genauso ergeht. Glaub mir, ich bin auch schon mal in den Genuss gekommen, einen Abend das Gefühl zu haben, ihm etwas zu bedeuten.«

Sprachlos blicke ich ihr hinterher. Eine Erwiderung hat sie ganz offensichtlich nicht erwartet.

Nach dem Toilettengang stehe ich vor dem Spiegel, unfähig, meine drehenden Gedanken zu kontrollieren.

Nein, das ist nicht wahr, das mit uns ist etwas anderes.

Aiden empfindet etwas für mich. Er hat mir einen Schlüssel für seine Villa gegeben, wir haben nicht nur einmal, sondern unzählige Male miteinander geschlafen. Dazu kommt alles, was er mir erzählt und anvertraut hat.

Die Tür öffnet sich. Gerade als ich mich bemühe, ein fröhliches Gesicht aufzulegen, sehe ich im Spiegel, dass es Aiden ist, der die Tür hinter sich verriegelt. Ohne mich umzudrehen, beobachte ich ihn durch diesen, wie er auf mich zukommt.

»Was machst du hier? Das ist die Damentoilette.«

Er stellt sich hinter mich, stützt sich links und rechts von mir auf dem Marmorwaschtisch ab und sucht im Spiegel vor uns meinen Blick.

»Was wollte sie von dir?« Seiner festen Stimme entnehme ich, dass er keine Ausflüchte gelten lassen wird.

»Wer?«

»Du weißt, wen ich meine.« Träge küsst er sich von meinem Hals Richtung Ohr hinauf, was mich erschaudern lässt.

»Sie hat mich vor dir gewarnt. Sie hat gesagt, du würdest mich nur einmal ficken und mich dann gegen eine andere eintauschen.«

Quälend langsam liebkost er die weiche Stelle unter meinem Ohr, bevor seine Zunge meine Ohrmuschel erkundet. Ich weiß, dass das hier nicht der richtige Ort ist, und trotzdem oder gerade deswegen beschleunigt sich meine Atmung.

»Dich habe ich noch nie nur gefickt. Du bist die Erste, mit der ich schlafe.« Er öffnet den Reißverschluss auf meinem Rücken gerade weit genug, um die Körbchen über meinen Brüsten nach unten zu klappen und diese freizulegen. Sofort umfasst er beide Brüste und zwirbelt meine bereits aufgerichteten Nippel mit den Fingern.

»Warum sollte ich dich ersetzen, wenn ich doch das hier haben kann.«

Genießerisch schließe ich die Augen, um mich ganz dem Gefühl hinzugeben, das er in mir auslöst.

»Sieh mich an, Isa. Ich will, dass du uns die ganze Zeit zusiehst.«

Ich tue, was er sagt, öffne meine Augen und treffe im Spiegel auf seinen fixierenden Blick. Andächtig zieht Aiden den Rock des Kleides hoch und schiebt eine Hand in mein Höschen, was ihn leise direkt in mein Ohr stöhnen lässt.

»Warum sollte ich je wieder eine andere Pussy wollen, wenn ich diese haben kann?«

Ich kralle meine Finger in seine Oberschenkel hinter mir, als er meine Klit umrundet und sie massiert.

»Oh fuck, Isa. Du bist immer so wahnsinnig feucht für mich. Spürst du, was du mit mir machst?«

Oh ja, und wie ich das spüre.

Aiden drückt seine mächtige Erektion an meinen Hintern. Gemischt mit seinen Fingern, die mich gnadenlos weiter foltern, spüre ich schon den sich aufbauenden Orgasmus.

»Du bist die Einzige, mit der ich schlafen will. Die Einzige, die ich noch ficken will.« Mit einer Hand weiter an meiner Klit zieht er sich die Hose nur so weit herunter, um seinen steil nach oben ragenden Schaft zu befreien. Er schiebt mein Höschen beiseite und setzt seine heiße Spitze an meine vor Lust triefende Pussy.

Langsam dringt er in mich ein, weitet und dehnt mich von innen heraus. Um sich dann fast vollständig wieder zu entziehen und sich von Neuem in mich zu schieben.

Der Anblick seiner Bewegung hinter mir, die roten Flecken auf meiner Haut, die Lust in seinem Gesicht und unsere verhangenen Blicke. Das Gefühl von ihm in mir, unser Keuchen und Stöhnen, das den Raum erfüllt, lassen mich erbeben. Selbst wenn ich wollte, könnte ich den Blick nicht von uns nehmen.

Das alles und seine Finger, die unnachgiebig über meine geschwollene Perle reiben, lassen den Orgasmus mit einer unglaublichen Intensität über mich hinweg rollen.

»Fühlt sich das an, als würde ich dich nur ficken, Baby?«, stöhnt er mir lustvoll ins Ohr.

»Nein.« Ich drehe meinen Kopf zur Seite, sehne mich nach seinen Lippen und will doch den Blick nicht vom Spiegel nehmen. Ich kippe meine Hüfte, um ihn noch tiefer in mich aufnehmen zu können.

Hart und gleichzeitig zärtlich dringt er immer schneller in mich ein, bis auch er sich meinen Namen stöhnend in mir entlädt und sein Gesicht dabei schwer atmend in meiner Halsbeuge vergräbt.

Nachdem wir uns angezogen haben und weitestgehend wieder vorzeigbar sind, will ich Aiden aus der Toilette bugsieren, um mich noch einmal frisch zu machen, doch er nimmt meine Hand und zieht mich aus der Tür in die Hotellobby heraus.

»Nein, komm so mit. Ich will nicht, dass du meine Spuren wegmachst. So ist es fast, als hätte ich dich markiert.«

Zwar erröte ich bei seinen Worten, muss aber zugeben, dass auch mir der Gedanke irgendwie gefällt.

Auf dem Weg zur Bar wird Aiden von dem Geschäftsführer des Hotels aufgehalten. Daher begebe ich mich schon mal allein in diese Richtung, um mich endlich hinsetzen zu können und meinen geschundenen Füßen eine Pause zu gönnen.

Kurz darauf steht Eva ungewöhnlich aufgedreht neben mir. Zwar bleibt sie mir eine Antwort nach dem Grund schuldig, doch sucht sie immer wieder mit Blicken den Raum ab. Ich habe eine böse Ahnung, sie wird doch nicht?

»Und wie war es mit Liam? Alles okay?«

»Ja, alles bestens.« Sie freut sich wie Bolle. »Aiden hat recht, Liam ist wirklich wie ausgewechselt. Höflich, zuvorkommend, unterhaltsam.«

Ich spüre Aiden bereits, bevor ich ihn sehe, und schon umfassen seine Hände mich von hinten um die Taille.

»Darf ich euer Gespräch unterbrechen und dich zum Tanzen auffordern?«

In seinen Armen drehe ich mich zu ihm um.

»Eigentlich gern, aber ich kann leider nicht besonders gut tanzen.«

Himmel. Dieses offene Lachen von ihm, das es erst seit ein paar Tagen gibt, ist wirklich zum Auslaufen.

»Ich auch nicht. Komm.« Und schon zieht er mich vom Barhocker in Richtung Tanzfläche.

Aiden ist der größte Lügner, dem ich je begegnet bin.

Er bewegt sich auf der Tanzfläche wie Fred Astaire. Wenigstens schwebe selbst ich dank seiner Führung förmlich zu John Legends Song »All of me« über das Parkett.

»Gibt es eigentlich auch irgendwas, was Sie nicht können, Mr. Stone?«

Lachend wirft er den Kopf in den Nacken.

»Miss Young, man kann alles, wenn man es nur genug will. Aber da gibt es tatsächlich etwas, was ich gerne besser können würde.«

»Ach ja?«

»Ja … Ich würde dir gerne offener zeigen, wie wichtig du mir bist.« Arm in Arm sehen wir uns lange schweigend an. »Das fällt mir schwer, aber du weißt es, oder?«

»Ja … Ja, das weiß ich.« Damit ich nicht jeden Moment anfange, vor Freude zu heulen, lehne ich meinen Kopf an seine

Schulter und lasse mich im Takt der Musik weiter über die Tanzfläche führen. Selbst als das Lied vorbei ist und ein neues beginnt, hören wir nicht auf, aneinandergeschmiegt weiterzutanzen.

Ich fühle mich wie in einem dieser Filme, in denen das tanzende Paar vom Boden abhebt und über der Tanzfläche schwebt. Ganz in sich versunken, ohne noch irgendwas um sich herum wahrzunehmen.

So fühle ich mich, wenn Aiden bei mir ist, und das nicht nur jetzt. Nein, einfach immer.

Es ist schon weit nach Mitternacht, als wir aufbrechen wollen. Eva und ich sitzen bereits bei Leo im Audi und warten auf Aiden und Liam. Als Aiden alleine ins Auto steigt, erklärt er uns, dass Liam noch bleibt und die Nacht wohl nicht zu Hause verbringen wird.

Von ihm unbemerkt, erhasche ich einen Blick auf Evas enttäuschten Gesichtsausdruck, bevor sie sich abwendet und aus dem Fenster des Wagens sieht, der sich soeben in Bewegung gesetzt hat.

Oh ja, meine böse Ahnung bewahrheitet sich. Eva ist dabei, ihr Herz an jemanden zu verschenken, der ganz sicher keins haben will.

***

Wieder hänge ich mit dem Kopf über der Kloschüssel, während Aiden mir die Haare aus dem Gesicht hält.

Seit der Hoteleröffnung vor fünf Tagen ist kein Tag vergangen, an dem ich mich nicht übergeben habe. Eigentlich fühle ich mich gut, habe kein Fieber oder Ähnliches. Nur diese Übelkeit, die sich bis zum Mittag hinzieht und mich langsam wahnsinnig macht, will einfach nicht nachlassen. Vorgestern war ich bei meinem Hausarzt, der mir Blut abgenommen hat, weil er körperlich nichts feststellen konnte.

Erschöpft lehne ich mich mit dem Rücken gegen Aiden.

»Geh weg, ich will nicht, dass du mich so siehst.«

Aiden antwortet nicht, streicht mir nur beruhigend über die Arme.

»Ich werde Olivia sagen, dass sie dir einen Tee machen soll. Ich muss jetzt leider los, kommst du zurecht?«

»Klar, ich werde noch ein paar Mal das Klo anbrüllen und dann wird's besser.«

Mit einem »Melde dich, wenn der Arzt anruft« sieht er mich noch einmal besorgt an, während ich schon wieder beginne zu würgen.

Kurz darauf steht Olivia neben mir und hält mir einen Kamillentee und die Tageszeitung entgegen.

»Guck mal, sogar heute sind noch Fotos von euch in der Zeitung. Ähm, du hast da Kotze am Kinn.« Symbolisch wischt sie sich mit der Hand über das eigene Kinn.

Na toll.

Dankend nehme ich ihr beides ab und blättere die Zeitung durch, bis ich an dem Foto von mir und Aiden hängen bleibe.

Aiden Stone, Mitinhaber von Stone & Benett Investment, endgültig vom Markt.

Wie Stones Pressesprecher bestätigt, handelt es sich bei der Begleitung auf dem Foto um seine Lebensgefährtin.

Uhhuui! Ich drücke mir meine zu Fäusten geballten Hände vor den Mund und kreische.

Seit der Eröffnung ist jeden Tag mindestens ein Foto von uns in irgendeiner Zeitung erschienen. Jedes mit solchem oder ähnlichem Text kommentiert. Keine Ahnung, was mich daran so ausflippen lässt. Vielleicht, dass alle wissen, dass er in festen Händen ist. Vorwiegend irgendwelche dummen Schnepfen, die mir vor dem Klo auflauern. Oder, dass er überhaupt in festen Händen ist, und zwar in meinen. Völlig egal, ich bin einfach nur glücklich.

***

Gestern hat Dr. Jones, mein Hausarzt, angerufen und mir fröhlich mitgeteilt, dass mein HCG-Wert erhöht sei. Angeblich zeigt dieser Wert eine Schwangerschaft an, was in meinem Fall aber unmöglich ist. Deswegen sitze ich jetzt im Behandlungszimmer einer Gynäkologin, die sich mir als Dr. Torres vorstellt.

Zuerst einmal stellt sie mir einige Fragen, wie zum Beispiel den ersten Tag meiner letzten Regelblutung und warum ich nicht schon nach Ausbleiben der Periode gekommen bin.

Da mein Zyklus aber schon immer mehr als unregelmäßig war,

kann ich ihr die Frage nach meiner letzten Periode nicht beantworten. Manchmal habe ich monatelang gar keine Periode, dann wieder alle drei Wochen. Was auch erklärt, warum ich nicht sofort panisch losgelaufen bin, als ich sie nicht bekommen habe.

Der Ehrlichkeit halber muss ich auch zugeben, dass ich es in der Zeit mit Aiden auch einfach vergessen habe.

Nachdem ich mich freigemacht und auf der furchtbaren Liege drapiert habe, kommt sie mit ihrem Ultraschalldildo. Widerlich, dieses Teil.

Obwohl ich weiß, dass ich nicht schwanger sein kann, habe ich trotzdem ein ungutes Gefühl und grabe meine zitternden Hände in die Griffe der Liege.

Dr. Torres bewegt den Ultraschallstab ein wenig hin und her, dabei tippt sie auf ihrer Tastatur vor dem Bildschirm, auf dem sich eine schwarzgraue Masse abzeichnet. Darauf kann doch kein normaler Mensch was erkennen, oder?

»Da haben wir es ja. Herzlichen Glückwunsch, Sie sind schwanger.«

Meine Brust wird so eng, dass ich keine Luft mehr bekomme. Mir wird heiß und kalt zugleich und das Blut rauscht durch meine Ohren. Beiläufig nehme ich wahr, wie Dr. Torres sich neben mich stellt, beruhigend auf mich einredet und mir über den Kopf streicht.

»Ruhig, Miss Young, ganz ruhig. Tief ein- und ausatmen. Genauso.«

Nachdem ich mich wieder beruhigt und angezogen habe, sitze ich peinlich berührt von meinem Auftritt wieder vor dem

Schreibtisch der Ärztin.

Ich bin schwanger …

Warum hat Aiden gesagt, er könne keine Kinder bekommen? Wie wird er reagieren? Wir kennen uns nicht einmal vier Monate. Will er überhaupt Kinder? Will ich Kinder?

»Miss Young, Ihrer Panikattacke gerade eben entnehme ich, dass die Schwangerschaft nicht geplant war?«

»Nein …«

»Gibt es einen Partner?«

»Ja. Aber er kann eigentlich keine Kinder bekommen.«

»Oh, und kennen Sie den Vater?«

Damit reißt sie mich aus meiner Lethargie. »Wie bitte?! Das Kind kann nur von meinem Partner sein«, fahre ich sie scharf an, was sie erschrocken die Augen aufreißen lässt.

»Entschuldigen Sie, Miss Young, da habe ich Sie falsch verstanden. Wenn das so ist, können Sie und Ihr Partner die Schwangerschaft doch auch als großes Geschenk annehmen. Es gibt Fälle, in denen Paare glauben, nie Kinder zu bekommen, und dann passiert es doch.«

Sie gibt mir ein Ultraschallbild, auf dem ich tatsächlich etwas erkennen kann. Völlig darin vertieft nehme ich nur am Rande wahr, dass ich bereits am Anfang der zwölften Schwangerschaftswoche bin und unser Kind etwa vier Zentimeter groß ist. Auf dem Bild kann ich erkennen, dass tatsächlich ein Menschlein in mir heranwächst.

Ich sehe einen Körper mit Beinen und ganz deutlich einen Kopf, an dem eine Nase und der Schatten eines Ohres zu sehen sind.

Zum Schluss weist sie mich noch darauf hin, dass ein Schwangerschaftsabbruch, sofern überhaupt in Erwägung gezogen, nur noch vor Ende dieser Schwangerschaftswoche möglich sei.

Ohne den Blick von dem Papier in meiner Hand zu nehmen, antworte ich ihr: »Ein Abbruch kommt nicht infrage. Ich behalte das Kind natürlich.«

Schützend lege ich meine Hand auf den Bauch, dem man von all dem noch rein gar nichts ansieht. Auf keinen Fall werde ich das kleine Wesen in mir, welches zur Hälfte aus Aiden besteht, wegmachen lassen.

Kapitel 14

Wie soll ich es ihm sagen?

Seit gestern weiß ich nun, dass ich schwanger bin, und habe Aiden noch immer nichts gesagt.

Ich will auf den richtigen Moment warten, aber wann ist das schon? Ein Teil von mir – und ich muss zugeben, der Teil ist erschreckend groß – hat Angst vor seiner Reaktion.

Aidens Leben ist perfekt durchstrukturiert. Er braucht die Kontrolle über seinen Tagesablauf, eher gesagt über alle Abläufe in seinem Leben.

Allein durch mein Erscheinen ist alles ein bisschen verrückt und das wiederum hat sofort Auswirkungen auf ihn gehabt. Es, nein, ich habe ihm diese Träume zurückgebracht.

Welche Auswirkungen hat dann erst ein Baby?

Passt ein Baby denn überhaupt in seinen Lebensplan? Kann ich mir Aiden in seinen Fünfzehntausend-Dollar-Anzügen am Wickeltisch vorstellen?

Was ist, wenn er das Baby nicht will?

Ich kenne die Antwort bereits. In dem Fall werde ich mich von ihm trennen müssen und allein die Vorstellung davon bricht mir das Herz.

Dieses Baby war nicht geplant, aber jetzt ist es da, und für nichts auf dieser Welt werde ich es wieder hergeben. Nicht einmal für Aiden.

Jetzt, da ich den Grund kenne, war die Übelkeit heute Morgen schon besser zu ertragen. Dafür lässt die Sorge darum, wie Aiden reagieren könnte, meinen Magen zusätzlich rebellieren. Vielleicht freut er sich entgegen meiner Erwartungen ja sogar? Ich meine, zu denken, dass man keine Kinder bekommen kann, und plötzlich ist es doch möglich. Das ist doch wirklich ein Geschenk, oder?

Ich sitze mit Olivia in der Küche, die nebenbei das Abendessen vorbereitet. Noch immer ist es ungewohnt, dass ich mich darum nicht selbst kümmern muss, wenn ich bei Aiden bin. Aufgrund meiner katastrophalen Kochkünste weiß ich es aber sehr zu schätzen.

Als ich Aidens Wagen die Auffahrt hochfahren höre, zieht sich mein Magen erneut auf unangenehme Weise zusammen.

Wie jeden Abend fragt er mich als Erstes, wie es mir geht, was meine Übelkeit nur noch verstärkt. Er macht sich sichtlich Sorgen, dabei weiß ich doch jetzt, dass ich alles andere als krank bin.

Ich frage ihn nach seinem heutigen Termin bei Dr. Martin. Zum nächsten Termin werde ich ihn das erste Mal begleiten.

Eine weitere Frage brennt mir schon seit Längerem auf dem Herzen, und als Olivia die Küche verlässt, traue ich mich, endlich zu fragen.

»Hast du deinen Vater, also Allen, seit damals eigentlich mal wiedergesehen?«

Ich weiß, dass die Richtung, in die unser Gespräch geht, ihm nicht gefällt, und doch sehe ich ihn abwartend an. In der Tat sind wir an einem Punkt in unserer Beziehung angelangt, an dem ich nicht sofort zurückrudere, wenn unser Gespräch ihm zu persönlich wird. Ich will den Aiden hinter diesem schönen Gesicht kennen.

»Ja, habe ich. Er war vor drei Jahren einmal in der Firma und wollte Geld von mir.«

Warum überrascht mich das jetzt nicht? Blöder Pisser!

»Und hast du ihm welches gegeben?«

»Nein.«

Irgendetwas verschweigt er mir. Nur kurz überlege ich, ob ich nachgeben soll, entscheide mich dann aber für die Variante nachbohren.

»Und dann?«

Wie immer kann ich seinen Blick kaum deuten. Auch seine Augen, in denen er seine Gefühlsregungen nur noch selten vor mir verstecken kann, verraten nichts.

»Ein paar Wochen später habe ich die Nachricht erhalten, dass er gestorben ist. Er hat wohl schon eine Zeit lang vorher auf der Straße gelebt. Deswegen wollte er vermutlich auch das Geld haben.«

Oh.

»Und wie geht es dir damit?«

Ein wütendes Funkeln erwacht in seinen Augen.

»Na, wie soll es mir damit schon gehen? Es ist mir scheißegal, ich bin … fast froh gewesen. Dieses Arschloch hat mich jahrelang misshandelt. Soll ich mich jetzt etwa schuldig fühlen, weil ich ihm nicht geholfen habe?«

Nervös steht er auf, fährt sich durch die Haare und läuft vor mir auf und ab.

»Er hat sich in all den Jahren nicht einmal gemeldet, um sich für das, was er getan hat, zu entschuldigen. Erst als er erfährt, dass seine missratene Brut Geld hat. Erst, als er etwas wollte, hat er sich gemeldet. Und selbst da hat er es nicht für nötig gehalten, zuzugeben, dass er ein jämmerlicher Versager war, für den ich nie mehr als ein Blitzableiter gewesen bin.«

»Hey.« Ich unterbreche seine Lauferei und ziehe ihn zu mir, um ihn umarmen zu können. »Du hast nichts falsch gemacht. Du bist der Letzte, der diesem Mann irgendwas schuldig gewesen ist. Und du bist auch nicht schuld an dem, was passiert ist. Er allein war für sein Leben verantwortlich und dafür, was er daraus gemacht hat.«

Er legt seine Stirn an meine.

»Kannst du das auch meinem schlechten Gewissen sagen?«

Ich muss grinsen.

»Ich dachte, du hast gar kein Gewissen«, necke ich ihn und endlich verzieht sich sein Mund zu einem kleinen Lachen.

»Manchmal schon. Ich kann es nur gut verstecken.«

Aidens Handy unterbricht uns, woraufhin er sich entschuldigt und in sein Büro verschwindet. Erfahrungsgemäß kommt er da unter einer Stunde nicht wieder raus und so nehme ich ein ausgiebiges Bad und gehe ins Bett, um dort auf ihn zu warten.

***

Eine Hand streicht mir die Haare über die Schulter und bedeckt meinen Rücken mit sanften Liebkosungen. Ich muss eingeschlafen sein.

Aiden rückt von hinten an mich, sodass ich seine wachsende Erektion an meinem Po spüren kann.

Leise seufze ich auf, werde ich je genug von ihm haben?

Wieder zieht sich mein Magen unangenehm zusammen. Ich wollte doch eigentlich mit ihm reden. Seine Lippen in meinem Nacken und seine Hände an meiner Taille hindern mich jedoch am Nachdenken. Na ja, auf einen Tag kommt es ja auch nicht an, oder?

»Bist du zu müde?«, fragt er in meinen Nacken. Seine Stimme ist rau und das genaue Gegenteil seiner zarten Berührungen.

»Du könntest ja versuchen, mich wach zu halten.«

Seine rechte Hand schiebt sich über meine gespannten Brüste, die er sanft massiert, bis sie ihren Weg zwischen meine Beine fortsetzt. Lasziv reibe ich meinen Hintern an seinem inzwischen zu voller Größe angeschwollenen Schwanz, was ihn erstickt aufstöhnen lässt.

»Schon wieder so bereit. Du kannst es kaum abwarten, dass ich meinen Schwanz in dir versenke, oder?«

»Nein.«

Aiden entzieht mir seine Hand und steckt mir die von meiner eigenen Lust benetzten Finger in den Mund.

»Probiere, wie gut du schmeckst.«

Ich sollte mich ekeln, doch das tue ich nicht. Im Gegenteil, es macht mich an, zu tun, was Aiden verlangt.

»Deine triefende Pussy kann gar nicht genug von mir bekommen, genauso wie ich von dir.« Sogleich ist seine Hand von hinten wieder zwischen meinen Beinen, wo zwei seiner Finger in mich eintauchen und mich von innen massieren.

Ungeduldig seufze ich auf, als er sie mir wieder entzieht und stattdessen die Nässe bis an meinen Anus verteilt. Er wird doch wohl nicht?

Sanft umrundet sein Finger mein Poloch und drückt gegen meinen Schließmuskel. Ich spüre seine Fingerspitze eindringen und weiß nicht, wie ich reagieren soll. Will ich das? Wird es nicht wehtun? Allein der dünne Finger verursacht ein merkwürdiges Druckgefühl.

»Oh Go…ott.«

Aidens Finger dringt immer tiefer in meinen Hintern, dehnt mich immer weiter. Dabei liebkost er weiterhin meinen Hals und meine Schulter. Das fühlt sich komisch und gleichzeitig so gut an.

Ich werde immer feuchter und nur eine Berührung an meiner schmerzhaft pochenden Klit würde mich zum Explodieren bringen. Von meiner Lust getrieben, dränge ich meinen Hintern an Aidens Hand und entlocke ihm damit ein Keuchen direkt an meinem Ohr. Ich drehe meinen Kopf zur Seite, suche nach seinem Mund, als ich seine Lippen schon auf meinen spüre.

Im Rhythmus unserer tanzenden Zungen dringt ein zweiter Finger in mich ein.

»Aiden, bitte.« Ich will ihn endlich in mir spüren.

Inzwischen ist mir egal, wo er ihn reinsteckt, Hauptsache, er tut es.

Langsam zieht er seine Finger zurück, verteilt irgendwas auf meinem Loch und setzt seine Spitze an.

An dieser engen Öffnung fühlt er sich noch umfangreicher an, als er ohnehin ist. Sanft drückt er sich gegen meinen Schließmuskel, was mich aus Angst verkrampfen lässt. Er ist einfach viel zu groß.

»Baby, entspann dich. Wenn es dir wehtut, hören wir sofort auf. Vertrau mir.«

Ich nicke und lege meinen Kopf auf seinen darunterliegenden linken Arm ab. Erneut drückt er seinen Schwanz gegen meinen Muskel.

Stück für Stück dringt er in mich ein, verharrt einen Moment, damit ich mich an seine Größe gewöhnen kann, um wieder ein Stück weiter in mich einzudringen.

Das Gefühl, wie sehr er mich dehnt, wie fest ich seinen schon pochenden Schwanz umschließe, ist schmerzhaft schön. Irgendwann ist seine ganze Länge in mir und es ist ein unbeschreibliches Gefühl.

»Alles okay?« Aiden ist anzuhören, wie sehr er sich beherrschen muss.

»Ja.«

Und dann beginnt er, sich zurückzuziehen und sich erneut in mich zu bohren. Erst langsam werden seine Bewegungen immer schneller, sein Stöhnen immer unkontrollierter. All diese Einflüsse sind viel zu viel. Als seine Finger zusätzlich meine pochende Klit reiben, zerspringe ich wild zuckend in tausend Teile und Aidens langgezogenes Stöhnen zeigt mir, dass es ihm ebenso geht.

Wenig später hebt Aiden mich auf seine Arme und geht mit mir zusammen unter die Dusche, wo er mich absetzt. Das Wasser läuft bereits, sodass ich mich sofort unter den Strahl stelle.

Genießerisch lege ich meinen Kopf zurück und lasse das warme, dampfende Wasser über meine Haare und das Gesicht laufen. Ich trete einen Schritt aus dem Wasserstrahl, um mir das Wasser aus den Augen zu wischen, und erblicke Aiden, der noch immer in der Duschtür steht und mich ansieht.

»Ist irgendwas?« Fragend sehe ich ihn an.

Wie ertappt schüttelt er den Kopf und kommt zu mir. »Komm, ich wasche dich.«

Schnurrend lege ich meinen Kopf nach hinten, wobei seine Hände das Shampoo in meine Haare massieren. Solange er damit beschäftigt ist, meine Haare danach wieder auszuspülen, schiele ich durch die Tropfen hindurch auf seinen Körper. Beobachte, wie seine Brust- und Bauchmuskulatur unter seinen Bewegungen arbeitet. Wie das Wasser in Rinnsalen über seine Haut läuft. So ein Körper sollte verboten werden.

Inzwischen verteilt er sein eigenes, nach ihm riechendes Duschgel auf meinem Körper. Vor mir hockend, stütze ich mich auf seinen Schultern ab, als er mich zwischen den Beinen an meiner immer noch empfindlichen Perle wäscht und ich mir ein Stöhnen nicht verkneifen kann. Kurz schließt Aiden die Augen.

»Darf ich dich auch waschen?«

»Nein, Baby. Falls es dir auffällt, versuche ich gerade, dir zu widerstehen und nicht noch mal über dich herzufallen.«

Erstaunt und gleichzeitig überrascht sehe ich ihn an und beobachte, wie er beginnt, sich selbst zu waschen.

»Und warum fällst du dann nicht einfach noch mal über mich her?«

Aiden stellt das Wasser ab, geht vor mir aus der dampfenden Dusche und reicht mir einen Bademantel. Ein weiteres Handtuch wickelt er mir um die Haare.

»Weil ich nicht will, dass du das Gefühl hast, dass das alles für mich ist.«

Oha …

Wenig später liegen wir aneinander gekuschelt in seinem Bett. Aiden streichelt mir über den Rücken, was das Gewicht meiner Augenlider noch zusätzlich erschwert.

»Isa, schläfst du schon?«

Ich will ja, aber ich kann einfach nicht mehr antworten. Spüre aber den Kuss, den er mir auf den Scheitel gibt.

»Ich war noch nie so glücklich wie jetzt mit dir.«

Ich reiße die Augen auf und starre ins nirgendwo.

Hat er das wirklich gerade gesagt oder war es schon ein Traum? Ich kann ihn unmöglich danach fragen. Wahrscheinlich hätte er gar nichts gesagt, wenn er nicht gedacht hätte, dass ich schlafe. Überglücklich und mit dem festen Glauben, dass alles gut wird, schlafe ich irgendwann ein.

***

Ich finde Aiden im Wohnzimmer, wo er telefoniert und mir mit der Hand andeutet, dass er gleich fertig ist.

Mein Herzschlag ist bis in den Hals zu spüren, meine

Handflächen hören nicht auf zu schwitzen und meine Knie zittern im wahrsten Sinne des Wortes.

Wie oft habe ich den Text geübt, wie ich es ihm sage, und jetzt ist doch alles Einstudierte weg.

»Sag ihnen, dass sie den Zuschlag nicht bekommen. Ich komme später noch einmal ins Büro.« Damit beendet er sein Telefonat, ohne sich zu verabschieden.

Jetzt einfach raus damit, bevor ich wieder kneifen kann.

»Können wir uns setzen? Ich muss mit dir reden.«

Aidens Ausdruck wird skeptisch.

»Was willst du mir sagen?«

Okay, also nicht hinsetzen.

»Ich bin nicht krank …«

»Das ist doch gut.« Lachend kommt er auf mich zu. »Ich habe schon gedacht, jetzt kommt sonst was.«

»Ich bin schwanger.« Abrupt bleibt er stehen und taxiert Sekunden, die mir wie eine halbe Ewigkeit vorkommen, mein Gesicht.

Bitte sag doch was.

Und von einem Moment auf den anderen sind all seine geöffneten Mauern wieder zu.

»Raus!« Seine Stimme bebt vor unterdrückter … ja was? Wut?

»Was? Aiden …«

»Raus!« Ungebändigter Zorn bläst mir entgegen und lässt mich reflexartig zurückweichen. Hinter mir öffnet sich die Tür und Olivia tritt ein. Vermutlich hat sie Aidens Schreien gehört.

»Schaff sie hier raus!«, brüllt er nun Olivia an und schon

nimmt er den massiven Couchtisch und schmeißt ihn quer durch das Wohnzimmer an die gegenüberliegende Wand.

Unfähig mich zu bewegen oder irgendetwas zu sagen, lasse ich mich von Olivia aus dem Haus ziehen und zu meinem Auto bringen. Wie im Nebel nehme ich ihre Fragen wahr, was passiert sei. Höre aber nur Aidens wütendes Schreien, das aus der Villa bis zu uns reicht. Höre das Krachen von brechendem Holz und zersplitterndem Glas.

Ich habe keinerlei Erinnerung, wie ich ins Auto gestiegen bin, geschweige denn hierhergekommen bin, aber ich bin zu Hause angekommen.

Was um Himmels willen war das?

Noch nie habe ich Aiden so wütend gesehen, so außer sich vor rasendem Zorn. Noch nie hat er auch nur im Ansatz die Kontrolle über sich verloren.

Mit allem habe ich gerechnet. Dass er das Kind nicht will. Dass er sich fragt, wie das möglich sein kann. Dass es zu früh und unsere Beziehung noch viel zu frisch ist. Sogar die Hoffnung, dass er mich freudestrahlend in die Arme nimmt, habe ich mir erlaubt. Aber nicht damit.

In meiner Wohnung schlage ich die Haustür hinter mir zu, rutsche mit dem Rücken dagegen auf den Boden und lasse den Tränen, die seit Aidens Wutausbruch in meinen Augen brennen, endlich freien Lauf.

Jegliches Zeitgefühl verloren, starre ich an die gegenüberliegende

Tür zu meinem Schlafzimmer und gehe jedes Wort unseres kurzen Gespräches noch einmal durch. Denke an die Worte, die er mir gestern vor dem Schlafen zugeflüstert hat, und versuche irgendwie, das alles unter einen Hut zu bekommen.

Gestern waren wir noch so glücklich, das kann doch nicht alles von einem Moment auf den anderen vorbei sein.

Das Klopfen an der Tür in meinem Rücken reißt mich aus meinen Gedanken und wird sofort durch ein anderes Gefühl ersetzt. Hoffnung breitet sich in mir aus, dass Aiden sich beruhigt hat und zu mir kommt, um sich für seine Reaktion zu entschuldigen.

Als ich die Tür aufreiße, ist es jedoch nur Eva, die mich ohne ein Wort in die Arme nimmt und damit eine weitere, nicht enden wollende Flut von Tränen in mir heraufbeschwört. Immer wieder streichelt sie mir über den Rücken und schaukelt mich vorsichtig vor und zurück. Nur langsam beruhige ich mich und lasse mich wie ein Kleinkind zur Couch dirigieren, wo sie mich zudeckt und fragt, was passiert ist.

»Ich bin schwanger.«

»Oh Scheiße. Habt ihr denn nicht verhütet?«

»Nein. Aiden glaubt aus irgendeinem Grund, dass er keine Kinder bekommen kann, und so haben wir gedacht, dass wir keine Verhütung brauchen. Vorhin habe ich es ihm gesagt und …« Wieder unterbrechen mich Schluchzer, die tief aus meinem Inneren kommen.

»Er denkt, dass es nicht sein Kind ist, stimmt's?«

Erstaunt sehe ich zu ihr auf. Auf diese Idee bin ich überhaupt noch nicht gekommen.

Ich habe einfach angenommen, dass Aiden auf die Nachricht an sich reagiert hat. Könnte es sein, dass er wirklich denkt, ich will ihm ein Kind unterjubeln?

»Ich … ich weiß nicht. Er hat mich, ohne ein einziges Wort darüber zu verlieren, rausgeschmissen. Er ist richtig durchgedreht.«

»Ach Süße. Lass ihm ein paar Tage Zeit und dann redet ihr noch mal miteinander.«

»Ja, vielleicht … Warum bist du überhaupt hier?«

»Liam hat mich angerufen und gesagt, ich solle mal nach dir sehen.« Jetzt hat sie mein Interesse geweckt.

»Liam?«

Sie weicht meinem Blick aus.

»Eva?«

»Olivia hat ihn angerufen, dass er sofort kommen soll, weil Aiden das ganze Wohnzimmer auseinandernimmt. Liam hat ihn dann zwischen dem, was von den Möbeln übrig geblieben ist, gefunden. Als Olivia ihm erzählt hat, dass du ziemlich verwirrt warst, als du nach Hause gefahren bist, hat er mich angerufen.«

Dann ist es sogar noch schlimmer, als ich bis eben gerade angenommen habe. Ein Anflug von Wut macht sich in mir bemerkbar.

Ich meine, was ist passiert, dass es rechtfertigt, mich so zu behandeln? Ich bin schwanger und das nur, weil Aiden glaubte, dass wir nicht verhüten müssen. Mich hat diese Neuigkeit auch vollkommen unvorbereitet getroffen, aber nicht einmal habe ich darüber nachgedacht, ihn so zu behandeln. Geschweige denn darüber, meine Wohnung auseinanderzunehmen.

Stunden später verabschiedet sich Eva von mir mit dem Befehl, mich sofort zu melden, sollte ich etwas brauchen. Fast bin ich froh, wieder alleine zu sein, auch wenn es mir gutgetan hat, ihr alles erzählen zu können.

Erschöpft, mit Kopfschmerzen und geschwollenen Augen vom vielen Heulen gehe ich ins Bett, wo das Gedankenkarussell sich unaufhörlich weiterdreht. Das erste Mal seit über drei Monaten liegt Aiden nicht neben mir. Zieht mich nicht in seine Arme und gibt mir keinen Kuss aufs Haar.

Wieder zieht sich meine Brust schmerzhaft zusammen, aber weinen kann ich nicht mehr.

Innerlich halte ich Zwiesprache mit dem kleinen Wesen in mir, das so viel ausgelöst hat und doch am allerwenigsten dafür kann. Keine Ahnung wann, aber irgendwann falle ich doch noch in einen unruhigen Schlaf, aus dem ich mehrere Male in der Nacht aufschrecke.

***

Über eine Woche ist vergangen. Eine Woche, in der ich Aiden weder gesehen noch gehört habe. Ich fühle mich im wahrsten Sinne des Wortes wie ausgekotzt und leider sehe ich auch so aus.

Kummer über das, was ich glaube verloren zu haben, und die Wut auf Aiden wechseln im Minutentakt, was es mir nicht gerade einfacher macht. Wenigstens halte ich seit ein paar Tagen keine morgendliche Besprechung mehr mit der Kloschüssel ab.

Aiden hat weder auf meine Anrufe noch auf meine Nachricht mit dem Ultraschallbild reagiert und somit bin ich gerade auf dem Weg zu seiner Firma.

Miss Jenkins alias »Ich lass hier keinen durch« sitzt wie immer repräsentativ hinter ihrem Tresen, an dem ich mich heute gar nicht erst aufhalten werde. Vielleicht hat sie auch schon Anweisung erhalten, mich nicht mehr hoch zu lassen. Sie sieht mich zwar in den Fahrstuhl steigen, sagt aber nichts. Vielleicht also doch noch keine Info.

Auf der Etage von Aidens Büro marschiere ich schnurstracks und mit wild klopfendem Herzen auf seine Bürotür zu.

Ohne anzuhalten, frage ich seine Assistentin Amelia, ob er in seinem Büro ist. Sie nickt mir mit großen Augen zu, als ich schon klopfe und, ohne ein Zeichen abzuwarten, das Büro betrete.

Aiden sitzt hinter seinem Schreibtisch mit der Skyline von Chicago im Rücken. Er hebt den Kopf, dessen Blick sich augenblicklich verdunkelt, als er mich sieht.

Nichts erinnert mehr an den warmen Ausdruck darin, das ehrliche Lachen, das immer nur für mich reserviert war. Sein Gesicht ist völlig emotionslos, lediglich das Aufblitzen seiner Augen zeigt mir eine Regung. Die jedoch alles andere als freundlich zu sein scheint.

»Was willst du hier?«

Aha, also immer noch im Arschlochmodus und langsam beginnt es, auch in mir zu brodeln.

»Ich finde, du bist mir eine Erklärung schuldig.«

»Ich schulde dir einen Scheißdreck und jetzt verpiss dich.«

»Nein! So nicht. Zuerst sagst du mir, warum du dich benimmst wie ein Riesenarschloch.«

»Isabell, ich kann keine Kinder bekommen und du bist schwanger. Klingelt da was bei dir?« Geschmeidig wie immer, dazu gefährlich ruhig erhebt er sich aus seinem Stuhl und kommt auf mich zu. Doch ich weigere mich zurückzuweichen, das ist immer noch Aiden und er würde mir nie etwas tun.

»Das Kind kann nur von dir sein.« Ich hoffe, dass er das Zittern in meiner Stimme nicht wahrnimmt.

Direkt vor mir baut er sich auf, sodass ich den Kopf in den Nacken legen muss, um ihm ins Gesicht sehen zu können.

»Mir ist scheißegal, von wem du dir eines hast ansetzen lassen, von mir ist das Balg jedenfalls nicht. Du bist genauso eine billige Schlampe wie alle anderen vor dir. Eine, die für jeden die Beine breitmacht.« Er spuckt mir die Worte regelrecht ins Gesicht und lässt mit ihnen alle Sicherungen in mir durchbrennen.

Er nennt mich eine Schlampe und unser Kind, sein Kind, ein Balg, das er, ohne alle Optionen durchzugehen, ablehnt. Ich spüre die Wut in mir brodeln, wie alle meine Glieder zu kribbeln anfangen. Schallend landet meine Hand in seinem Gesicht.

»Du bist wirklich der Sohn deines Vaters. Anscheinend wünschst du dir jetzt auch, dass du am Tag der Zeugung *unseres* Kindes lieber daneben gespritzt oder mich in den Arsch gefickt hättest. Aber weißt du was? Auf so einen Vater können ich und dein Kind dann auch gerne verzichten.«

Auf der Stelle drehe ich mich um und gehe erhobenen

Hauptes an den Fahrstühlen vorbei, in das Treppenhaus und raus aus diesem verdammten Gebäude.

Im Auto angekommen bröckelt meine mühsam aufrechterhaltene Beherrschung und schon spüre ich wieder diese verdammten Tränen, die mir in Sturzbächen über das Gesicht laufen.

Habe ich mich wirklich so sehr in Aiden getäuscht? Ganz offensichtlich denkt er wirklich, das Kind sei nicht von ihm. Aber wie kann er das so rigoros von sich weisen?

Hat er mir in unseren gemeinsamen Monaten nicht immer zu hundert Prozent vertrauen können? Nie habe ich ihm auch nur den kleinsten Grund gegeben, an meiner Aufrichtigkeit zu zweifeln.

Dass er mich jetzt so behandelt, mich und das Baby so beschimpft.

Zärtlich lege ich meine Hände, von denen eine wegen der Ohrfeige knallrot ist und warm kribbelt, schützend auf meinen Bauch.

Unser … mein Baby sollte und wird jetzt meine oberste Priorität sein, und wenn es sein muss, werde ich es auch vor Aiden beschützen. Auch wenn bei dem Gedanken, dass er uns eigentlich sollte schützen wollen, ein weiterer Kloß in meinem Hals wächst.

Kapitel 15 Aiden

Wieso kommt sie hierher? Kommt auch noch in mein Büro, um noch mal nachzutreten.

Als sie mir vor neun Tagen gesagt hat, dass sie schwanger ist, dachte ich erst, dass sie sich einen Scherz erlaubt. Ein Blick in ihr Gesicht jedoch hat ausgereicht, um zu wissen, dass sie die Wahrheit sagt.

Eben die Eigenschaft, die mich sofort an ihr fasziniert hat.

Sie hat ihr Herz stets auf der Zunge getragen. Manchmal war sie sogar zu ehrlich und hat Leute unbewusst vor den Kopf gestoßen. Und wie oft hat sie irgendwas gesagt und sich danach erschrocken, dass sie es nicht nur gedacht, sondern ausgesprochen hat.

Die Erinnerung lässt mich freudlos auflachen.

Zumindest habe ich das geglaubt. Jetzt frage ich mich, wie oft sie mich schon angelogen hat und ich es nur nicht gemerkt habe.

Die Wut ist so unkontrolliert durch meine Adern geschossen, hat mich regelrecht von innen heraus verbrannt. Als Liam mich später in den Resten meines Wohnzimmers gefunden hat, war von dieser Wut kaum noch etwas übrig.

Ich war wütend auf mich selbst. Darüber, dass ich sie so dicht an mich herangelassen habe und ihr damit die Macht eingeräumt habe, mich verletzen zu können. Was sie dann auch getan hat.

Aber am schlimmsten war meine Wut auf sie. Das Wissen, dass sie sich von einem anderen hat ficken lassen. Dass sie einem anderen erlaubt hat, sie zu berühren, nach dem, was wir zusammen hatten. Oder besser, was ich dachte, dass wir es hatten. Sie hat gesagt, sie liebt mich, und ich war bescheuert genug, ihr zu glauben, weil ich es glauben wollte.

Und das Schlimmste an allem ist, dass es mir verdammt noch mal von Tag zu Tag beschissener geht. Jeden zweiten Tag sitze ich wie das Chef-Weichei bei Lucas und plärre ihm die Ohren voll.

Mittlerweile schreibt er nicht mal mehr auf seinen verkackten Notizblock, weil mein Geflenne jeden Tag das Gleiche ist.

Du bist wirklich der Sohn deines Vaters … Auf so einen Vater können ich und dein Kind dann auch gerne verzichten.

Warum hat sie so verletzt ausgesehen, als würde ich ihr Unrecht tun?

Wie wütend sie mir entgegengeschleudert hat, was ich ihr aus meiner Vergangenheit erzählt habe. Ihre funkelnden Augen, die ausgesehen haben, als würde sie mich hassen, bevor sie mir eine gescheuert hat. Ich muss zugeben, damit hat sie mich getroffen.

Aber es ist nicht mein Kind, sonst hätte ich sicher anders reagiert. Dabei war mir schon immer klar, dass ich keine Kinder haben will.

Was sollte ich schon für ein Vater werden? Jemand, der von seinen Eltern nichts anderes als Erniedrigung und Gewalt gelernt hat.

Sogar Lucas hat mir bestätigt, ein emotionaler Krüppel zu sein. Die Gefühle und Bedürfnisse anderer Menschen sind mir egal, und was Empathie ist, weiß ich nur aus den früheren Therapiesitzungen bei ihm. Wie soll ich da einem Kind gerecht werden, ihm all das geben, was es verdient hat? Liebe, Wärme und das ganze Zeug.

Nein, bevor ich so ein Vater werde, wie meiner einer war, habe ich vorgesorgt. Ich werde nie einem Kind das antun, was sie mir angetan haben.

Davon ganz abgesehen gab es bisher auch nie eine Frau, mit der ich mir Kinder hätte vorstellen können. Hätte ich mir mit Isabell welche vorstellen können?

Als wäre das jetzt nicht scheißegal. Sie ist schwanger und hat sich von einem anderen ficken lassen. Scheiße, wie schlecht mir wird, wenn ich daran denke, dass irgendein Arschloch sie mit seinen Wichsgriffeln angefasst hat. Dass sie für jemand anderen so gestöhnt hat, wie sie es für mich gemacht hat.

Ich war sogar so bescheuert und wollte mich für sie ändern. Wegen ihr renne ich seit Wochen wieder zu Lucas und arbeite daran, meine Gefühle für sie zuzulassen.

Für sie habe ich den ganzen Sumpf aus meiner Vergangenheit wieder hochgeholt, weil Lucas der Penner meint, dass das für den fuck Prozess wichtig wäre. Alles hätte ich für sie getan. Und was habe ich jetzt davon?

Unruhig stehe ich auf, stelle mich mit den Händen in den Hosentaschen ans Fenster und lehne meine pochende Stirn an das kühlende Glas.

Wie oft standen irgendwelche Weiber vor mir und haben gesagt, dass sie trotz Kondom schwanger wären. Wenn dem wirklich so gewesen wäre, hätte die Kondomindustrie mittlerweile dichtmachen können. Sogar ein paar Vaterschaftstests habe ich durchführen lassen, immer mit dem gleichen Ergebnis, nicht der Vater zu sein. Bei keiner der Schlampen hat es mich interessiert, dass sie sich von einem anderen haben bumsen lassen. Einmal drüberrutschen, danach hatte ich sowieso kein Interesse mehr.

Bei Isa ist es mir nicht egal.

Bei ihr hätte ich etwas ahnen müssen. Ihre wunderschönen Brüste, die in letzter Zeit noch voller wurden. Ihre noch empfindlicher gewordenen Nippel. Dass ihr beim Essen so schnell schlecht wurde, und zu guter Letzt die morgendliche Kotzerei. Und ich Idiot habe mir auch noch Sorgen gemacht, was mit ihr sein könnte, weil ich zu verpeilt war, die Wahrheit zu erkennen.

Hätte ich das Kind haben wollen, wenn es meins wäre?

Ja, ich glaube, mit Isabell an meiner Seite hätte ich mir vorstellen können, ein Vater zu sein. Mit ihr zusammen hätte ich geschafft, was meine Eltern nie gekonnt haben. Ich glaube, wir zusammen hätten gute Eltern werden können. Und das hat sie alles kaputtgemacht.

Oh Mann, was bin ich nur für eine Pussy geworden. Vielleicht sollte ich mir den pinken Rock aus ihrer Agentur besorgen.

***

Wie jeden Mittag seit elf Tagen kommt Liam in mein Büro. Und wie jeden Tag schwafelt er mich voll, dass ich mir ein paar Tage freinehmen soll, aber das will ich nicht.

Allein der Gedanke, nur zu Hause rumzusitzen und gar keine Ablenkung mehr zu haben, macht mich wahnsinnig. Außerdem erinnert mich zu Hause alles an Isabell. Überall glaube ich, ihren Geruch wahrzunehmen, und dann die mitleidigen Blicke von Olivia. Nein danke.

Liam labert und labert, was ich zwischendurch abnicke, um es so aussehen zu lassen, als würde ich ihm zuhören. Dabei halte ich mein Handy in der Hand und tue so, als würde ich meine Termine checken. Ich starre auf das Ultraschallbild, das Isabell mir zusammen mit einer Nachricht geschickt hat. Einen Tag, nachdem sie mir gesagt hat, dass sie schwanger ist.

Weißt du noch, wie oft du »vertrau mir« zu mir gesagt hast? Jedes Mal habe ich es blind getan.

Dieses eine Mal bitte ich dich, mir zu vertrauen.

»Kommst du?« Liam steht an der Tür und hält mir diese auf.

Kurz darauf sitzen wir im Wartebereich von Dr. Parker, einem Urologen. Hätte ich Liams Geschwafel besser zugehört, wüsste ich, dass ich ihm zugestimmt habe, ein Spermiogramm machen zu lassen. Um zu gucken, ob nicht vielleicht doch die geringe Chance besteht, dass ich der Vater des Babys bin. Was eigentlich unnütz ist, da ich vor einigen Wochen schon mal hier war und da hat rein gar nichts gezappelt.

Dr. Parker drückt mir einen Becher in die Hand und zeigt mir ein Zimmer, in dem ich in eben diesen wichsen soll.

Na geil. Stimmt, da war ja was.

Liams erzwungen ernsthafter Gesichtsausdruck sagt mir, dass er sich am liebsten in die Ecke schmeißen würde. Ihn so gut es geht ignorierend, gehe ich an ihm vorbei in das kleine Loch, das ein Zimmer vortäuschen soll.

Ernsthaft jetzt?

Auf dem Tisch liegen etliche Pornohefte, die ich ganz sicher nicht anfassen werde. Wer weiß, ob die Kameraden vor mir wirklich immer in den Becher gewichst haben. Und überhaupt, wer weiß, wie viel von denen ihre Finger getroffen haben.

Des Weiteren steht ein Fernseher auf dem kleinen Tisch, auf dessen Bildschirm vier verschiedene Pornos eingeblendet sind. Ach … und den soll ich also voll aufdrehen, damit die anderen Patienten direkt vor der Tür auch was davon haben?

Meine letzte Probe habe ich von zu Hause mitgebracht. Das ist es.

Ich verlasse den Raum und gehe zu Liam, der mir anerkennend, weil es so schnell ging, auf die Schulter klopft.

Vollidiot.

Meine Idee, jetzt nach Hause zu fahren und die Probe später herzubringen, lehnt er ab und dirigiert mich wieder in das Pornozimmer.

Okay, dann mal los. Fuck, der Scheißer macht nicht mal Anstalten, sich zu erheben. Einfach, an was Schönes denken.

Ich schließe die Augen und wie von selbst schiebt sich Isabells Gesicht vor mein inneres Auge. Genau das wollte ich eigentlich nicht, doch es scheint das Einzige zu sein, was mich hier irgendwie weiterbringt und meinen Schwanz dazu, sich endlich aufzurichten. Tatsächlich vergesse ich kurzzeitig, wo ich bin. Bilde mir ein, dass es Isas Hand ist, die meinen Ständer bearbeitet, bis mich ein Klopfen und Liams Stimme hinter der Tür, ins Hier zurückholt.

»Wie lange willst du dem Feuerwehrmann denn noch am Helm rubbeln?«

Das ist nicht wahr, oder?

»Halt's Maul. Das ist nicht so einfach.«

»Soll ich dir helfen?«

»Was?! Nein, verfluchte Scheiße.«

Nach einer gefühlten Ewigkeit schaffe ich es, in diesen gottverdammten Becher zu spritzen, und gebe meine Probe ab.

Ich kann die Kerle nicht verstehen, die sich jeden Tag einen runterholen, das ist ja mal sowas von ungeil.

In einer halben Stunde soll ich das Ergebnis bekommen.

Liam und ich sitzen Dr. Parker gegenüber, der in meine Akte auf seinem Schreibtisch vertieft ist.

Aufregung überkommt mich und lässt mich kaum noch ruhig denken. Bitte lass mich doch fruchtbar sein. Wie absurd das ist. War ich doch vor Monaten hier, weil ich genau das nicht wollte.

»Also Mr. Stone. Bei ihrem letzten Spermiogramm vor ein paar Wochen haben wir keine lebenden Spermien in ihrer Probe gefunden. Allerdings könnte die Probe auch ungenau gewesen sein, falls Sie sich nicht daran gehalten haben, in den fünf Tagen davor keine Ejakulation zu haben. Auch haben Sie die Probe von zu Hause mitgebracht, was nicht zu einhundert Prozent sagen lässt, ob die toten Spermien dies schon beim Erguss waren oder sie erst später verendet sind. Außerdem möchte ich noch einmal betonen, dass wir insgesamt drei Spermiogramme vorgesehen haben, von denen sie nur eins wahrgenommen haben.«

Er blättert und blättert, dass ich ihm die blöde Akte am liebsten aus seinen tatterigen Fingern reißen würde, um selbst nachzusehen.

»In der heutigen Probe sind keinerlei Spermien mehr vorhanden. Sie sind steril.«

Mir bricht der Schweiß aus und das Gefühl, keine Luft zu bekommen, bringt mich dazu, meine Krawatte zu lockern.

Immer wieder hämmert der letzte Satz in meinen Ohren. Ich bin steril, ich kann nicht der Vater von Isabells Baby sein …

Die Enttäuschung, die dieses Wissen mit sich bringt, tut mir körperlich weh. Ich sehe, dass Liam mit Dr. Parker spricht, aber ich habe gehört, was ich wissen wollte, und jetzt will ich nur noch hier raus.

Am Wagen angekommen holt Liam mich ein, den ich bitte, in irgendeine Bar zu fahren, wo uns niemand kennt.

Seit Stunden sitze ich am Tresen in irgendeiner Spelunke und kippe einen Whisky nach dem anderen in mich rein.

Liam hat, seit wir hier sind, nicht ein Wort gesagt, wofür ich ihm dankbar bin. Er weiß, dass ich jetzt nicht reden will. Dass ich ohnehin nicht ausdrücken könnte, was sich in mir abspielt.

Ab und zu kommt eine von den billigen Schlampen zu uns,

die sich hier rumtreiben, um jemanden für die Nacht zu finden, der sie gnädigerweise fickt. Natürlich ganz aus Versehen drückt mir eine, die optisch genau mein Fall ist oder besser war, mit einem »Das ist aber auch eng hier« ihre hochgeschnürten Titten an meinen Arm und steckt mir ihre Zunge ins Ohr.

Und was passiert? Nichts, rein gar nichts. Gefühlt hat sich mein Schwanz sogar nach innen verzogen, so angewidert ist er von dem Gedanken, je wieder in eine andere Pussy abtauchen zu müssen.

Isabell war da ganz anders.

Verdammt, ich will nicht an sie denken. Ihre unschuldige Art oder das, was ich als solche vermutet habe, macht ihren Betrug nur noch schlimmer.

Gereizt zische ich Miss Titty zu, dass sie sich verziehen soll.

Ich bin steril, ich kann nicht der Vater dieses Babys sein. Der Schmerz, der, seit wir die Praxis verlassen haben, in mir wütet, ist durch den Alkohol gedämpft. Aber eben nur das.

Er ist immer noch da und der Alkohol nimmt mir meine gewohnte Kontrolle, über den Dingen zu stehen. Nimmt mir meine jahrelang erarbeitete Fähigkeit, so zu tun, als würde mich das alles nicht interessieren.

Es tut weh. Ja, das beschreibt es wohl am besten. Es tut mir weh, an sie zu denken. An ihre wunderschönen Augen, ihr Lachen, bei dem sie immer übers ganze Gesicht gestrahlt hat.

Wie sie mich manchmal angeguckt hat, als wäre ich das Beste, was ihr je passiert ist, und wie es sich angehört hat, wenn sie mir gesagt hat, dass sie mich liebt. Sie fehlt mir.

Sie fehlt mir so … Fuuuck, das ist alles so eine riesige Scheiße.

Keine Ahnung wie, aber irgendwann sind wir in meinem Schlafzimmer, wo Liam mich aufs Bett wirft und mir die Schuhe auszieht.

Er ist der Einzige, auf den ich mich schon immer verlassen konnte, meine einzige Konstante. Bevor ich ganz wegdrifte, öffne ich noch einmal meine Augen und sehe Liam mit auf den Knien aufgestützten Ellenbogen am Rand meines Bettes sitzen.

»Warum tut sie mir das an?«

»Ich weiß es nicht, Aiden, ich weiß es nicht.«

Kapitel 16

Mitten in der Nacht klingelt es an meiner Wohnungstür und sofort bin ich hellwach. Nicht, dass ich in letzter Zeit überhaupt richtig schlafen könnte.

Dumm, wie ich bin, schlägt mein Herz sofort schneller. Vielleicht ist es Aiden, der mich in seine Arme reißt und sich für alles Gesagte entschuldigt.

Noch während ich mir eine Hose überziehe, bollert es energisch an meiner Haustür.

»Isabell, mach auf, ich bin's, Liam.«

Kein Aiden. Die Tatsache, dass stattdessen Liam vor meiner Tür steht, enttäuscht mich kurz, macht es aber auch nicht besser. Ist vielleicht etwas passiert?

Ich öffne die Tür und ohne Begrüßung stampft er an mir vorbei in die Wohnung. Ihm folgend, bleibe ich in gebührendem Abstand vor ihm stehen, wo er mich mit hochgezogener Augenbraue mustert.

»Du siehst scheiße aus!«

Na schönen Dank auch. Ist er gekommen, um mir das zu sagen? Ich habe es satt, mich von irgendwem beleidigen zu lassen. Abweisend verschränke ich die Arme vor der Brust.

»Wenn das alles ist, kannst du ja jetzt wieder gehen.«

»Nein, das war es noch nicht.« Er lässt sich auf meiner Couch nieder. Mit ernstem Gesichtsausdruck deutet er auf den Sessel ihm gegenüber, auf den ich mich, wenn auch zögerlich setze.

»Ich will nicht lange drumherum reden. Aiden hat, einen

Monat bevor ihr euch auf der Hoteleröffnung kennengelernt habt, eine Vasektomie durchführen lassen.«

Anscheinend wartet er auf eine Reaktion, doch leider habe ich keinen blassen Schimmer, wovon er spricht.

»Isabell, er hat sich sterilisieren lassen, weil er keine Kinder will.«

»Was?! Das ist nicht wahr! Das ist unmöglich.« Geschockt von dieser Nachricht springe ich aus dem Sessel hoch. »Dann … dann hat es nicht funktioniert.«

Liam fährt sich müde mit der Hand durch sein Gesicht.

»Er war heute mit mir bei einem Arzt. Es hat funktioniert.«

Ungläubig starre ich ihn an und beginne, unruhig im Wohnzimmer auf und ab zu gehen. Kein Wunder, dass er mir nicht glaubt. Aber ich weiß, dass das Kind von ihm ist.

»Isabell, sieh mich an! Ist das Kind von Aiden?«

Ich laufe fast zu ihm, setze mich direkt vor ihn auf den Couchtisch und nehme seine Hände in meine.

»Liam, ich schwöre bei allem, was mir heilig ist. Auf dieses Kind in meinem Bauch, dass Aiden der Vater ist.«

Sekunden, die mir wie Minuten vorkommen, sagt er gar nichts, bis er fast unmerklich nickt.

»Ich versuche, dir zu helfen und mit Aiden zu reden. Der Arzt hat gesagt, dass die Möglichkeit besteht, bis zu drei Monaten nach dem Eingriff noch zeugungsfähig zu sein. Da Aiden allerdings häufig …« Fragend sehe ich ihn an, als er nicht weiterspricht. »Aiden hat oft Sex gehabt und je mehr Sex, desto eher sind die noch vorhandenen Spermien draußen. Wie weit bist du?«

Ungläubig blinzle ich. So genau wollte ich das nun auch nicht wissen.

»In der dreizehnten Woche.«

»Dann bist du fast zwei Monate nach dem Eingriff schwanger geworden. Das ist wirklich verdammt knapp … Ich kann dir nichts versprechen, aber ich gebe mein Bestes.«

Ich kann einfach nicht anders und falle ihm um den Hals.

***

Wie mit Liam abgesprochen, melde ich mich nicht bei Aiden, sondern warte darauf, dass er es von sich aus tut. Doch die Tage verstreichen und mit ihnen die Hoffnung, dass er sich bei mir melden wird. Bis nach mehr als einer Woche kaum noch etwas davon übrig ist.

Seit einer Woche bin ich krankgemeldet und gehe nicht zur Arbeit. Sicher nicht die beste Methode, um auf andere Gedanken zu kommen, aber ich brauche diese Zeit jetzt.

In selbstzerstörerischer Absicht höre ich »There You'll be« von Faith Hill in Dauerschleife und heule und heule.

Um mich abzulenken, nötigt Eva mich, mit ihr in die Stadt zu gehen. Habe ich sonst auch immer große Lust mit ihr shoppen zu gehen, will mir heute nichts so recht gefallen. An einem Geschäft für Babybedarf bleibe ich stehen und sehe mir die Auslage im Fenster an. Bisher ist der Laden mir nie aufgefallen, allerdings brauchte ich ja auch noch nie Babysachen.

Überschwänglich zieht Eva mich hinein und hält mir Dutzende Strampelanzüge und Söckchen in allen möglichen Farben vor den Bauch.

Es funktioniert, tatsächlich kann ich mich schnell für die kleinen Babysachen, die Kinderwagen und Autositze begeistern. Ich kann sogar beherzt mit ihr lachen, wenn nur nicht immer wieder der Gedanke aufkäme, dass eigentlich Aiden mit mir hier sein müsste. Dass er freudestrahlend in den Ständern wühlen sollte.

Bei unserem obligatorischen Kaffee bewundert Eva den rosafarbigen Strampler, den sie mir unbedingt kaufen wollte. Sie ist sich absolut sicher, dass es ein Mädchen wird.

Lachend wühle ich in den Tiefen meiner Handtasche nach meinem klingelnden Handy. Das Herzklopfen, das jedes Mal dabei auftritt, ist weniger geworden, weil er es ja doch nie ist. Ganz verschwunden ist es aber auch jetzt noch nicht.

Das Display zeigt mir eine unbekannte Nummer an.

»Young.«

»Guten Tag. Bin ich da richtig bei Isabell Young? Hier ist die Praxis Doktor Martin.«

***

Zwei Stunden später sitze ich in Dr. Martins Sprechzimmer.

Irgendwie habe ich mir den Arzt ganz anders vorgestellt. Ich dachte, er wäre älter, mit silbernem Haar und einer Lesebrille tief auf der Nase sitzend. Dazu am besten braune Cordhosen und

Hosenträger. Nur der Schreibtisch ist wie in meiner Vorstellung und Dr. Martin sitzt zwischen links und rechts aufgetürmten Aktenbergen.

Seit geschlagenen zehn Minuten hocke ich vor ihm und warte darauf, dass er auf seinem vollgemüllten Schreibtisch findet, was er sucht.

»Also Miss Young. Wie Sie sicher wissen, arbeite ich seit einigen Monaten mit Aiden zusammen und würde Sie dafür gerne mit ins Boot holen.«

Mich?!

»Äh, na ja, ich glaube nicht, dass Aiden gerade mich in seinem Boot haben will. Vermutlich würde er es vor Wut klein hacken, wie sein Wohnzimmer, und wir – einschließlich Ihnen – werden gnadenlos absaufen.«

Er grinst, was es auch mir leichter macht, mich etwas zu entspannen.

»Mir ist Ihre derzeitige Lage sehr wohl bewusst und trotzdem hätte ich Sie gerne dabei. Natürlich habe ich das mit Aiden abgesprochen.«

»Echt?« Jetzt bin ich tatsächlich ganz Ohr.

»Echt.« Wieder schmunzelt er. »Ich erachte es als wichtig für Aiden, dass die Person, die etwas in ihm bewegt, bei unseren Gesprächen dabei ist. Anderseits wird es aber auch Ihnen helfen, Aidens Handlungen besser verstehen zu können, und ich will versuchen, als Schlichter zu fungieren.«

»Seine Handlungen? Sie meinen wohl eher, dass er sich aufführt wie der amtierende Weltmeister vom Orden des

Arschlochs. Ah, ich vergaß …« Ich klatsche mir mit der flachen Hand gegen die Stirn. Aua. »Ich bin ja die, die ihm ein Kind unterjubeln will. Und deswegen ist er der Arme und ich die Böse.«

Mit leicht irrem Grinsen starrt Dr. Martin mich an, was mich irritiert den Kopf zurücknehmen lässt. Was ist das denn für ein Arzt?

»Ist das irgendwie witzig?«

»Nein, aber ich habe überhaupt nicht von Ihrer Schwangerschaft gesprochen. Sicher wissen Sie, dass Aiden ursprünglich wegen seiner Träume zu mir gekommen ist. Die sind aber nur wieder da, weil ihn etwas auf emotionaler Ebene erreichen konnte. Nennen wir es: seinen Schutzwall durchbrochen hat. Und das sind Sie.«

Was habe ich ihn emotional?

»Aiden macht diese Therapie nicht wegen der Träume. Die sind nur das Startsignal für die Veränderung, die in ihm vorgeht. Er macht die Therapie Ihretwegen. Weil er in der Lage sein will, eine Beziehung zu führen. Zu vertrauen und Gefühle zuzulassen.«

Immer wieder drehen sich seine eben gesagten Worte in meinem Kopf.

»Aiden will ganz sicher keine Beziehung mit mir führen. Falls doch, zeigt er es auf ziemlich komische Art und Weise. Dann tut er wirklich gut daran, sich therapieren zu lassen. Von Vertrauen kann wohl auch keine Rede sein. Und was meinen Sie damit, dass er lernen muss, Gefühle zuzulassen?«

»Aufgrund der schweren Misshandlungen hat Aiden, um sich zu schützen, irgendwann entschieden, seine Gefühle für äußere

Einflüsse sozusagen abzuschalten. Alles, was ihn verletzen könnte, rigoros abzublocken. Zudem hat eine fehlende konstante Verlässlichkeit zu einem Mangel an Urvertrauen geführt.«

»Hä?«

»Bis Aiden zur Schule kam, hatte die Familie eine Betreuerin, Ellis, die sich liebevoll um Aiden gekümmert hat. Solange sie da war, fühlte er sich sicher, aber sobald sie abends nach Hause ging, schlug ihm wieder der Hass seiner Eltern entgegen. Diese grundverschiedenen Gefühle haben sein Urvertrauen stark geschädigt. Als der Betreuungsvertrag dann auslief und Ellis nicht mehr kam, hatte das noch einmal eine starke Wirkung auf Aidens Vertrauen. Es ist kaum vorstellbar, wie verlassen er sich als Sechsjähriger gefühlt haben muss. Der einzige Mensch, der ihm wohlgesonnen war, kommt einfach nicht mehr.«

Wenn der Hirndoktor will, dass meine Wut nachlässt, drückt er gerade die richtigen Knöpfe. Ich denke an den kleinen Jungen, der Aiden war, daran, wie einsam und verlassen er sich gefühlt haben muss.

»Sie sind ganz schön manipulativ, wissen Sie das?« Vorwurfsvoll sehe ich ihn an. »Aber ich habe Aiden mit seiner Familie gesehen. Er ist sehr wohl in der Lage, Gefühle an sich ranzulassen und zu vertrauen.«

»Das ist noch einmal etwas ganz anderes. Aiden und Liam haben sich in der ersten Klasse kennengelernt. Wenn man so will, hat Liam den Platz von Ellis, der Betreuerin, eingenommen. Liam wurde zu seiner Vertrauensperson, jemand, der immer für ihn da war. Ella und Matthew haben dann damals den Status des rettenden Engels von ihm bekommen. Und trotzdem hat es auch bei den beiden lange gedauert, bis er ihnen bedingungslos vertrauen konnte. Außerdem muss ich Ihnen doch nicht sagen, dass die Gefühle für die eigene Familie andere sind als für den potenziellen Partner, oder?«

Ich weiß nicht, was ich von Dr. Martin erwartet habe, aber bestimmt nicht das. Die Informationen überfordern und verunsichern mich, wie ich mit Aiden umgehen soll.

»Glaubt er mir deswegen nicht? Dass das Kind von ihm ist, meine ich?«

»Sicher ist es ein großer Faktor, aber nicht ausschließlich. Versetzen Sie sich mal in die Lage eines Mannes, dessen Freundin nach wenigen Monaten des Zusammenseins schwanger ist, obwohl man denkt, unfruchtbar zu sein. Da würde zu Anfang mit ziemlicher Sicherheit jeder Mann skeptisch sein.«

Ein Klopfen an der Tür unterbricht unser Gespräch. Aiden …

»Hallo Aiden, setz dich. Wir sind auch soweit fertig, nur die Antwort, ob Miss Young jetzt bei uns bleibt, ist sie mir noch schuldig.«

Ich kann kaum die Augen von Aiden lassen, der sich neben mich in den Sessel setzt. Er ist so schön wie immer und doch bilde ich mir ein, dass er müde aussieht. Könnte es vielleicht sein, dass es ihm ebenso schlecht geht wie mir?

»J-ja, ich bleibe.« Schweiß tritt mir auf die Stirn. Ich wende mich wieder Dr. Martin zu, der mich fragt, ob wir uns einfachheitshalber duzen wollen, was ich bejahe. Im Moment kann ich ohnehin keinen klaren Gedanken fassen.

Mein erster Impuls ist es, Aiden anzufassen, ihn endlich wieder zu berühren. Aber die Distanz, die er um sich herum ausstrahlt, die nie mir galt, ist deutlich spürbar und hält mich davon ab. Endlich übernimmt Dr. Martin, ähm Lucas, die Führung des Gesprächs.

»Wie geht es euch mit der jetzigen Situation? Isabell, willst du anfangen?«

Erst jetzt wende ich meinen Blick von Aiden ab, der mich noch immer nicht angesehen hat, um Lucas anzusehen.

»Wie soll es mir schon gehen? Es geht mir scheiße. Entschuldigung, nicht gut.«

»Warum genau geht es dir ›scheiße‹?«

»Weil ich mich ungerecht behandelt fühle. Wir haben auf Verhütung verzichtet, weil Aiden es so wollte, und jetzt, wo das Kind im wahrsten Sinne des Wortes in den Brunnen gefallen ist, tut er so, als würde ihn all das nichts angehen. Schlimmer noch, ich muss mich von ihm als Schlampe bezeichnen lassen, die für jeden die Beine breitmacht.« Erst jetzt, wo ich erregt nach Luft schnappe, merke ich, dass ich offenbar immer lauter geworden bin.

»Kannst du Aidens Reaktion denn auch verstehen oder kommt dir sein Handeln völlig falsch vor?«

Ich denke an das, was Lucas mir gesagt hat, bevor Aiden dazu gekommen ist.

Würde mit ziemlicher Sicherheit jeder Mann skeptisch sein.

»Ich kann ihn schon irgendwie verstehen. Aber ich hätte erwartet, dass er nach ein paar Tagen auf mich zukommt, um mit mir zu reden. Stattdessen laufe ich ihm hinterher und muss mich wie gesagt beschimpfen lassen.«

»Und das hat dich offensichtlich sehr verletzt?«

Langsam geht er mir auf den Sack.

»Natürlich hat es das! Was für eine selten blöde Frage!«

Mit weit aufgerissenen Augen starrt Lucas mich an, schreibt etwas auf seinen Zettel und wendet sich Aiden zu.

»Aiden, wie geht es dir zurzeit?«

»Gut, danke.« Die Worte kommen zwar aus Aidens Mund, aber sie hören sich so gar nicht nach ihm an. Seine Stimme, die immer so sinnlich und tief, manchmal auch rau vor Erregung zu mir gesprochen hat, ist emotionslos und kalt. Genau wie sein regungsloses Gesicht, als würde ihn das alles nichts angehen.

»Du …«

»Stopp mal!« Ich hebe die flache Hand in Lucas' Richtung, um ihn zu unterbrechen. »Wenn es dir doch ach so toll geht, was verfluchte Scheiße soll das Theater hier dann? Wenn es *dir* gut geht, ist doch alles bestens! Alle anderen um dich herum sind dir doch sowieso völlig egal, das hat mir dein Seelenklempner hier sogar gerade bestätigt.« Ich stehe auf und raffe meine Tasche und meine Jacke an mich, während mir verdammte Tränen in die Augen steigen.

Plötzlich springt Aiden so heftig von seinem Stuhl auf, dass dieser nach hinten bis vor die Tür fliegt.

»Es geht mir nicht gut, okay?! Es geht mir beschissen, weil die einzige Frau, die mir eben nicht egal ist, sich vielleicht noch von einem anderen vögeln lässt!« Am ganzen Körper bebend, baut er sich vor mir auf. Ich sehe seine sich aufblähenden Nasenflügel und die puckernde Vene auf seiner Stirn. Aber auch meine Wut beginnt jetzt erst richtig zu brennen.

»Du selbstgerechtes Arschloch. Du weißt ganz genau, dass es neben dir keinen anderen gab! Du drückst dich vor deiner Verantwortung. Du lässt mich allein damit, und um es dir selbst schön zu reden, gibst du mir die Schuld.«

»Die Chance, dass ich fast zwei Monate nach dem Eingriff noch ein Kind gezeugt habe, ist verdammt gering, aber wenn dem so ist, dann werde ich auch dazu stehen.«

»Wenn? Weeenn?!« Ich verfalle in hysterisches Geschreie. »Aiden, dieses Kind ist von dir! Ich will nicht, dass du nur dazu stehst, ich will, dass du mit mir und dem Baby zusammen bist.« Scheiße, ich merke, wie meine Augen sich erneut mit Tränen füllen. »Wie kannst du nur so von mir denken?«

Ein Schluchzer unterbricht meinen Redefluss, wofür ich mir selbst in den Arsch beißen könnte.

Scheiß Hormone, die machen meinen ganzen Auftritt kaputt.

Ärgerlich wische ich mir mit dem Ärmel meiner Jacke grob über die Augen.

»Wie hast du dir das vorgestellt? Willst du nach der Geburt mal kurz auf einen Vaterschaftstest vorbeikommen? Und dann? Der Test wird positiv sein und du hast jeden Monat der Schwangerschaft verpasst. Du kannst jetzt noch so unnahbar tun, aber das verzeihst du dir nie. Und ich werde dir das auch nicht verzeihen.«

Ich warte auf irgendeine Erwiderung, doch Aiden bleibt still, während ich mich langsam beruhige.

Es ist kaum wahrnehmbar, aber ich sehe das Funkeln in seinen Augen. Er will es mir vielleicht nicht zeigen, aber da ist eine Regung, irgendeinen Nerv habe ich getroffen.

»Ich werde dich natürlich zu allen wichtigen Terminen begleiten.«

Zynisch lachend schiebe ich den umgefallenen Stuhl von der Tür weg. Ich muss hier raus.

Die folgenden Worte sind so leise, dass ich sie fast nicht gehört hätte, also drehe ich mich noch einmal zu ihm um. Und da steht er, *mein* Aiden. Die Maske und die Kälte um ihn herum sind verschwunden. Alles, was ich sehe, ist, dass er genauso verletzt ist wie ich.

»Mehr kann ich dir im Moment nicht geben.«

Und ganz zaghaft spüre ich einen Funken Hoffnung in mir.

»Der nächste Termin ist am Freitag um neun. Ich schicke dir die Adresse aufs Handy.« Etwas anderes fällt mir im Moment beim besten Willen nicht ein.

»Na, damit lässt sich doch arbeiten.« Erst jetzt fällt mir wieder ein, dass Lucas die ganze Zeit hinter seinem Schreibtisch gesessen und unseren Streit mit angehört hat. »Ich bin überrascht, wie gut es geklappt hat. Ihr habt mit euren Emotionen nicht hinterm Berg gehalten. Sehr gut. Dann bis in zwei Wochen.«

***

Als ich am Freitag mit dem Auto auf den Parkplatz der Gynäkologin fahre, weiß ich nicht, weswegen ich aufgeregter bin. Weil ich Aiden wiedersehe oder weil ich das Baby auf dem Bildschirm sehen kann.

Unsere Begrüßung fällt wie erwartet nüchtern aus und auch seine Maske sitzt wieder an Ort und Stelle.

Seit unserem gemeinsamen Termin bei Lucas bin ich diesen immer und immer wieder durchgegangen. Es tat gut, mal einige Dinge loszuwerden und seine Sicht der Lage zu hören. Auch wenn sie natürlich absoluter Bullshit ist.

Auch habe ich so meine Zweifel an der Kompetenz dieses Arztes. Wir haben uns eine halbe Stunde nur angeschrien. Ich habe geheult, Aiden hat Stühle umgeschmissen und Lucas freut sich, dass die erste Stunde so gut gelaufen ist. Vielleicht braucht er selbst mal einen Arzt. Wird man eigentlich selbst verrückt, wenn man tagtäglich mit Leuten arbeitet, die ihre kleinen und größeren Probleme haben?

Die Sprechstundenhilfe reißt mich aus meinen Gedanken und schickt mich ins Labor, von wo aus wir direkt ins Sprechzimmer durchgehen dürfen.

Frau Dr. Torres bittet mich, auf mein Gewicht zu achten, da ich etwas abgenommen habe, und fragt, ob es einen bestimmten Grund dafür geben könnte.

Hm, mal überlegen. Mein Freund denkt, ich juble ihm ein Kuckuckskind unter, und stößt mich von sich, aber sonst ist alles tutti. Das wäre die Wahrheit, aber natürlich sage ich nichts und gelobe stattdessen Besserung.

Aiden stellt viele Fragen über den errechneten Tag der Zeugung, wie weit ich genau bin und wann der voraussichtliche Geburtstermin sein wird. Ich weiß, er stellt all diese Fragen, um sich selbst ausrechnen zu können, ob diese Daten in die begrenzten Monate nach seiner Behandlung fallen. Auch wenn ich seine Beweggründe verstehen kann, verletzt es mich.

Zuerst gehe ich alleine in das Behandlungszimmer, wo mich die Ärztin untersucht, bevor sie auch Aiden dazu holt, damit er bei dem Ultraschall dabei sein kann. Heute findet dieser zum Glück auf dem Bauch statt. Wie peinlich wäre es gewesen, wenn sie mir vor ihm diesen Dildoverschnitt eingeführt hätte.

Nachdem sie mir etwas Gel auf den Bauch gedrückt hat, verschmiert sie dieses mit dem Schallkopf und lächelt mich freundlich an.

»Ihr Bauch ist sogar schon ein kleines bisschen gewachsen.«

Den Blick nun Richtung Bildschirm gerichtet, führt sie den Schallkopf über meinen Bauch, während sie wie letztes Mal auf der Tastatur herumdrückt.

»Das Baby ist ganz schön gewachsen, es ist jetzt zehn Zentimeter groß. Können Sie es sehen?« Sie zeigt mit ihrem Finger auf den Bildschirm. »Hier ist die Wirbelsäule, dies sind die Oberschenkelknochen und hier der Kopf mit Nase, Augen und Mund.«

Tatsächlich kann auch ich dieses Mal etwas erkennen.

»Hier, Mr. Stone, sehen Sie das?« Sie deutet auf einen kleinen Fleck, der sich in schnellem Rhythmus bewegt. »Das ist das Herz Ihres Kindes.«

Obwohl ich nichts auf dem Bildschirm verpassen will, muss ich mich Aiden zuwenden. Sein Blick hat etwas Zärtliches, fast dem gleich, wie er mich manchmal angesehen hat. Jetzt bloß nicht wieder heulen.

»Warum schlägt es so schnell? Ist alles in Ordnung?«

»Keine Sorge, alles ist genauso, wie es sein soll. Aber achten Sie darauf, dass Ihre Lebensgefährtin jetzt besser isst. Das Baby soll ja noch ein bisschen weiterwachsen.« Das Wort Lebensgefährtin lässt mich kurz zusammenzucken. Aiden bekommt von alledem kaum etwas mit und sieht weiterhin wie gebannt auf den Bildschirm.

Zum Schluss bekommen wir ein weiteres Ultraschallbild und einen Termin in vier Wochen.

Kapitel 17

Gleich nach dem letzten Termin bei Dr. Torres habe ich meine Eltern angerufen, um ihnen von meiner Schwangerschaft zu erzählen. Das haben sie zum Anlass genommen, mich zu besuchen, und inzwischen sind sie seit fast einer Woche hier.

Obwohl ich mich sehr darüber freue, sie nach fast einem Jahr wieder zu sehen, bin ich aber auch erleichtert, dass sie heute zurück nach Greenville fahren. Nachdem meine Mutter mir erst mal eine peinliche Predigt über Verhütung, übertragbare Krankheiten und all so was gehalten und mir Gruselgeschichten über die einäugige Hosenschlange erzählt hat, konnte sie sich dann endlich auch für mich freuen. Natürlich wollten sowohl sie als auch mein Vater Aiden kennenlernen, über den ich in den letzten Monaten schon so viel erzählt habe. Aber ich habe es einfach nicht geschafft, ihnen von den Problemen zwischen uns zu erzählen. Vermutlich würden sie im Dreieck springen und denken, dass Aiden nicht zu seiner Verantwortung stehe.

Was ja auch so ist, schreit mich die Stimme in meinem Kopf an.

Um ihnen sein Verhalten erklären zu können, müsste ich ihnen auch von seiner Kindheit und der Sterilisation erzählen und das möchte ich nicht.

Außerdem will ich blöderweise nicht, dass sie schlecht von ihm denken, und so habe ich behauptet, dass er ausgerechnet in dieser Woche leider, leider auf eine Geschäftsreise musste.

Seit wir uns auf dem Praxisparkplatz verabschiedet haben, hat er sich nicht gemeldet. Zwar habe ich das auch nicht erwartet, aber dennoch gehofft, von ihm zu hören.

Allein dafür bin ich meinen Eltern dankbar, auch wenn ihnen das nicht klar ist. Sie vierundzwanzig Stunden am Tag um mich zu haben, hat mir kaum Zeit gelassen, über ihn nachzudenken. Nur nachts im Bett fährt das Gedankenkarussell ununterbrochen und lässt mich morgens wie einen Zombie aus dem Bett kriechen.

Der Abschied von meinen Eltern ist dann wie immer sehr schmerzlich. Seit ich in Chicago lebe, sehen wir uns viel zu selten. Zwar telefonieren wir regelmäßig, aber das ist eben doch nicht dasselbe. Da sie über Weihnachten und Silvester ins Ausland verreisen, werden wir uns wohl erst wiedersehen, wenn ich das Baby zur Welt bringe. Dabei hätte ich sie gerade jetzt, trotz ihrer manchmal anstrengenden Art, gerne öfter um mich. Anderseits bin ich froh darum, dass sie nichts von dem mitbekommen, was gerade passiert.

Zumindest hoffe ich das. Manchmal hat meine Mutter mich so komisch angesehen, als wüsste sie, dass etwas nicht stimmt. Aber wenn es so war, wird sie warten, bis ich von selbst auf sie zukomme. So war sie schon immer. Nie aufdringlich neugierig, aber immer für mich da, wenn ich sie brauchte.

Ich winke ihnen so lange hinterher, bis ihr Auto in einiger Entfernung um die Ecke biegt und ich sie nicht mehr sehen kann.

Beim Betreten des Treppenhauses höre ich mein Handy klingeln. Zwei Stufen auf einmal nehmend, haste ich die knarrenden Holzstufen hoch, in der leisen Hoffnung, dass es vielleicht Aiden sein könnte.

Die Nummer auf dem Display ist mir jedoch unbekannt und so nehme ich das Gespräch enttäuscht an.

»Isabell, bist du das? Hier ist Ella Benett.«

Meine erste Reaktion ist feucht werdende Handflächen. Die zweite, noch jemand der an meiner Glaubwürdigkeit zweifelt. Mich vor den folgenden Worten wappnend, begrüße ich sie. Doch entgegen meiner Erwartung kommt kein Vorwurf oder dergleichen, sondern eine Einladung zum Kaffee am Nachmittag.

***

Wie vereinbart stehe ich pünktlich um drei vor der Haustür der Benetts. Obwohl das Telefongespräch mit Ella überraschend nett verlaufen ist, habe ich Angst vor dem, was jetzt auf mich zukommen mag.

Werden sie mich mit Vorwürfen bombardieren? Werde ich mich mal wieder dafür rechtfertigen müssen, schwanger zu sein? Und das Wichtigste, werden auch sie denken, dass ich Aiden ein Kind unterjubeln will, das nicht seines ist?

Noch während mein Finger auf dem Klingelknopf liegt, öffnet Ella die Haustür und begrüßt mich freundlich, jedoch nicht ganz so herzlich wie das letzte Mal.

»Hallo Isabell, schön, dass du es so spontan einrichten konntest.«

»Vielen Dank für die Einladung.« Ich gebe Ella den Strauß Blumen, den ich auf dem Weg hierher besorgt habe.

Sie schiebt ihre Nase vielleicht etwas zu tief in den Strauß und schnuppert übertrieben daran.

»Danke, die sind aber schön.«

Ella geht voraus auf die Terrasse, wo sie uns zuerst Kaffee einschenkt und Kuchen auf die Teller verteilt. Dabei fällt mir auf, dass ihre Hand zittert.

Kann es sein, dass sie wie ich Angst vor diesem Treffen und dessen Ausgang haben? Obwohl meine Übelkeit schon vor Wochen nachgelassen und stattdessen mein Appetit zugenommen hat, kann ich mich nicht überwinden, den Kuchen zu essen. Bis Matt endlich die erdrückende Stille unterbricht und das Wort ergreift.

»Aiden hat uns von deiner Schwangerschaft erzählt.« Er greift nach Ellas Hand und legt sie zwischen seine. »Du kannst dir sicher vorstellen, dass das auch für uns überraschend kommt, da wir nach seiner Operation glaubten, dass Aiden nie Kinder haben würde. Wir wissen auch, dass Aiden Zweifel an seiner Vaterschaft hat.«

Matt legt eine Pause ein, wahrscheinlich wartet er auf eine Reaktion. Aber auf welche? Soll ich empört aufspringen? Soll ich sie anflehen, mir zu glauben? Was erwarten sie von mir? Also sage ich erst einmal gar nichts und warte meinerseits darauf, dass er weiterspricht.

»Wir wissen aber auch, dass Liam bei dir war und dass er an Aidens Vaterschaft glaubt.«

Ungeduldig fällt Ella ihrem Mann ins Wort.

»Was Matthew eigentlich sagen will …« Nervös nestelt sie mit ihrer freien Hand an dem Bund ihrer Schürze. »Trägst du unser

Enkelkind in dir? Ja oder nein?«

»Ja«, antworte ich aus purer Überzeugung und sehe ihr dabei tief in die Augen, in der Hoffnung, dass sie die Ehrlichkeit darin erkennen kann.

Augenblicklich legt sich beiden ein erleichtertes Lächeln auf ihre Gesichter und lässt sie zeitgleich laut ausatmen, womit Ella aufspringt und mich in ihre Arme reißt. Auch Matt drückt mich kurz, wenn auch viel zurückhaltender, und die Anspannung scheint, in diesem Moment gänzlich von uns abzufallen.

Um die Stimmung zu lockern, weist Ella uns darauf hin, dass der Kaffee kalt wird und dass meiner selbstverständlich koffeinfrei ist.

In der Tat wird es noch ein schöner Nachmittag, und als ich mich Stunden später verabschiede, bittet Ella mich übermorgen, am Sonntag, zum Abendessen zu kommen. Zwar freue ich mich sehr über die Einladung, lehne sie aber dennoch ab, da ich nicht sicher bin, was Aiden dazu sagen würde. Rigoros wie Ella ist, lässt sie die Ausrede jedoch nicht gelten und verabschiedet mich mit einem »Bis übermorgen«.

***

Unruhig stehe ich von der Couch auf und tigere durch die Wohnung, nur um mich letztlich doch wieder auf das Sofa fallen zu lassen und mein Gesicht in den Händen zu vergraben.

In weniger als einer Stunde muss ich mich auf den Weg zu Ella und Matt machen und natürlich habe ich auch seit der

Einladung von ihnen nichts von Aiden gehört. Kein »Bleib bloß weg«, aber auch kein »Es freut mich, wenn du kommst«. Was, wenn es ihn stört? Ich will nicht den ganzen Abend zwischen der schweigenden Familie sitzen, nur weil Ella meint, mich jetzt dabei haben zu wollen.

Gerade will ich wieder aufstehen, um weitere Spuren in den Teppich zu latschen, als mein Handy piept und eine Nachricht von Aiden anzeigt. Sofort beginnt mein verräterisches Herz, sich zu überschlagen.

Wahrscheinlich bittet er mich, nicht an dem Abendessen teilzunehmen. Ich könnte es ihm nicht einmal verübeln, weiß ich doch, was es für ihn bedeutet. Stattdessen fragt er mich, ob er mich abholen solle und wir gemeinsam zu seinen Eltern fahren. Ohne dass ich es beeinflussen könnte, fange ich an, im Kreis zu grinsen.

So weit ist es also schon. Der Herr schmeißt mir einen vertrockneten Krumen Brot hin. Nein, einen verschimmelten, schon mal durchgekauten, ekligen Teigklumpen, und ich freue mich darüber. Wie bescheuert bin ich eigentlich?

Als hätten wir unser erstes Date, ziehe ich mich geschlagene sieben Mal um, bevor ich nach unten vor die Haustür gehe, um auf ihn zu warten.

Mein Hosenknopf geht nicht mehr zu, sodass ich ihn notdürftig mit einem Haarband verknote. Spätestens jetzt ist es an der Zeit, mich mit Umstandshosen auseinanderzusetzen.

Ich höre seinen Aston Martin schon, bevor er um die Kurve gefahren kommt und direkt vor mir hält, um mich einsteigen zu lassen. Eigentlich habe ich nichts für Autos übrig, aber dieses fasziniert mich. Es strotzt vor Kraft, hat wunderschöne Kurven und irgendwas Geheimnisvolles an sich. Genau wie der Mann, der es fährt.

Beide nicht recht wissend, was wir sagen sollen, kommen wir bei Ella und Matt an, ohne ein Wort miteinander gewechselt zu haben.

Heute fällt die Begrüßung mit den beiden herzlich aus und auch Liam scheint sich ehrlich zu freuen, dass ich da bin.

Aiden nimmt mir meine Jacke ab und starrt mir unverwandt auf den Bauch, was mich dazu bringt, an meinem Pullover zu zupfen. Ob er die peinliche Knopfkonstruktion sehen kann? Er fragt, ob ich inzwischen besser esse und wie mein Allgemeinbefinden ist.

Immer diese Fragen, auf die doch keiner eine ehrliche Antwort hören will. Och du, mir geht's prima und selbst?

Entgegen meiner Erwartung gestaltet sich das gemeinsame Essen entspannter als gedacht und in Gegenwart von Aidens Familie fällt auch uns der Umgang miteinander leichter.

»Man kann ja schon richtig was sehen.« Liam deutet kauend mit der Gabel auf meinen Bauch. »Nicht mehr lange, und du bewegst dich wie ein übergewichtiger Pinguin.«

Ich muss lächeln, trotzdem fängt er sich einen Rüffel von Ella ein.

»Was denn? Ist doch so. Schwangere watscheln. Da wird Isabell bestimmt keine Ausnahme machen. Wie war eigentlich eure Stunde bei Lucas?«

Liam weiß davon? Augenblicklich unterbrechen Ella und Matt ihr Essen und starren uns an.

»Ihr wart zusammen bei Dr. Martin?« Ellas fragender Blick pendelt zwischen Aiden und mir hin und her.

»Ja.« Aiden sieht kurz zu mir herüber. »Und es war … hitzig.«

»Hitzig?« Ella scheint noch verwirrter als vorher zu sein.

»Ja.« Und damit schiebt Aiden sich eine weitere Kartoffel in den Mund. Das Thema scheint damit für ihn beendet zu sein.

Wie auch bei meinem ersten Besuch vor einigen Wochen ziehen die Männer nach dem Essen auf die Couch um, während Ella den Tisch abdeckt. Um ein wenig Abstand zwischen Aiden und mich zu bringen, helfe ich ihr.

Ihm so nahe zu sein und ihn dennoch nicht berühren zu können, schmerzt mehr, als ich in Worte fassen kann. Beim Essen konnte ich seinen Geruch wahrnehmen. Wie ich es geliebt habe, wenn dieser mich abends im Bett umhüllt hat. Sein Duft morgens das Erste gewesen ist, was mir nach dem Aufwachen ins Bewusstsein gedrungen ist.

Völlig in Gedanken versunken frage ich mich nicht das erste Mal, ob sich Aiden vielleicht mit anderen Frauen trifft. Ich weiß, dass er die vielen Frauen vor mir nicht umsonst hatte, und auch wir haben gerne und oft miteinander geschlafen. Kann er überhaupt wochenlang auf Sex verzichten? Allein der Gedanke daran versetzt mir einen Stich ins Herz und lässt meine Augen brennen.

»Isabell?«

Erschrocken sehe ich Ella an, die direkt vor mir steht.

»Entschuldige, ich war in Gedanken.«

»Setz dich mal zu mir.« Ella geht zu dem kleinen Tisch in der Küche, setzt sich hin und klopft auf den freien Platz neben sich.

Als ich mich neben sie setze, nimmt sie meine Hände in ihre. Allein diese herzliche Geste könnte aus meinen brennenden Augen wieder Wasserfälle werden lassen.

»Ich kann mir vorstellen, wie schwer das alles für dich sein muss. Und glaube mir, wenn ich diesen Bengel nicht irgendwie verstehen könnte, würde ich ihn übers Knie legen und ihm gehörig den Hintern versohlen.«

Trotz der Ernsthaftigkeit in ihren Worten muss ich lächeln.

»Ich weiß, es ist viel verlangt, vielleicht sogar zu viel, aber bitte versuche, durchzuhalten. Gib das, was ihr haben könnt, nicht auf. Er will dir nicht wehtun, er kann einfach nicht aus seiner Haut. Ich kenne meinen Sohn und ich weiß, dass er unter eurer Trennung genauso leidet wie du, er zeigt es nur nicht.«

Scheiß verkackte Hormone. Mühsam schlucke ich mehrmals gegen den Kloß in meinem Hals an. Wenn ich jetzt auch nur ein Wort sage, ist es mit meiner Beherrschung vorbei, und so nicke ich Ella nur leicht zu.

Wenig später kommt Aidens Wagen vor meiner Haustür zum Stehen und ich wünsche mir nichts sehnlicher, als dass er mit mir nach oben kommt und bei mir bleibt. Gleichzeitig weiß ich, dass genau das nicht passieren wird.

»Kommst du nächsten Sonntag wieder mit zum Essen?«

Überrascht sehe ich Aiden an. Er will mich noch einmal

dabeihaben? Aber ist das auch das, was ich will? Ihm ständig so nah zu sein und doch nie weiter von ihm weg gewesen zu sein. Ellas Worte kommen mir in den Sinn.

Ja, wenn mir je etwas wert war, darum zu kämpfen, dann ist es Aiden. Also benutze ich den Satz, den wir in unserer gemeinsamen Zeit so oft genutzt haben, und hoffe, dass er sich erinnert.

»Willst du das denn?«

Ein müdes, aber für mich wunderschönes Lächeln umspielt seine Mundwinkel. »Ich habe es gehofft.«

Kapitel 18

Ehe ich mich versehe, ist es zwei Tage vor Weihnachten und ich in der sechsundzwanzigsten Schwangerschaftswoche. In ein paar Stunden wird Aiden mich abholen, damit wir gemeinsam zur Ultraschalluntersuchung und danach zu Lucas fahren können.

Danach wird Aiden mich wie immer nach Hause bringen, ohne auch nur darüber nachzudenken, auszusteigen und mich noch in meine Wohnung zu begleiten.

In den letzten Wochen hat sich viel geändert und irgendwie auch rein gar nichts.

Wir gehen gemeinsam zu den Vorsorgeuntersuchungen, wir haben fast jede Woche eine Stunde bei Lucas und ich nehme jeden Sonntag an dem Familienessen der Benetts teil.

Die Stunden bei Lucas sind jedes Mal wahnsinnig kräftezehrend. Genau genommen vergeht keine Stunde, ohne dass wir uns am Ende fast anbrüllen. Der Psycho Lucas ist von Mal zu Mal zufriedener mit uns. Wo sie *den* wohl damals aufgegabelt haben?

Aiden holt mich zu jedem dieser Termine ab. Die Momente, die wir im Auto alleine sind, sind spannungsgeladen und meistens wechseln wir kein Wort miteinander. Ganz im Gegenteil, wir scheinen beinahe erleichtert, wenn wir diese Minuten hinter uns haben.

Die Sonntage hingegen genieße ich sogar. Die Gegenwart seiner Familie erleichtert uns den Umgang miteinander. Keiner der vier hat mich je wieder gefragt, ob das Baby auch wirklich von

Aiden ist. Für Ella, Matt und Liam scheint die Frage restlos geklärt zu sein.

Nur wenn Aiden sich unbeobachtet fühlt, bemerke ich, wie er auf meinen stetig wachsenden Bauch starrt und ganz weit weg zu sein scheint. Er sagt es nicht, aber ich glaube, dass er sich immer noch nicht ganz sicher ist, der Vater zu sein. Das Schlimmste ist, dass ich wütend und enttäuscht über sein Misstrauen sein müsste, aber ihn nach jedem Gespräch bei Lucas besser verstehen kann.

Mindestens einmal am Tag bekomme ich eine Nachricht von ihm mit der Frage, wie es mir geht und ob ich etwas brauche. Sein Interesse am Verlauf der Schwangerschaft ist groß, und wenn sein Blick dem Geschehen auf dem Bildschirm des Ultraschallgerätes folgt, ist ehrliche Freude an ihm zu sehen.

Ja, was die Schwangerschaft betrifft, ist er aufmerksam und fürsorglich, nur wenn es um mich als Frau geht, bewahrt er weiterhin Abstand.

In den vergangenen Wochen hat er mich nicht einmal berührt. Manchmal, wenn wir bei seinen Eltern gemeinsam auf dem Sofa sitzen und er nicht bemerkt, wie nah er mir ist, versuche ich, jedes noch so kleine Detail in mich aufzusaugen. Die Wärme, die sein Körper ausstrahlt, der mir so vertraute Geruch. Aber sobald er die geringe körperliche Nähe zwischen uns bemerkt, geht er wieder auf Abstand.

Ich weiß, ich habe Ella versprochen, geduldig zu sein und ihm die Zeit zu geben, die er braucht, aber meine Leidensfähigkeit ist bald aufgebraucht. Wäre da nicht dieses kleine, aber beharrliche Problem mit meinem Herzen. Natürlich weiß ich rational, dass es mir besser gehen würde, wenn ich unsere Trennung hinnehmen könnte. Wenn ich abschließen könnte und mich nicht ständig mit der Hoffnung über Wasser halten würde, dass irgendwann alles gut wird. Aber ich liebe ihn nun mal und wer kann dieses mächtige Gefühl schon einfach so abstellen?

***

Dr. Torres lässt den Ultraschallkopf über meinen Bauch gleiten, der die Bilder heute drei dimensional auf den Bildschirm wirft. Während ich beobachte, wie das Baby an seinem Däumchen nuckelt und mit der anderen Hand die Nabelschnur umgreift, teilt Dr. Torres uns mit, dass es jetzt vierunddreißig Zentimeter groß ist und uns mittlerweile hören kann.

Ich rede viel mit dem kleinen Würmchen in mir, von Aiden hingegen kann ich es mir nicht mal vorstellen. Dafür müsste er mir auch erst einmal zu nahe kommen, was ihn ja offenbar anzuwidern scheint.

Kurz bevor wir fertig sind, fragt sie uns, ob wir das Geschlecht des Babys wissen wollen.

Aiden, der rechts neben meiner Liege steht, nimmt reflexartig meine Hand in seine und sieht mich mit einem aufgeregten Funkeln in den Augen an.

»Wollen wir es wissen?«

Mein Herz überschlägt sich, und sobald Aiden seinen Fehler bemerkt, will er mir seine Hand wieder entziehen. Zeit hin oder her, es ist doch nicht zu viel verlangt, wenn er seine Hand dalässt, wo sie ist. Und so kralle ich mich an ihr fest, bis er letztlich nachgibt. Der Ärztin ist unser Kampf verborgen geblieben und mit meinem Blick weiter auf Aiden antworte ich ihr, dass wir es wissen wollen.

»Es ist ein kleines Mädchen.«

Still läuft mir eine Träne aus dem Augenwinkel bis ins Haar. Fast hatte ich vergessen, wie schön Aidens Lachen ist, wenn es sogar seine Augen erreicht. Viel zu lange hat er es mir nicht gezeigt.

Dabei drückt er meine Hand und wiederholt die Worte der Ärztin.

»Es wird ein Mädchen.«

Von Dr. Torres fahren wir direkt zu Lucas, der die Stunde mit seinem rituellen Satz »Was habt ihr so erlebt?« beginnt. »Aiden, willst du anfangen?«

»Wir bekommen ein Mädchen.« Der freudige Klang in seiner Stimme lässt mich aufsehen und versetzt mir gleichzeitig einen Stich.

Warum können wir uns nicht wie normale werdende Eltern zusammen über diese Neuigkeit freuen?

Stattdessen sitzen wir bei einem Psychologen und teilen diese Neuigkeit mit ihm. Noch schlimmer ist, dass ich mir von Stunde zu Stunde sicherer bin, dass Lucas selbst vor den Schreibtisch gehört und nicht dahinter.

»Das freut mich für euch.« Lucas strahlt uns an, bevor er sich mir zuwendet. »Was gibt es sonst Neues, Isabell?«

»Ich hatte heute das große Glück, Aiden berühren zu dürfen.« Meine Worte triefen vor Ironie, das ist mir klar, aber das muss jetzt einfach mal raus.

»Was meinst du damit?«

Ich sehe Aiden an, der mich mit unleserlichem Ausdruck ansieht.

»Genauso, wie ich es gesagt habe. Aiden ist immer sorgsam darauf bedacht, dass ich ihm ja nicht zu nahekomme oder, Gott bewahre, berühre. Heute hat er das doch tatsächlich für einen kurzen Moment vergessen und hat meine Hand gehalten.«

»Du empfindest das also nicht als Fortschritt?«

Will der mich verarschen?

»Fortschritt? Was soll denn das bitte für ein Fortschritt sein? Er wollte meine Hand abschütteln, als wäre sie eine lästige Fliege, die ihn jeden Moment ankacken könnte. Ich musste mich regelrecht an ihm festkrallen.«

»Ist das so, Aiden?«

Mit herausforderndem Blick versuche ich, Aiden zu reizen.

»Ja, Aiden, sag dem Doktor, ist das so?«

Sein Blick geht an mir vorbei ins Leere.

»Ja.«

Kopfschüttelnd lache ich bitter auf.

»Und warum willst du Isabell nicht berühren?«

Aiden scheint ernsthaft über seine Antwort nachzudenken. Resigniert lasse ich meinen Kopf nach vorne mit dem Kinn an die Brust fallen und bin mir sicher, dass er nicht mehr antworten wird.

»Weil ich dann vielleicht nicht mehr damit aufhören kann.«

Überrascht hebe ich meinen Kopf in seine Richtung.

»Wie meinst du das? Du kannst dann nicht mehr aufhören?«

Statt Lucas zu antworten, sieht Aiden mich ausdruckslos an, aber in seinen Augen liegt dieses Funkeln, das mir zeigt, dass sich ganz viel in ihm abspielt.

»Aiden, wie meinst du das? Hast du Angst, dann deine Deckung zu verlieren?«

»Ja.« Er wendet seinen Blick zu Lucas. »Davor, dass ich mich wieder auf sie einlasse und dann vielleicht noch mehr verletzt werde.«

»Beschreibe das genauer. Meinst du, falls das Kind tatsächlich nicht deins sein sollte oder …«

Fassungslos sehe ich Lucas an. Jetzt reicht's.

»Was soll das?! Das Kind ist von ihm, wie oft soll ich es denn noch sagen? Was soll ich machen, damit du mir glaubst?« Ärgerlich wechselt mein Blick zwischen Aiden und Lucas.

»Isabell, kannst du Aidens Ängste nicht nachvollziehen?«

»Isabell hat in erster Linie die Schnauze voll! Und zwar gestrichen!«, brülle ich. »Ich soll immer Verständnis aufbringen. Soll verstehen, dass Aiden durch seine Kindheit geprägt ist und Schwierigkeiten hat, Vertrauen aufzubauen. Aber was ist mit mir? Wer hat Verständnis für meine Lage? Ich trage ein Kind in meinem Bauch von dem Mann, den ich liebe, der mir aber partout nicht glauben will. Ich weiß nicht, ob ich noch einen Job habe, wenn das Kind da ist, oder wovon wir dann leben sollen. Ich weiß nicht, ob aus dem Vater meines Kindes und mir je wieder ein Paar werden kann, nachdem er mich immer wieder von sich stößt. Aber natürlich, ich vergaß, ich muss ja *Verständnis* haben! Er gibt mir nichts, rein gar nichts, an dem ich mich festhalten könnte, und trotzdem hoffe ich blöde Kuh immer noch, dass er irgendwann merkt, dass wir zusammengehören. Und zu guter Letzt sitze ich jede Woche bei einem Seelenklempner, der selbst einen an der Rübe hat.«

Völlig außer Atem raffe ich wütend meine Sachen zusammen, stürme aus dem Zimmer und knalle die Tür so laut zu, wie es mir eben möglich ist, mit der blöden Jacke und der Handtasche im Arm. Kurz stockend drehe ich mich noch einmal zur Tür und schreie, ohne sie noch einmal zu öffnen, durch sie hindurch: »Und wag es ja nicht, mir hinterherzukommen und mich nach Hause fahren zu wollen!«

Noch beim Verlassen der Praxis wähle ich Evas Nummer, um sie zu bitten, mich abzuholen.

***

Heute ist Weihnachten und mit ziemlicher Gewissheit wird es das schlimmste aller Zeiten. Eigentlich liebe ich diese Zeit. Wenn es draußen kalt ist und man mit geliebten Menschen bei Kerzenschein in der warmen Stube sitzt. Aber dieses Mal ist eben alles anders.

Mit Aiden habe ich seit meinem Abgang in der letzten Therapiestunde nicht mehr gesprochen. Eigentlich wollte ich die Weihnachtstage bei ihm und seiner Familie sein.

Auch Eva, mit der ich jedes Weihnachtsfest verbringe, sollte mitkommen. Aber ich kann und will dieses eine Mal nicht nachgeben. Wenigstens an Weihnachten will ich nicht so tun müssen, als wäre alles in Ordnung.

Also verbringen Eva und ich die Tage im Haus meiner Eltern in Greenville.

Von unterwegs schreibe ich Aiden eine kurze Nachricht, dass ich ihm frohe Weihnachten wünsche, die Tage aber lieber ohne ihn verbringe und wegfahre. Gleich darauf stelle ich wohl wissend das Handy aus. Er wird vermutlich sofort versuchen anzurufen und genau das will ich einfach nicht.

***

Wie jeden Tag gehe ich auch heute alleine spazieren und lausche dem knirschenden Schnee unter jedem meiner Schritte. Vom eisigen Wind ergriffen, werden mir die Haare in die Augen und den Mund gepeitscht. Meine Wangen und Ohren sind so kalt, dass ich sie kaum noch spüren kann. Dabei kann ich alle Gedanken einfach beiseiteschieben. Einfach stundenlang gehen, ohne mir über irgendwas Gedanken machen zu müssen.

Morgen fahren wir nach Hause zurück. Eva und auch ich müssen wieder arbeiten und natürlich kann ich nicht ewig vor der Realität davonlaufen.

Natürlich habe ich auch viel an Aiden gedacht. An das, was aus uns wird. Wie und ob sich etwas ändert, wenn er den Vaterschaftstest in den Händen halten wird.

Und auch, ob ich dann überhaupt noch bereit bin, dass sich etwas ändert.

Und trotzdem, vielleicht auch gerade deswegen, habe ich diese Auszeit genossen und auch gebraucht. Ich habe mich ganz egoistisch mal nur auf mich und das kleine Wesen in mir konzentriert und neue Kraft getankt für das, was noch kommen wird.

***

Wie zu erwarten war, sind weit über zwanzig Sprachnachrichten und noch mehr Kurznachrichten auf meinem Handy eingegangen. Von *Wo bist du?* über *Verdammte Scheiße! Das ist nicht mehr witzig!* ist alles dabei.

Ganz kurz muckt mein schlechtes Gewissen auf, das ich sofort rigoros zur Seite schiebe. Nein, diese Tage haben mir zugestanden und waren mehr als nötig. Und ganz nebenbei, wir sind kein Paar und das nur, weil *er* es so möchte.

Ich schreibe ihm eine kurze Nachricht, dass ich wieder zu Hause bin, und gehe in die Badewanne.

Bereits zum vierten Mal schäume ich meinen aus dem Wasser ragenden Bauch ein und versuche die Kleine zu animieren, sich zu bewegen.

Das Sturmklingeln, gefolgt von einem heftigen Wummern an der Haustür lässt mich aus der Wanne hochschrecken. Schnell werfe ich mir einen Bademantel über und öffne die Tür. Aufgebracht drängt sich Aiden in die Wohnung, wobei er sich gar nicht erst mit höflichen Floskeln aufhält.

»Was soll der verdammte Scheiß, Isabell? Warum bist du tagelang nicht zu erreichen?«

Kurz kommt mir in den Sinn, dass dies das erste Mal seit Monaten ist, dass Aiden meine Wohnung betritt.

»Ich war mit Eva weg. Mir war nicht klar, dass ich dafür eine Genehmigung brauche.«

»Und da hatte dein Handy keinen Empfang? Habt ihr Urlaub in einer beschissenen Amish-Gemeinde gemacht, oder was?«

»Ich habe mein Handy bewusst ausgelassen.«

Er sieht mich an, als hätte ich den Verstand verloren.

»Ach, hast du das? Und ist dir vielleicht mal in den Sinn gekommen, dass ich mir Sorgen machen könnte, wenn ich tagelang nichts von dir höre? Wenn Liam nicht mit Eva gesprochen hätte, wüsste ich bis heute nicht, wo du bist oder ob es dir gut geht.«

Ich hatte nicht bedacht, dass er sich wirklich Sorgen machen könnte, ruckartig meldet sich mein schlechtes Gewissen jetzt doch mit aller Macht.

»Aiden ic…«

Ohne mich aussprechen zu lassen, unterbricht er mich und fährt sich aufgebracht mit der Hand durch die Haare.

»Scheiße noch mal! Das ist auch mein Kind. Und ich will jederzeit wissen können, wie es dir geht.«

Eine Welle der Erleichterung bricht über mich ein, die sofort vom monatelang unterdrückten Schmerz beiseitegeschoben wird.

»Ach, jetzt ist es auf einmal dein Kind?! Seit Monaten lässt du mich zu Kreuze kriechen, weil du dir in deinem kranken Hirn zusammengereimt hast, dass ich dich betrogen habe. Monatelang buhle ich um jede noch so kleine Aufmerksamkeit von dir, an der ich mich dann festklammere. Immer in der Hoffnung, dass du irgendwann einsiehst, dass ich dich nie belogen habe. Und jetzt stehst du vor mir und wirfst mir tatsächlich vor, dass ich für ein paar Tage nicht erreichbar war? Dass ich ein paar Tage mal nur an mich gedacht habe?«

»Isa …«

»Nein! Nichts Isa, es hat sich ausge-Isat! Raus hier und komm bloß nicht wieder! Außerhalb der Arzttermine will ich dich nicht mehr sehen!« Meine Stimme wird immer lauter, bis sie in hysterischem Schreien endet und ich Aiden unterdessen aus der Haustür dränge, die ich laut knallend hinter ihm zuwerfe.

Kapitel 19 Aiden

Seit drei Tagen sitze ich am Fenster und warte darauf, dass sie auf ihrem Fahrrad um die Ecke gebogen kommt. Dann werde ich wie jedes Mal die Treppe hinunterlaufen. Immer gleich zwei Stufen auf einmal und ihr entgegenlaufen.

Und wie immer wird sie mich in den Arm nehmen, mein Haar verwuscheln und mir einen Kuss auf die Stirn geben. Sie wird mich fest an ihren warmen, weichen Körper drücken und fragen.

»Aiden, mein Liebling, weißt du, auf was ich mich heute schon den ganzen Tag freue?«

Überglücklich werde ich den Kopf schütteln, obwohl ich die Antwort natürlich kenne.

»Na auf dich.«

Warum kommt sie denn nicht? Sie hat es mir doch versprochen.

»Aiden, was machst du da?«

Erschrocken zucke ich vor dem Fenster zusammen. Versuche, mich möglichst klein zu machen, da reißt er mich schon an meinem Arm zu sich herum. Sein wütendes Gesicht, das immer so ekelig riecht, ist ganz dicht vor meinem. Immer fester drückt er meinen Arm, aber ich werde nichts sagen. Alles ist besser, als ihn wütend zu machen. Ängstlich und mit klopfendem Herzen senke ich meinen Blick auf seine Gürtelschnalle und bete zum lieben Gott, wenn es ihn irgendwo gibt, dass er den Gürtel heute nicht benutzt.

»I… ich warte auf Ellis.«

Sofort schlägt er mir mit der Hand fest gegen den Kopf. Ich will die heiße brennende Stelle berühren, den Schmerz wegreiben. Weiß aber, dass er dann erst richtig zuschlagen wird.

»Die Schlampe Ellis wird nicht mehr wiederkommen! Sie ist sogar froh, dass sie dich nie wiedersehen muss und dir nie mehr vorspielen muss, dass sie dich mag. Du bist ihr scheißegal! Wann raffst du's endlich? Keiner will dich! Deiner armen Mutter und mir bleibt nur nichts anderes übrig, als dich hier zu haben.«

Verwirrt schlage ich die Augen auf und fahre mir mit der Hand über die Stelle auf meinem Kopf, die inzwischen gar nicht mehr wehtun kann. Es war wieder nur einer dieser verdammten Träume.

Ich richte mich auf, setze mich an die Bettkante und stütze meinen Kopf in den Händen ab. Warte darauf, dass sich mein Puls wieder normalisiert, bevor ich unter die Dusche gehe und mir den kalten Schweiß vom Körper spüle.

Danach rufe ich Liam an und sage ihm, dass ich heute nicht in die Firma kommen werde.

Mehr als eine Stunde später fahre ich auf das Anwesen der Seniorenresidenz in Michigan City. Viel zu lange war ich nicht hier …

Bevor ich den Eingangsbereich betrete, lasse ich meinen Blick suchend über den parkähnlich angelegten Außenbereich gleiten, sehe sie aber nirgends.

Im Foyer der Residenz, das eher an ein Fünfsternehotel erinnert, kommt sogleich der Besitzer der Einrichtung auf mich zu.

»Mr. Stone, wie schön, dass Sie es mal wieder schaffen,

herzukommen.«

Alter Schleimsack.

»Mr. Newman, ich möchte mit Mrs. Adams sprechen, bevor ich zu Mrs. Johnson gehe.«

»Selbstverständlich. Ich werde ihr gleich Bescheid geben. Setzen Sie sich doch bitte einen kurzen Moment.«

Keine fünf Minuten später steht Mrs. Adams vor mir. Ich falte die Zeitung zusammen und lege sie vor mir auf den Tisch.

»Guten Tag Mr. Stone.«

»Hallo Mrs. Adams. Wie geht es ihr?«

»Oh, es geht ihr ganz ausgezeichnet. Seit Ihrem letzten Besuch, bei dem sie die schwere Erkältung hatte, geht es ihr wieder deutlich besser. Sie fragt viel nach Ihnen. Und wir haben einen neuen Bewohner. William. Die beiden mögen sich recht gerne.« Zwinkernd lächelt Mrs. Adams mich an, was auch mir ein kleines Lachen entlockt. Soso, sie mögen sich also.

»Kommen ihre Kinder sie regelmäßig besuchen?« Nicht so selten wie ich, sollte ich wohl eher sagen.

»Ja, alle beide. Madison kommt jede Woche, Bryan alle zwei Wochen.«

»Danke. Dann werde ich jetzt mal nach ihr sehen.«

Mit ihren Lieblingspralinen in der Hand klopfe ich an die Tür ihres kleinen Appartements und warte auf ihr leise gesprochenes »Herein«, bevor ich eintrete.

Sobald sie mich sieht, fangen ihre Augen an zu strahlen. Langsam steht sie von ihrem Sessel auf, der vor dem Fenster steht, und kommt auf mich zu.

»Aiden.«

Ich komme ihr entgegen und lasse mich von ihr in den Arm nehmen. Dabei senke ich lachend meinen Kopf zu ihr hinunter, damit sie mein Haar verwuscheln und mir einen Kuss auf die Stirn geben kann.

»Aiden, mein Liebling, weißt du, auf was ich mich heute schon den ganzen Tag freue?« Für einen kurzen Moment versinke ich in ihren glasigen Augen, die inzwischen von vielen tiefen Falten umgeben sind. Fühle mich wie der kleine einsame Junge, der in der Wärme ihrer Umarmung Schutz und Trost suchte. Fast unmerklich schüttele ich den Kopf.

»Na, auf dich.«

Sie führt mich zu einem der Sessel, holt eine zweite Tasse und schenkt mir mit zitternden Händen Tee ein. Dann beginnt sie, mir von Mrs. Adams, ihrer persönlichen Pflegerin, von dem zickigen Weib eine Etage unter ihr und von William zu erzählen. Dabei wandern meine Gedanken an den Tag vor fast zehn Jahren zurück, als ich sie wiedergefunden habe.

Ein halbes Jahr hat es gedauert, bis der Privatermittler sie in Indiana gefunden hat.

Ich wollte von ihr wissen, warum sie mich nie wieder besucht hat. Warum sie mich im Stich gelassen hat, obwohl sie wissen musste, dass sie der einzige Halt war, den ich hatte.

Wütend stand ich vor ihrer Tür, als sie diese öffnete, mich stirnrunzelnd ansah und sich zitternd die Hand vor den Mund legte.

»Aiden?«

Ohne auf sie zu reagieren, habe ich ihr die wildesten Sachen an den Kopf geschmissen und sie aufs Übelste beschimpft. Als ich alles, was ich sagen wollte, losgeworden war, stand sie wie ein Häufchen Elend und bitterlich weinend vor mir.

Sie wollte mir etwas zeigen. Keinen blassen Schimmer, warum ich mit ins Haus gegangen bin.

Eingebung, Menschenverstand, der unbewusste Wunsch nach einer Erklärung?

Sie hat mir einen Karton mit unzähligen Briefen gezeigt. Briefe an das Jugendamt, in denen sie auf die Umstände bei mir zu Hause aufmerksam macht und um Hilfe bittet. Briefe an meine Eltern, in denen sie diese anfleht, mich sehen zu dürfen. Diese kamen jedoch alle ungeöffnet oder mit einem herablassenden Kommentar versehen zurück.

»Aiden, du musst mir glauben, ich wollte dich nie dort zurücklassen. Bitte glaube mir, dass ich jeden Tag an dich gedacht habe und ich alles, wirklich alles, versucht habe.«

Und ich habe ihr geglaubt.

Seitdem sehen wir uns mindestens zweimal im Jahr.

Inzwischen habe ich auch ihre beiden Kinder Bryan und Madison kennengelernt, von denen sie mir schon damals oft erzählt hat.

Vor drei Jahren kam Ellis in ein Altenheim, da sie es nicht mehr schaffte, sich alleine zu versorgen. Ich weiß noch, wie ich diese Klitsche das erste Mal betreten habe. Wie beschämt Bryan und Madison mich angesehen haben, weil sie sich keine bessere Unterbringung leisten konnten. Zuerst waren sie dagegen, dass ich für sämtliche Ellis betreffende Kosten aufkomme, als sie jedoch diese Seniorenresidenz das erste Mal gesehen haben, brauchte es nicht mehr viel an Überzeugungsarbeit.

Das ist das Mindeste, was ich für sie tun kann. Hätte ich sie in meinen ersten sechs Lebensjahren nicht um mich gehabt, wer weiß, was dann aus mir geworden wäre.

»Aiden?« Ellis knöcherige, faltige Hand schiebt sich mir vor die Augen, als sie diese auf meine legt. »Was ist mit dir?«

Keine Ahnung, warum, aber ich erzähle ihr alles. Angefangen bei dem Abend, an dem ich Isa völlig voll am Tresen habe sitzen sehen, über pinke Röcke und wie wohl ich mich in ihrer Nähe gefühlt habe. Von dem Tag, an dem sie mir gesagt hat, dass sie schwanger ist, und meiner Reaktion darauf. Der Vasektomie, den Sitzungen bei Lucas, bis hin zu dem Tag in der letzten Woche, als sie mich wutschnaubend aus ihrer Wohnung geworfen hat.

»Glaubst du wirklich, dass das Kind nicht von dir ist? Wenn sie so ist, wie du sie mir beschreibst, wage ich daran zu zweifeln, dass sie dir eine so dreiste Lüge auftischen würde.«

Unruhig streiche ich mir durchs Haar.

»Es ist nur so verdammt unwahrscheinlich, und der Gedanke, dass sie mit einem anderen …«

»Aiden, sieh es doch einfach als das Wunder, das es ist. Du triffst eine Frau, von der du nie wusstest, dass es sie geben könnte, und bevor es nicht mehr möglich ist, zeugt ihr ein Kind. Wahrscheinlichkeit spielt hier doch keine Rolle. Das ist ein kleines Wunder, deine Chance.«

»Welche Chance soll das sein?«

»Ab heute alles besser zu machen! Du wirst Isabell ein ganz wundervoller Partner sein und ein noch besserer Vater für eure Tochter. Du bekommst die Chance, einem kleinen Menschen den Weg ins Leben zu ebnen. Ihr jeden Tag zu zeigen, dass sie geliebt wird. Dass da jemand ist, auf den sie sich immer wird verlassen können.«

»Und wenn sie das mit uns inzwischen gar nicht mehr will?«

»Papperlapapp. Wenn sie dich wirklich liebt, wird sie dir verzeihen. Es wird bestimmt nicht einfach, die vergangene Zeit aufzuholen, aber nicht unmöglich. Du liebst dieses Mädchen doch, oder?«

Stumm sehe ich sie an.

»Dann ist doch alles klar. Wo ist der Aiden, der immer genau weiß, was er will, und es sich holt?«

Bitter lache ich auf.

»Das hab ich mich auch schon gefragt. Den hat sie wohl mitgenommen und meine Eier gleich mit.«

Aufmunternd drückt Ellis meine Hand.

»Dann wird's wohl Zeit, dass du sie dir wiederholst.«

Kapitel 20

Ohne zu wissen, wohin ich eigentlich laufe, gehe ich seit mehr als einer Stunde quer durch die Stadt. Natürlich wäre es gelogen zu behaupten, dass davor alles noch in allerbester Ordnung war, aber wenigstens hatte ich da noch einen Job.

Seit Monaten ist meine Arbeit das Einzige in meinem Leben, was normal weitergelaufen ist. Der einzige Ort, wo ich für ein paar Stunden das Durcheinander in meinem Privatleben vergessen konnte, um mich auf das zu konzentrieren, worin ich wirklich gut bin.

Meine heutige Vormittagskundin hat aus gesundheitlichen Gründen abgesagt, stattdessen wurde ich von Addison in ihr Büro zitiert.

Eigentlich war bereits alles geklärt und ich wollte nach der Geburt halbtags weiterarbeiten. So hätte ich das Baby und mich gerade so über Wasser halten können. Heute teilt sie mir unverhofft mit, dass ich entweder wieder voll einsteigen müsste oder gar nicht mehr. Selbst wenn ich es wollte, ich kann mit Baby nicht mehr voll arbeiten.

Ich könnte vor Wut, Ärger, Kummer und Verzweiflung heulen, aber das hat mich bisher ja auch nicht wirklich weit nach vorn gebracht. Und jetzt tun mir auch noch meine Füße weh. Schlimmer kann der Tag nicht mehr werden, oder?

Bewusst sehe ich die Straße hinauf, um mich zu orientieren. Keine Ahnung, warum ich glaube, weit gelaufen zu sein, aber ich bin immer noch im Loop. Wie automatisch steuere ich das nächstbeste Café an, wo ich mich wie ein Walross auf die Bank fallen lasse und mir einen Latte macchiato und zwei große Stücke Obstkuchen mit extra Sahne bestelle.

Beim ersten Bissen schließe ich die Augen. Mmh … genieße den fruchtigsauren Geschmack der Beeren, vermischt mit der schön fetten Sahne, die meinen Gaumen vollpappt. An diesem miesen Tag ist das hier mit Abstand das Beste.

»Isabell?«

Ich unterbreche mein Kauen, bevor ich erst eins, anschließend das zweite Auge öffne. Na toll, irgendeine Macht scheint sich gegen mich verschworen zu haben. Es kann also doch noch schlimmer werden.

»Hajjoo Bän.« Jetzt, wo die Brocken aus meinem Mund quer über den Tisch und an Bens Jackett spritzen, bekommen Muttis Tischmanieren eine völlig neue Bedeutung.

Habe ich diesen unwürdigen Wurm eigentlich jemals meinen Namen aussprechen hören? Nicht dass ich mich erinnern könnte. Offensichtlich angewidert, schnipst er sich ein Stück Kuchen vom Ärmel.

»Darf ich mich kurz zu dir setzen?«

Ähm nein!

»Sicher.« Scheiß gute Kinderstube.

»Ich wollte mich noch einmal bei dir bedanken.«

Stirnrunzelnd sehe ich ihn an.

»Dafür, dass du damals beim Chef ein gutes Wort für mich eingelegt hast.«

Erinnerungen, wie Aiden mich damals das erste Mal als seine

Freundin betitelt hat, kommen hoch.

»Du überschätzt meine Möglichkeiten, Ben. Du hast deinen Job noch, weil Aiden es so wollte. Ich hatte damit nichts zu tun.« Ich stopfe ein weiteres riesiges Stück Kuchen in den Mund. Vielleicht merkt er ja, dass ich lieber alleine wäre, wenn ich nicht reden kann oder ihn wieder bespucke.

»Zumindest hat er es damals so gesagt. Wie weit bist du denn?« Sein Blick wandert über meinen Bauch, landet dann aber direkt wieder in meinem Gesicht.

Ich kaue und kaue, aber dieser Wurm hat eine scheiß Engelsgeduld. Nachdem ich nur noch einen Riesenhaufen Matsch durchkaue, muss ich wohl mal runterschlucken und antworten.

»In der achtundzwanzigsten Woche.«

»Und geht es dir gut?«

Also entweder ich habe wirklich keine Ahnung mehr von zwischenmenschlichen Beziehungen, oder er ist ehrlich interessiert.

»Nein, es geht mir nicht gut … Um ehrlich zu sein, geht es mir sogar ziemlich beschissen.«

Er nickt, als hätte er diese Antwort erwartet.

»Darf ich indiskret sein?«

Witzig, so eine Frage ausgerechnet von ihm zu hören, trotzdem nicke ich ihm mit wieder vollem Mund und dicken Backen zu.

»Dem Chef geht es da nicht anders.«

Hellhörig hebe ich den Kopf.

»Seine Laune ist ja schon seit Monaten kaum auszuhalten, aber seit ein paar Tagen wagt sich keiner von uns Angestellten mehr in sein Büro. Alles läuft nur noch über Mr. Benett.«

Mühsam schlucke ich den diesmal kaum durchgekauten Haufen herunter und merke schmerzlich, wie dieser sich Zentimeter für Zentimeter durch meine Speiseröhre nach unten quetscht.

»Warum erzählst du mir das?«

»Na ja, vielleicht findet ihr ja mal zusammen und könnt ein klärendes Gespräch führen.«

»Das ist nicht ganz so einfach.«

»Doch das ist es. Ihr beide denkt kaputt, was euch guttut, und schadet euch damit nur selbst.«

Einen Moment lang kann ich Ben nur stumm anstarren.

»Du bist ja gar nicht so ein Drecksack, wie ich immer dachte«, stelle ich ehrlich erstaunt fest.

»Und du bist nie ein Pommespanzer gewesen. Ich mochte dich damals sogar, aber ich konnte es nicht so zeigen. Du weißt schon, wegen der Coolness und so.« Gespielt wackelt er mit seinen Augenbrauen und zuckt mit dem Kopf Richtung Klotür, was uns beide zum Lachen bringt.

Ich winke die Bedienung zu uns und beide bestellen wir uns einen weiteren Kaffee und zur Feier des Tages noch ein Stück Kuchen mit doppelt Sahne.

***

Wieder zu Hause setze ich mich mit dem Handy auf das Sofa und suche Aidens Nummer aus den Kontakten. Unentschlossen lasse ich meinen Finger über den Hörer auf dem Display schweben. Rufe ich ihn an oder lasse ich es lieber?

Seit unserem Streit, bei dem ich ihn aus der Wohnung geworfen habe, ist eine Woche vergangen. Seitdem hat er jeden Tag angerufen oder Nachrichten geschickt, in denen er mich um ein Gespräch bittet und fragt, wie es mir geht.

Wenn ich doch nur sagen könnte, dass mir der Abstand zu ihm guttut, aber auch das wäre gelogen. Ich vermisse ihn schmerzlich und lieber habe ich ihn distanziert um mich als gar nicht.

Ich lasse mich auf dem Sofa nach hinten fallen, schließe die Augen und ziehe mir die neben mir liegende Decke über das Gesicht. Keine zwei Minuten später klingelt das Handy in meiner Hand. Ohne auf das Display zu achten, nehme ich das Gespräch mit weiterhin geschlossenen Augen an.

»Young.«

»Hey, ich bin's.«

Hektisch zerre ich mir mit der freien Hand die Decke vom Kopf.

»Hey.«

»Ich … das mit letzter Woche tut mir leid. Natürlich hast du jedes Recht wegzufahren, ohne mir Bescheid zu sagen. Ich verstehe, dass du den Abstand mal brauchtest, aber hatten wir jetzt nicht genug davon?«

Ich kann förmlich sehen, wie er sich nervös durch die Haare fährt, und ein warmes Gefühl durchströmt mich allein deshalb, weil ich seine Stimme höre.

»Darf ich dich morgen zum Termin abholen?«

Ihr beide denkt kaputt, was euch guttut, und schadet euch damit nur selbst.

»Das wäre schön. Ich wollte danach eigentlich nach einem Bettchen gucken, langsam wird es Zeit. Willst du mitkommen?«

»Willst du das denn?«

Ich muss über »unsere Frage« lachen und doch schießen mir zeitgleich schon wieder die Tränen in die Augen. Seit wann bin eigentlich so masochistisch veranlagt?

»Ich habe es gehofft.«

***

Wie besprochen fahren wir am nächsten Tag zu Dr. Torres und danach in den mir inzwischen bekannten Laden für Babybedarf. Wie oft war ich schon mit Eva hier und habe mir gewünscht, dass Aiden an ihrer Stelle wäre? Ihn jetzt wirklich durch die Gänge schleichen zu sehen, wie er die kleinen Strampelanzüge berührt, die in seinen großen Händen noch winziger wirken, und den Stoff befühlt, ruft eben diese Gefühle hervor, die ich eigentlich zu verdrängen versuche.

Die nette Verkäuferin, die immer hier ist, kommt auf mich zu und wird doch tatsächlich rot, als Aiden sich in unsere Richtung dreht. Seine Wirkung auf das weibliche Geschlecht ist mir durchaus bewusst, schließlich kann ich mich ihr selbst nicht entziehen. Aber für eine Frau, die jungen Familien etwas verkaufen soll, gehört sich das doch wohl so ganz und gar nicht.

Obwohl definitiv ich die Dicke bin, scheint sie mich von einer Sekunde zur anderen völlig zu übersehen. Lieber wendet sie stattdessen ihre ganze Aufmerksamkeit Aiden zu, den sie mit zuckersüßer Stimme fragt, was sie denn für ihn tun könne.

Gilt man als schwangere Mörderin eigentlich für unzurechnungsfähig? Himmel, Aidens Einfluss auf mich ist wirklich mehr als schädlich. Wie oft ich allein seinetwegen schon zur gedanklichen Mörderin wurde.

»Isa?« Aiden steht direkt vor mir und sieht mich stirnrunzelnd an. »Kommst du?«

Oh … ja klar. Eilig watschele ich ihm und der Verkäuferin hinterher. Wir brauchen nicht lange und entscheiden uns für ein weißes Holzbett mit dazu passendem Bettwäscheset und einem Mobile.

Zurück an der Kasse braucht Miss Ich-spring-dich-gleich-an natürlich ewig, um uns diese popelige Quittung auszudrucken, mit der wir das Bett an der Warenausgabe bekommen.

Immer wieder sucht sie Aidens Blick, klimpert mit ihren kacklangen Wimpern und läuft rot an, wenn er höflich zurücklächelt.

»So, wenn Sie dann bitte hier unterschreiben würden.« Klimper, klimper.

Schnell ramme ich mit meiner Schulter gegen Aiden und stoße ihn so von dem Ausschnitt weg, den sie ihm gerade darbietet.

Ärgerlich kritzele ich meinen Namen so energisch auf das Papier, dass dieses zerknüllt. Dabei versuche ich ihr möglichst tödliche Blicke zuzuwerfen, die sie natürlich nicht registriert. Lieber fragt sie Aiden, ob er sonst noch etwas anderes suche.

Unter normalen Umständen würde ich versuchen, das Ganze zu ignorieren und höflich zu bleiben. Aber an meinem jetzigen Umstand ist verdammt noch mal nichts normal.

»Sagen Sie, wollen Sie ihn vielleicht noch schnell fotografieren? Dann können Sie nach seinem Abbild eine Gummipuppe herstellen lassen, der Sie Ihre Möpse ins Gesicht drücken können. Der hier«, zeige ich mit meinem Daumen über die rechte Schulter, »ist vergeben und, wie Sie unschwer erkennen sollten, auch bald Vater.«

An einer Erwiderung bin ich nicht interessiert. Stattdessen ziehe ich den Berührungsneurotiker an der Hand aus dem Laden, der das offensichtlich ziemlich witzig zu finden scheint.

»Was war das denn gerade? Ein Pinguin auf Speed?«

Mein Blick scheint ihm zu genügen, denn er hebt beschwichtigend beide Hände nach oben.

Wieder in meiner Wohnung trage ich das Bettzeug sowie das Mobile und überlasse Aiden das sperrige Bett. Gerade durch die Haustür getreten, fragt er, wo es später stehen soll, und so dirigiere ich ihn in mein Schlafzimmer.

Es ist komisch, ihn nach der ganzen Zeit wieder hier stehen zu sehen. Und für einen Moment scheinen wir beide in unseren Erinnerungen zu hängen, bis Aiden sich räuspert und nach

Werkzeug fragt, um das Bett gleich zusammenbauen zu können.

Unterdessen gehe ich in die Küche, um uns einen Kaffee zu kochen. Mit je einem Becher in jeder Hand bleibe ich an der angelehnten Tür zum Schlafzimmer stehen und beobachte Aiden durch den offenstehenden Spalt.

Ausnahmsweise trägt er keinen Anzug, sondern blaue Jeans und ein einfaches schwarzes Shirt. Jedes Mal, wenn er sich über das Bett lehnt, kommt über seinem Hosenbund ein Streifen seiner Haut zum Vorschein und zeigt mir einen Teil seines Tattoos. Bei jeder einzelnen Bewegung kann ich das Spiel seiner Muskeln in Armen und Rücken durch den Stoff seines Shirts beobachten.

Unfassbar, welche Anziehung er noch immer auf mich ausübt. Für einen Moment schließe ich die Augen, um mich zu sammeln, betrete dann aber das Zimmer.

»Na, bekommst du es hin?« Umständlich lasse ich mich ihm gegenüber auf dem Fußboden nieder. Für ihn muss es aussehen, als würde eine Abrissbirne von der Kette in die Tiefe fallen. Ein Wunder, dass das Haus nicht anfängt zu beben.

»Na hör mal, diese Hände können noch ganz andere Sachen.«

Wehmütig lächele ich ihn an.

»Ja, daran kann ich mich noch gut erinnern.«

Anscheinend wird ihm die Doppeldeutigkeit seiner Worte erst jetzt klar. Kurz erstarrt er und sieht mich an, fängt sich aber schnell und schraubt weiter an dem Bett. Kann es tatsächlich sein, dass es ihm die Sprache verschlagen hat?

Ich beobachte ihn einen Moment, als ich heftige Bewegungen in meinem Bauch wahrnehme, die ich sprichwörtlich sehen kann.

»Aiden, komm schnell her.«

Er wirkt kurz verunsichert, kommt dann aber zu mir und ohne Rücksicht auf seine Berührungsphobie nehme ich seine Hände und lege sie mir auf die Stellen, unter denen sich unsere Tochter bewegt.

Habe ich ihn jemals so strahlen sehen wie jetzt in diesem Augenblick? Die Minuten, in denen meine Hände auf seinen den Bewegungen in mir folgen, sind unglaublich. Für diesen winzigen Moment scheint nichts, rein gar nichts zwischen uns zu stehen. Wir sind einfach Eltern, die dem Wunder über ihr erstes, gemeinsames Kind erliegen.

Leider ist der Augenblick viel zu schnell zu Ende und die Kleine bewegt sich nicht mehr. Trotzdem nimmt Aiden nicht wie befürchtet seine Hände von mir, sondern streichelt mir zärtlich weiter über den Bauch und unterbricht die Stille zwischen uns.

»Hast du dir eigentlich schon einen Namen überlegt?«

Überrascht von seiner Frage blicke ich auf.

»Ich dachte, dass wir das zusammen machen.«

Immer noch seine Hände auf meinem Bauch lächelt er mich an.

»Willst du das denn?«

Ich nehme seine Hände in meine.

»Ich habe es gehofft.«

Von da an wird unser Umgang von Minute zu Minute zwangloser, bis es nach einer Stunde fast normal zwischen uns ist. Nachdem das Bett zusammengebaut ist, bestellen wir uns im Dolce eine Pizza, die wir auf dem Fußboden vor dem Babybett sitzend essen. Ich weiß nicht, ob ich damit alles kaputtmache, aber ich riskiere es.

»Du hast in der letzten Stunde bei Lucas gar nicht auf das reagiert, was ich gesagt habe.« Unbefangen wickele ich mir den geschmolzenen Käse der Pizza um den Zeigefinger, schiebe ihn mir in den Mund und sauge den Käse in meinen Mund.

Erst jetzt blicke ich zu Aiden auf, der mir noch immer eine Antwort schuldet und mit offenstehendem Mund meinen Finger taxiert. Blinzelnd sieht er wieder auf sein Pizzastück.

»Stimmt, aber soweit ich mich erinnere, bist du auch wie ein tollwütiger Pinguin aus der Praxis gelaufen.«

»Was hast du heute mit diesem Pinguin?«

Aidens Mundwickel zucken. Gott, wie ich das vermisse.

»Liam hat recht, du … du fängst an zu watscheln.« Aus dem Grinsen wird ein Lachen, das er zu unterdrücken versucht, aber verliert. Er lacht aus vollem Halse und ich möchte mich einfach nur glücklich auf ihn stürzen.

»Wie bitte?!« Mit in die Hüften gestemmten Fäusten sehe ich ihn aus zu Schlitzen zusammengekniffenen Augen an.

Tatsächlich unterbricht er erschrocken sein Lachen.

»Du watschelst wirklich … schön?«

Jetzt halte ich es nicht mehr länger aus und lache laut auf, worin er nach kurzer Verwirrung wieder mit einstimmt.

Irgendwann platzt es einfach aus mir heraus und ich erzähle ihm von meiner Angst vor den Schmerzen der Geburt. Auch von den Sorgen wegen meines Jobs erzähle ich ihm und bin dankbar dafür, dass er mich nicht unterbricht. Mir einfach nur zuhört.

Eine Zeit lang sitzen wir stillschweigend da und essen die inzwischen kalte Pizza.

»Ich habe auch Angst.«

Ähm, habe ich mich da gerade verhört? Aiden macht immer den Eindruck, als könnte ihm nichts Angst machen. Und wenn, dann gibt er es bestimmt nicht einfach so zu.

»Wovor?«

»Davor, dass du recht hast und ich meinem Vater wirklich zu ähnlich bin. Davor, dass ich nicht so ein Vater sein kann, wie ich ihn mir immer gewünscht habe. Dass ich das Baby nicht so lieben kann, wie es das verdient hat, und ich stattdessen genauso ein Arschloch werde.« Hilfesuchend sieht er mich an, aber kann ich ihm diese Ängste überhaupt nehmen?

»Du weißt, dass ich das nur aus Wut gesagt habe, oder? Du wirst ganz sicher nicht wie er. Du wirst ein ganz wundervoller Vater sein.«

»Ja genau.« Er lacht trostlos auf. »Das stelle ich ja schon seit Monaten unter Beweis, oder?«

Was soll ich darauf antworten?

»Ich würde lügen, wenn ich behaupte, dass mich dein Verhalten nicht verletzt. Aber ich verstehe dich auch. Irgendwie … ein kleines bisschen … ein mini, mini bisschen.« Ich deute ihm ein paar Millimeter zwischen Daumen und Zeigefinger, was ihm ein kleines Lächeln entlockt.

Erst Stunden später bringe ich ihn zur Tür. Der Abend mit ihm war so schön, dass mir bei dem Gedanken, dass er jetzt geht, ein

Kloß im Hals wächst. Was ist, wenn unsere heute mühsam aufgebaute Vertrautheit beim nächsten Mal wieder verschwunden ist?

Ich stehe mit der Tür in der Hand da, sehe ihm zu, wie er in das Treppenhaus geht und sich noch einmal umdreht.

»Isa, ich … ich wollte mich schon lange für das entschuldigen, was ich in meinem Büro zu dir gesagt habe. Dafür, wie ich auf die Schwangerschaft reagiert habe und wie ich mich danach benommen habe. Ich hoffe wirklich sehr, dass du mir das irgendwann verzeihen kannst.«

Seine Hand legt sich zärtlich an meine Wange, in die ich mich mit geschlossenen Augen schmiege. Wie ausgehungert ich nach seiner Zärtlichkeit, nach seinen Berührungen bin, dass ich diese kleine Geste so in mich aufsauge.

Aidens Hand verschwindet und hinterlässt eine Kälte auf meiner Haut, die vorher noch nicht da war. Als ich die Augen öffne, kann ich ihn schon nicht mehr sehen, höre nur noch am Knarren der Stufen, dass er diese hinabgeht. Ich drücke die Tür ins Schloss und lehne mich von innen dagegen, während meine Augen überlaufen und mir eine Träne nach der anderen über das Gesicht läuft. Warum, kann ich gerade selbst nicht sagen.

Die Tür in meinem Rücken vibriert, als es an ihr klopft. Schnell wische ich mir mit den Fingern die Tränen weg und öffne die Tür einen Spalt, als sie schon von der anderen Seite aufgedrückt wird.

Augenblicklich umfassen zwei Hände mein Gesicht und die sanftesten Lippen, die ich je spüren durfte, legen sich auf meine.

Die Gefühle, die durch meinen Körper rasen, sind nicht in Worte zu fassen. Erleichterung, Glück, Liebe, Hoffnung … Zaghaft öffne ich meine Lippen, komme seiner Zunge entgegen und bei der ersten Berührung unserer Zungenspitzen stöhnen wir beide auf. Ich schiebe meine Hände in sein Haar. Kralle mich darin fest, wie ich es immer so gerne getan habe. Soweit es mein Bauch zulässt, dränge ich mich an Aidens Körper, erkunde mit meiner Zunge den mir so bekannten Mund, bis er schwer atmend von mir ablässt und seine Stirn an meine lehnt.

»Das wollte ich schon seit Wochen machen«, kommt es atemlos von ihm, wobei er mir direkt in die Augen sieht. »Ich hab es genauso vermisst, dich zu berühren.« Hauchzart gibt er mir einen weiteren Kuss und flüstert an meine Lippen »Schlaf schön«, bevor er wirklich verschwindet.

Kapitel 21

Meine Augen öffnen sich einen Spalt und sofort muss ich gegen die Helligkeit anblinzeln, die mich durch das Fenster hindurch blendet. Wie spät ist es? Ein Blick auf die Uhr sagt mir, dass es fast halb zehn ist. Wann habe ich das letzte Mal so lange geschlafen und das, ohne mehrmals in der Nacht wach zu werden?

Ich fahre mit meinen Fingerspitzen über meine Lippen und kann nicht anders, als debil zu grinsen. Noch immer habe ich das Gefühl, ihn auf meiner Zunge schmecken zu können. Eilig greife ich nach dem Handy auf meinem Nachttisch und tatsächlich: Eine Nachricht von Aiden ist eingegangen.

Habt ihr auch so gut geschlafen wie ich? Hole dich heute Abend ab.

So abgedroschen es sich auch anhört, aber ich könnte die ganze Welt umarmen. Ich strampele mit den Beinen in der Luft und schreie in das Kissen, das ich mir aufs Gesicht drücke.

***

Am Abend warte ich wie immer schon an der Straße, als Aiden um die Ecke biegt, um mich zum Essen bei seinen Eltern abzuholen. Als hätte ich ein Déjà-vu, bin ich aufgeregt wie bei unserem ersten Date. Mein Herz klopft wie verrückt, mein Magen zieht sich zusammen und mir schwitzen die Handflächen.

Unsere Begrüßung fällt bis auf die Ausnahme, dass wir uns heute fast schüchtern anlächeln, aus wie immer. Ebenfalls wie immer sehe ich während der Fahrt aus dem Fenster. Auch wenn ich in der Dunkelheit nicht viel sehen kann, kenne ich inzwischen fast jedes Haus, an dem wir vorbeikommen.

Irgendwie habe ich gedacht, wir würden uns küssen, wenn wir uns sehen, und jetzt sitzen wir, wie immer schweigend nebenein… Aidens Hand, die sich auf meine legt und sie festhält, unterbricht meine Grübelei. Während der gesamten restlichen Fahrt streichelt sein Daumen in langsamen Bewegungen über meine Fingerknöchel.

Als wir in der beleuchteten Einfahrt bei Ella und Matt zum Stehen kommen, führt er meine Hand an seine Lippen und küsst jede meiner Fingerspitzen, ohne mich dabei aus den Augen zu lassen.

Ich will ihn jetzt unbedingt schmecken. Also ziehe ich ihn zu mir und küsse ihn. Seinen Atem in meinem Gesicht zu spüren, seine warmen Hände, die mich dabei berühren. Wie oft habe ich das vermisst? Aber erst jetzt, wo ich es wiederhabe, merke ich, wie schmerzlich dieses Vermissen war. Wie aufeinander abgestimmt öffnen wir die Lippen und lassen unsere Zungen miteinander tanzen. Erst langsam, dann immer schneller und leidenschaftlicher werdend, stöhne ich in seinen Mund und kann die aufkommende Nässe zwischen meinen Beinen fühlen. Das letzte Mal ist so verdammt lange her.

Ein lautes Klopfen lässt uns erschrocken auseinanderfahren.

Liam steht bis über beide Ohren strahlend neben der

Fahrertür und starrt uns ungeniert an.

»Kommt ihr auch rein, oder was? Ficken im Auto wird mit der Wampe eh nix.« Dabei deutet er mit dem Finger auf meinen Bauch und geht in Richtung Haustür. Dieser Spinner schafft es immer wieder, eine Situation ins Lächerliche zu ziehen. Wenn wir ihn im Auto so deutlich hören konnten, will ich gar nicht wissen, wie viele Nachbarn noch in den Genuss dieser Information gekommen sind. Grinsend drehe ich den Kopf in Aidens Richtung und sehe direkt in seine vor Erregung dunklen Augen. Ich habe wirklich gedacht, dass ich diesen Blick nie wiedersehen würde.

An Aidens Hand betrete ich das Haus, in dem ich so viele Wochen ein und ausgegangen bin, ohne ihn berühren zu dürfen. Noch fühlt sich das alles fast surreal an und ich habe Angst aufzuwachen.

Wir gehen in Richtung der Küche, wo wir die Stimmen von Ella, Matt und Liam hören können, und schon als wir die Tür aufstoßen, kommt Ella auf uns zu.

»Habt ihr ein neues Ultraschallfo…« Mitten im Wort verschlägt es ihr die Sprache und sie lässt ihren Blick immer wieder zwischen Aiden, mir und unseren Händen hin- und herschnellen. Ich kann sehen, wie sich Tränen in ihren Augen sammeln, und hoffe, dass sie sich beherrscht. Ansonsten kann auch ich für nichts garantieren. Doch nichts dergleichen passiert.

Sie nimmt uns einfach wie jedes Mal in die Arme und wendet sich dann wieder ihrem Herd zu. Nur aus dem Augenwinkel kann ich sehen, wie sie sich beiläufig eine Träne wegwischt.

Der Abend ist wie jeder andere und doch so komplett anders. Fast bin ich froh, dass die anderen sich so normal wie immer verhalten. Die Annäherung zwischen Aiden und mir ist so frisch, dass ich Angst habe, irgendetwas könnte unseren Fortschritt wieder zunichtemachen. Anderseits ist heute nichts so wie in den Wochen davor. Immer wieder tauschen Aiden und ich Blicke aus. Berühren uns wie zufällig so oft es geht, und wenn es auch nur die Hände sind, wenn er mir etwas anreicht.

Ich glaub, mein Bandwurm hustet. Das darf doch alles nicht wahr sein.

Der Abend war so schön. Seine Blicke und Berührungen, wie ein Versprechen auf mehr, und ich spüre auch, dass Aiden genauso gerne wie ich weitergehen würde. Trotzdem stehe ich jetzt vor meiner Haustür und sehe den kleiner werdenden Lichtern seines Autos nach.

Nein, Schluss aus!

Wir haben so viel Zeit verloren, da werde ich nicht zulassen, dass er es jetzt langsam angehen lässt. Außerdem habe ich mir extra sexy Spitzenunterwäsche für meinen Pinguinkörper gekauft, jetzt soll er sie gefälligst auch sehen.

Eine halbe Stunde später stehe ich vor dem Tor zu seinem Haus. Sowohl den Haustürschlüssel als auch den Chip für das Tor habe ich ihm zurückgegeben. Somit bleibt mir wohl nichts anderes übrig, als zu klingeln. Gerade als ich das Fenster runterlasse, blenden mich Scheinwerfer, die aus der Richtung des Hauses auf mich zukommen. Das Tor öffnet sich und die Limousine, mit der Aiden selbst fast nie fährt, kommt neben mir zum Stehen. Wie auch die Limousine lasse ich das Fenster meiner Beifahrerseite herunter. Leo …

»Guten Abend Miss Young. Erwartet Mr. Stone Sie?«

»Äh … ja?«

Ohne etwas zu sagen, lacht er kopfschüttelnd, bevor er auf den Knopf seiner Fernbedienung drückt und sich das inzwischen wieder geschlossene Tor noch einmal öffnet.

Okay, ich gebe zu, ich habe die Hosen voll. Oder in meinem Fall das Wickelkleid, das ich mir heute ebenfalls extra angezogen habe, um ihm zu gefallen. Jetzt müsste ich wohl langsam mal aussteigen.

Unsicher nage ich an meiner Unterlippe, indes rast mein Puls so sehr, dass ich ihn an meinem Hals spüren kann. Das Haus liegt in völliger Dunkelheit da, in keinem der Fenster auf dieser Seite brennt Licht. Was, wenn er nicht da ist? Dann hätte Leo mich aber wohl kaum durchfahren lassen. Ich atme noch einmal bewusst tief durch und streiche mir mit den Handflächen über die zitternden Kniescheiben.

Der Kies, über den ich in Richtung der Haustür laufe, hört sich in der Stille des späten Abends erschreckend laut an. Das letzte Mal, als ich darüber gelaufen bin, habe ich kein Knirschen, sondern nur Aidens Wutschreie aus dem Haus gehört.

Energisch schüttele ich den Gedanken ab und drücke mit zitternden Fingern den Klingelknopf.

Nun mach schon auf.

Gerade will ich ein zweites Mal klingeln, da macht mir ein überrascht aussehender Aiden die Tür auf. Oh mein Gott, was sage ich denn jetzt? Irgendwas Souveränes, Cooles vielleicht?

»Ähm, ich habe mir extra für dich neue Unterwäsche gekauft.« Toll Isa, wirklich total cool. Wo ist das Loch, in das ich meinen Kopf stecken kann?

Oder doch nicht? Ein Zucken umspielt Aidens Lippen und schon greift er nach meinem Handgelenk, zieht mich ruckartig an seinen festen Körper und küsst mich. Fordernd drängt er seine Zunge in meinen Mund, wobei er ungeduldig aufstöhnt.

Keine Ahnung wie, aber kurz darauf liegen wir nackt auf seinem Bett. Meine Finger fahren jeden seiner Gesichtszüge nach, streichen über seinen Hals, über seine Brust und durch jede Wölbung seiner Bauchmuskeln.

Fast ehrfürchtig beugt Aiden sich über mich, beginnt meinen Hals zu liebkosen, leckt über mein Schlüsselbein, während er meine Brüste zärtlich streichelt. Auffordernd recken sich ihm meine Nippel entgegen, bis er sie endlich mit seinem Mund umschließt, an ihnen saugt und leckt. Das Pochen, welches sich wochenlang in meinem Schoß aufgestaut hat, ist von schrecklich schöner Intensität.

Einerseits möchte ich ihn sofort in mir spüren, anderseits will ich jede Sekunde voll auskosten. Will seinen Geruch in mich aufsaugen, das Gefühl seiner nackten Haut auf meiner, die überall, wo er mich berührt, zu glühen scheint. Meine Finger finden sein samtenes Haar und krallen sich darin fest, folgen seinem Kopf, der sich weiter an meinem Körper herunterarbeitet.

Ich will nicht, dass er aufhört, will ihn genau da haben, wo er ist, und trotzdem kann ich meinen Körper nicht ruhig halten, drücke den Rücken durch und den Kopf in die Matratze. Pure Lust jagt durch jede meiner Venen und wartet auf den erlösenden Moment, den nur er mir schenken kann. Fast zu sanft dringt er mit zwei Fingern in mich ein.

»Sehr gut, die Aiden-Reaktion funktioniert noch.«

Ich stütze mich auf den Ellenbogen ab, um ihn über meinen Bauch hinweg ansehen zu können.

»Du bist genauso nass, wie ich es in Erinnerung habe.«

Oh mein Gott, dieser gierige dunkle Blick in seinen Augen. Ohne unseren Blickkontakt zu unterbrechen, spreizen seine anderen Finger meine Schamlippen, als er auch schon mit seiner Zungenspitze über meine geschwollene Perle leckt.

Oh haua haua. Mein Körper scheint völlig überfordert von der Intensität meines Begehrens. Seufzend lasse ich meinen Kopf zurückfallen und versuche, mich in die riesige Welle, die mich mitzureißen droht, fallen zu lassen. Indes legt Aiden seine Lippen über meine Klit und saugt zärtlich an ihr.

Noch einmal bäume ich mich auf, bevor ich laut seinen Namen stöhnend an seinem Mund komme.

Mit diesem an Leidenschaft nicht zu übertreffenden Orgasmus fällt alle Anspannung der letzten Monate von mir ab und lässt ein warmes Prickeln zurück. Minuten liege ich benommen da und genieße das Nachbeben dieses berauschenden Gefühls, während Aiden mich auf die Seite dreht und sich hinter mich legt. Nicht mehr länger auf das Gefühl von ihm in mir warten wollend, dirigiere ich seinen harten Schaft von hinten zwischen meine Beine.

Quälend langsam findet seine heiße Spitze meine Öffnung und dringt in mich ein. Zentimeter für Zentimeter dehnt er mich, zieht sich zurück, um sich von Neuem in meine Enge zu schieben.

Wie oft erinnerte ich mich daran, wie groß er ist, an das Gefühl, völlig ausgefüllt zu sein, wenn er sich in mir versenkte. Doch keine davon kam auch nur annähernd an die Realität heran. Ganz in mir lässt Aiden mir einen Moment, um mich an genau dieses Gefühl zu gewöhnen, küsst den Übergang meines Halses zur Schulter. Dabei massiert er meine Brüste und dreht meine überempfindlichen Nippel in seinen Fingern.

Zärtlich beginnt er, sich in mir zu bewegen. Entzieht mir seinen pochenden Schwanz, um von Neuem in mich zu dringen. Zieht nebenbei mit seiner Zunge eine feuchte Spur über meinen Hals bis zu meinem Ohr hinauf.

»War, seit wir uns kennen, jemand anderes hier drin?«

Obwohl ich kaum einen klaren Gedanken fassen kann, weiß ich, dass er sowohl die Zeit nach unserer Trennung als auch unsere gemeinsame Zeit meint. Soweit es geht, drehe ich meinen Kopf über die linke Schulter nach hinten.

»Du bist seit Jahren der Einzige, der in mir ist.«

Die Leidenschaft, mit der er mich daraufhin küsst, hat etwas Verzweifeltes. Ich kippe mein Becken, um ihn noch tiefer in mir spüren zu können. Heiße jeden seiner fester werdenden Stöße willkommen und merke nach nur wenigen Stößen, wie sich meine

Muskeln erneut zusammenziehen. Meine linke Hand nach hinten um seinen Nacken legend, ziehe ich ihn noch enger an mich, möchte am liebsten in ihn hineinkriechen.

Auch Aidens Atmung verändert sich, wird abgehackter. Noch einmal rammt er sich tief in mich, bevor er sich warm in mir ergießt und ich endlich wieder das Zucken seines Schwanzes in mir spüren kann.

Das Zeitgefühl völlig verloren, weiß ich nicht, wie lange wir uns auf dem Bett gegenüberliegen und uns, ohne etwas zu sagen, nur ansehen. Ich will diesen Moment nicht zerstören und doch muss ich es wissen.

»Glaubst du mir? … Nein, vertraust du mir?«

»Ja, Baby, das tue ich.«

Kapitel 22

Drei Monate später

»Aiden, Aiden. Wach auf.« Vorsichtig rüttele ich an seiner Schulter, damit er endlich aufwacht. Seit einigen Wochen hat er keine Albträume mehr, was mich natürlich freut. Nachteil daran ist dieser leicht komatöse Zustand, aus dem man ihn kaum rausbekommt.

Uh, da ist er wieder, der komische Schmerz in meinem Bauch. Anfänglich noch erträglich wird er immer stärker, bevor er dann wieder verschwindet. Das alles in regelmäßigen Abständen.

Nicht, dass ich ein Profi bin, aber das sind dann wohl Wehen.

Eieiei, wenn das jetzt schon so wehtut.

»Aiden!« Ich werde nun doch lauter, woraufhin er genervt die Decke höher in sein Gesicht zieht.

»Was ist denn los? Nicht schon wieder, Baby. Gönn mir mal 'ne Pause, ich bin auch nur ein Mann.«

Ha, ha, sehr witzig. Ich gebe ja zu, dass ich zum Ende der Schwangerschaft tatsächlich vermehrt Lust hatte, was wohl aber eher daran lag, dass Mister Fass-mich-nicht-an die Monate davor nicht zur Verfügung stand. Außerdem habe ich ihn deswegen nie mitten in der Nacht geweckt. Na gut, vielleicht ein oder zwei Mal.

Was haben die noch in diesem Vorbereitungskurs gesagt? Tief durch die Nase ein und durch den Mund wieder ausatmen.

»Ich glaube, es geht los.« Wieder ruckele ich an seinem Arm, dieses Mal allerdings fester.

»Ja, das glaube ich allerdings auch!«

Oh verdammt, tut das weh.

»Sag mal, raffst du's nicht? Das Baby kommt!«

Sekundenschnell schreckt Aiden aus seinem Dämmerzustand hoch, sieht sich hektisch im Schlafzimmer um und springt aus dem Bett. Im Laufen zieht er sich an, um dann in aller Seelenruhe das Telefon zu nehmen.

»Wo willst du jetzt anrufen?« Mühsam rappele ich mich aus dem Bett und schlüpfe nur schnell in eine Jogginghose.

»Pscht.« Er legt sich einen Finger auf den Mund, um mir zu zeigen, dass ich ruhig sein soll. »Liam? Es ist so weit … Ja, es geht los.« Kurz streift mich sein Blick. »Sie fängt schon mit dem Gehechel an. Sieh zu, dass du ins Krankenhaus kommst. Wir sehen uns dann da.«

»Aiden, könnten wir viellei…«

»Gleich.« Und wieder zeigt mir sein ausgestreckter Arm mit dem erhobenen Finger, dass ich still sein soll.

Oh nein, es geht schon wieder los, langsam nimmt das Ziehen zu. Oder kommt es mir nur so vor, weil die Abstände kürzer werden?

»Mama? Es geht los. Öh, keine Ahnung.« An mich gewendet fragt er: »In welchen Abständen kommen die Wehen?«

Das glaube ich nicht, oder?

»Bring mich in ein scheiß Krankenhaus!«

Offensichtlich erschrocken von meiner Lautstärke zuckt er zusammen und guckt mich an, als wäre ich eine wildgewordene Verrückte. Dennoch wendet er sich wieder dem Telefon zu.

»Keine Ahnung, aber sie wird ganz schön aggressiv. Ist das

normal? Kannst du Isas Eltern und Eva Bescheid geben, mich lässt sie ja nicht mehr in Ruhe telefonieren.«

Gebeugt und mit Schweißtropfen auf der Stirn stehe ich an den Bettpfosten gestützt da und warte, dass der Schmerz nachlässt.

Aiden, der das Zimmer kurz verlassen hatte, kommt wieder und blendet mich mehrfach hintereinander mit dem Blitz der Kamera.

»Was tust du da?«

»Na, ich will die Geburt unserer Tochter im Bild festhalten. Das vergessen wir doch sonst irgendwann alles.«

Ich starre ihn an, als ob er von einem anderen Stern käme. Will der mich verarschen? Das kann er doch unmöglich ernst meinen, oder?

Langsam wirklich ungehalten schnappe ich mir meinen Koffer, der seit Wochen fertig gepackt ist, und stapfe durch die Galerie die Treppe hinunter in Richtung Haustür.

»Warte Pinguin, ich muss noch den Kinderwagen holen.«

Jetzt platzt mir der Kragen.

»Sag mal, Aiden, merkst du's noch? Wir brauchen diesen verfickten Kinderwagen heute ganz sicher nicht und ich bin auch kein scheiß Pinguin!« Die nächste Wehe überkommt mich, was mich zischend Luft holen und mich gekrümmt meinen Bauch halten lässt.

»Baby, hast du Schmerzen?«

Mein wütender Blick sagt wohl alles, denn mit einmal kommt endlich Leben in ihn. Er nimmt mir den Koffer ab, bringt mich in den Wagen und meldet unser Kommen von unterwegs im Krankenhaus an.

Zehn Minuten später betreten wir die Entbindungsstation, wo man uns fragt, in welchen Abständen die Wehen kommen. Hm, stimmt, da war ja was. Jetzt weiß ich, was ich vergessen habe. Ich werde untersucht und dann zum Spazieren gehen auf dem Klinikflur verdonnert.

»Na, da hätte ich deine Eltern und Eva ja locker noch selbst anrufen können.«

Hätte ich nicht diese verdammten Schmerzen, würde ich vermutlich lachen.

»Aiden?«

»Ja, Baby?«

»Halt die Klappe.«

»Ja, Baby.«

Der Schmerz scheint mittlerweile gar nicht mehr zu verschwinden und von einen in den anderen über zu gehen.

Aiden, der endlich seinen Mund hält, streichelt mir über den Rücken und massiert mich, was mir zwar guttut, die Schmerzen aber auch nicht mehr dämmen kann.

»Ähm, Baby, du tropfst. Geht's dir gut?«

Kurz darauf liege ich auf einer Entbindungsliege. Meine Fruchtblase ist geplatzt und rumwatscheln auf dem Flur ist damit auch abgeblasen.

Keine Ahnung, wie lange ich schon hier liege, gefühlt sind es mindestens achtundsiebzig Stunden. Bedudelt von Naturklängen und Wellenrauschen, was sich entspannungsfördernd auf mich auswirken soll. Vor lauter Entspannung könnte ich der Hebamme ins Gesicht springen, als sie mir sagt, dass der Muttermund sich ausreichend geöffnet hat, ich aber trotz des Dranges auf keinen Fall pressen darf.

Dachte ich schon, dass die anfänglichen Wehen schmerzhaft gewesen sind, fühle ich mich jetzt, als ob mir ein heißes Bügeleisen durch meinen Unterleib fahren würde.

Immer wieder tupft Aiden mein schweißnasses Gesicht ab, hält meine Hand und redet beruhigend auf mich ein. Ich kann ihm die Hilflosigkeit ansehen, weil er gerne mehr tun würde, und trotzdem habe ich das unbändige Bedürfnis, ihn anzuschreien. Überhaupt irgendwen oder was anzuschreien.

»Und das alles nur, weil du dein Ding ohne Gummi in mich reinhängen musstest.« Zwar schwächt auch das den Schmerz nicht ab, aber es erleichtert ungemein. Fast muss ich lachen, als ich Aidens verdatterten Gesichtsausdruck sehe. Aber eben nur fast und irgendwann höre ich die erlösenden Worte der Hebamme.

»Und jetzt pressen!« Obwohl der Schmerz noch immer viel zu präsent ist, tut es gut, endlich aktiv zu sein und nicht nur still dazuliegen und auszuhalten. »Jetzt nicht mehr pressen!«

So bescheuert Aiden und ich dieses Hecheln beim Vorbereitungskurs auch fanden, jetzt hechele ich und bin Aiden dankbar, dass er es mir, ohne nachzudenken, gleichtut.

»Weiter, Isa, ich kann das Köpfchen schon sehen.«

»Halt doch endlich dein Maul, du blöde Kuh. Seit Stunden

sagst du ›Ich sehe das Köpfchen‹. Wo ist es dann, verfluchte Scheiße? Und macht endlich diese beschissene Musik aus!«

Nur wenige Minuten später erfüllt ein Schreien den gesamten Raum, der mir die Tränen in die Augen treibt.

Umgehend legt mir die Hebamme unsere Tochter in ein Tuch gewickelt auf die Brust, wo sie sich sofort beruhigt. Sie ist so wunderschön, wie sie uns mit großen Augen ansieht.

Federleicht streiche ich mit meiner Fingerspitze über ihre Wangen, wobei meine Tränen unaufhaltsam laufen.

Sie ist das Schönste, was ich je gesehen habe.

Ich sehe zu Aiden, dessen Blick zwischen Emily und mir hin- und herpendelt, wobei er sie ebenfalls fast ängstlich berührt.

Sanft legen sich seine Lippen an meine Schläfe.

»Danke für dieses Wunder. Ich liebe dich, Baby.«

Habe ich mich soeben gerade beruhigt, öffnen sich meine Schleusen erneut und lassen mich aufschluchzen.

»Ich liebe dich auch.«

Und dieser magische Moment mit Aidens Worten und unserer inzwischen schlafenden Tochter auf der Brust tröstet mich über alles vergangene Leid hinweg.

***

Heute dürfen Emily und ich endlich nach Hause. Sie ist bereits in ihrem Autositz zu Aidens Füßen festgeschnallt, der auf einem Besucherstuhl in meinem Zimmer sitzt. Die Krankenschwester kommt ins Zimmer, um mir einen Brief zu geben und mich daran zu erinnern, dass ich noch ein letztes Mal zur Nachsorge muss. Sorgsam drehe ich den Brief in meinen Händen.

Es ist das Ergebnis des Vaterschaftstests, den ich ohne Aidens Einwilligung habe machen lassen. Er wollte diesen Test nicht mehr, was mich einerseits natürlich freut. Andererseits glaube ich, dass er auch Angst davor hat, das Ergebnis könnte negativ ausfallen. Ich will einfach nicht, dass dieser Schatten immer über uns schwebt. Dass Aiden sich immer unbewusst fragen wird, ob Emily wirklich seine Tochter ist.

Deswegen habe ich die Hebamme gebeten, Aiden unter einem Vorwand Blut abzunehmen und den Test durchzuführen. Zuerst war sie dagegen, hat, nachdem ich ihr die Gründe genannt habe, aber zugestimmt.

Bevor ich mich auf den Weg zu meiner Abschlussuntersuchung mache, gebe ich ihm den verschlossenen Brief.

»Was ist das?«

»Ein Vaterschaftstest.«

Aiden runzelt die Stirn und schlagartig verfinstert sich sein Gesicht.

»Was soll das? Ich habe gesagt, dass ich das nicht mehr will.«

»Ich weiß, Aiden. Aber ich will es.« Ich gehe in Richtung Tür.

»Wollen wir ihn nicht zusammen aufmachen?«

Die Türklinke schon in der Hand drehe ich mich noch einmal zu ihm um. Bittend, fast hilflos sieht er mich an, aber diesen Augenblick soll er für sich alleine haben. Also lächle ich ihm aufmunternd zu und trete in den Krankenhausflur hinaus.

»Nein, ich weiß doch, was drinsteht.«

***

Eine halbe Stunde später kehre ich in mein Patientenzimmer zurück, in dem Aiden noch immer auf dem Stuhl sitzt.

Mit eingefallenen Schultern und hängendem Kopf blickt er auf den Autositz zu seinen Füßen, in dem Emily weiterhin selig schläft.

Ich gehe zu ihm und streiche ihm mit den Fingern durchs Haar. Ziehe seinen Kopf an meinen Bauch und lege meine Arme um seine Schulter. Fast schmerzhaft schrauben sich seine Arme um meine Taille, wobei ich das Beben seines Körpers fühlen kann. Zusammen mit der Nässe, die mein Shirt durchweicht.

»Verzeih mir bitte.« Ein Schluchzen unterbricht ihn. »Bitte Baby. Ich werde alles tun, um das wiedergutzumachen. Verlass mich nur nicht.«

Sanft nehme ich sein Gesicht in meine Hände und zwinge ihn, mich anzusehen.

»Hey. Weißt du noch, dass du mal zu mir gesagt hast, dass man alles kann, wenn man es nur genug will? Und ich will dich. Schon immer. Ja, es ist viel passiert und die verlorene Zeit lässt sich nicht zurückdrehen. Aber ich liebe dich und um nichts in der Welt werde ich noch einmal auf dich verzichten.«

***

Es gab eine Zeit, da hatte ich wirklich jegliche Hoffnung aufgegeben, dass wir einmal eine Familie sein würden. Zu groß schien die Distanz zwischen uns zu werden und mit ihr der Weg, den es wieder zu bewältigen galt.

Jetzt sitze ich hier und sehe Emily beim Schlafen zu. In ihrem Zimmer in Aidens Villa, die seit einigen Wochen auch mein Zuhause ist.

Nachdem wir wieder zueinandergefunden haben, war es schon nach kurzer Zeit so, als hätte es diese schmerzhaften Monate der Trennung und Ungewissheit nie gegeben. Diese Zeit, die so wahnsinnig schwer war, und ich mehr als einmal gedacht habe, dass ich an dem Kummer zerbreche, ist vorbei.

Heute und hier kann ich aber sagen, dass es sich mehr als gelohnt hat durchzuhalten.

Aiden geht weiterhin jede Woche zu Lucas. Er wird noch eine Weile brauchen, um zu lernen, seine Gefühle auszudrücken, sie selbst überhaupt zu erkennen und zu benennen. Aber ich weiß, wir sind auf einem guten Weg. Das sagt übrigens auch der durchgeknallte Lucas. Wenn ich alle drei Wochen mit an der Therapiestunde teilnehme, fliegen regelmäßig die Fetzen, und er freut sich ungelogen jedes Mal darüber. Einfach krank der Typ.

Leise ziehe ich Emilys Zimmertür hinter mir zu und gehe ins Wohnzimmer. Eigentlich wollten wir auf den ersten Abend als Familie in diesem Haus einen Wein trinken und jetzt ist er weg.

»Aiden?« Ich gehe zur Couch, auf der eine rote Karte liegt.

Wann gehst du endlich mit mir ins Kino?

Gehe in den Flur.

Grinsend lege ich die Karte auf den Tisch und gehe in den Flur. Aufgeregt wie ein Kleinkind an Weihnachten stehe ich da.

Und jetzt? Ein zweites Mal drehe ich mich im Kreis und suche mit den Augen alles nach einer weiteren Karte ab. Bis ich etwas am Treppenabsatz zum Untergeschoss liegen sehe. Eine rote Karte und noch irgendwas anderes. Schnell gehe ich hin und hebe die Karte auf. Ein Popcorn …

Und jetzt immer der Nase nach (oder einfach dem Popcorn).

Auf jeder Treppenstufe hinab in das Untergeschoss liegt ein weiteres Popcorn, das ich genüsslich in den Mund stopfe. Dabei wird die Aufregung, was auf mich zukommt, immer größer. Mein Herz schlägt heftig gegen meine Brust und in meinem Bauch kribbelt es heftig. Unten angekommen steigt mir der unverwechselbare Geruch von Popcorn in die Nase.

Was ist hier los und wo ist Aiden?

Gerade will ich anfangen, jede einzelne Tür zu öffnen, da geht über der Tür geradeaus vor mir ein rotes Licht an.

Das glaube ich jetzt nicht … Über der Tür steht in leuchtenden roten Buchstaben:

KINO 1.

Oh Gott, oh Gott, oh Gott. Mein Körper kribbelt, als würden Millionen von Ameisen darüber laufen. Ich habe eine Ahnung, und was für eine.

Ruckartig ziehe ich die Tür auf und kann es nicht glauben. Vor mir steht Aiden in einem nur mit schwachem Licht beleuchteten Kinosaal.

Einem Kinosaal!

Direkt vor uns befinden sich zehn Liegestühle aus braunem Leder, die sich auf zwei hintereinanderliegende Reihen verteilen. Diese zeigen in Richtung der mir gegenüberliegenden Wand, deren gesamte Fläche von einer riesigen Leinwand eingenommen wird.

Links neben mir steht ein Kühlschrank mit durchsichtiger Tür, in dem von Wasser über Limonade bis hin zum Wein alles zu finden ist. Des Weiteren sehe ich den Grund für den wunderbaren Geruch nach Popcorn: eine Popcornmaschine.

Völlig überwältigt sehe ich Aiden an, der noch immer nichts gesagt hat, und gehe rechts neben den höhenversetzten Stuhlreihen entlang. Dabei lasse ich meine Fingerspitzen an der mit dunkelrotem Stoff bezogenen Wand entlangfahren. Immer wieder drehe ich mich zu Aiden herum, wobei ich die indirekte Beleuchtung bewundere.

»Das ist … wunderschön. Wann hast du das gemacht?«

»Als ihr im Krankenhaus wart.« Gerade will ich mich bedanken, als er schon weiterspricht. »Setz dich.«

Leicht verunsichert runzele ich die Stirn, setze mich dann aber mit ihm zusammen auf eine der Liegen in der ersten Reihe.

»Erinnerst du dich daran, dass du mich vor Monaten in meinem Büro gefragt hast, was du für mich bist? Damals habe ich gesagt, dass ich es nicht wisse, es aber rausfinden wolle. Am Tag danach wollte ich dich ins Kino ausführen, was dann auch nicht so geklappt hat wie gedacht.« Beide müssen wir bei der Erinnerung an das, was uns unterbrochen hat, lächeln. »Heute weiß ich, dass ich dir schon restlos verfallen war, als ich dich auf der Hoteleröffnung ins Taxi getragen habe.«

Was wird das hier, er wird doch nicht?

Ohne es zu wollen, sammeln sich die ersten Tränen in meinen Augen. Ich schiebe es einfach immer noch auf meine wilden Hormone.

»Ich will alles, was ich dir zugemutet habe, an jedem Tag für den Rest unseres Lebens wiedergutmachen. Damit du nie wieder wegen mir weinen musst. Ich will dir jeden Tag zeigen, wie sehr ich dich liebe, und dich glücklich machen. Ich will ein Geschwisterchen für unsere kleine Emily.«

Nervös streicht er sich mit der Hand durchs Haar.

»Ich wollte dir noch so viel sagen …«

Als er vor mir auf die Knie geht, brechen meine mühsam aufrechterhaltenen Dämme und die Tränen laufen mir ungehalten übers Gesicht.

»Ich will nie wieder auch nur einen Tag ohne dich sein müssen. Und wenn dir das vielleicht hoffentlich genauso geht, dann …« Er greift in seine Hosentasche und zieht eine kleine rote Samtschachtel hervor. Seine Finger zittern, während er sie öffnet und mir den Ring darin hinhält. »Werde bitte meine Frau.«

Das letzte Wort noch nicht ganz ausgesprochen, rutsche ich zu ihm auf die Knie und falle ihm in die Arme.

»Ja!«

Erst jetzt merke ich seine körperliche Anspannung, die langsam nachlässt.

»Ja?«

»Ja! Ja! Ja! Tausend Mal Ja!« Gleichzeitig lachend und heulend liege ich in Aidens Armen, der mein Gesicht mit Küssen bedeckt.

»Warte.« Aiden zieht sich ein Stück zurück, nimmt den Ring aus der Schachtel und steckt ihn mir an den linken Ringfinger. »Ich habe ihn in einer Trauringschmiede selbst geschmiedet.«

»Er ist wunderschön.« Bewundernd halte ich die linke Hand ein Stück vor uns, damit wir ihn beide ansehen können. Rundherum ist der Diamantring mit kleinen weißen Steinen besetzt. Lediglich der obere Stein ist etwas größer, aber auch nicht so, dass es protzig wirkt.

»Der Goldschmied hat gesagt, ich könnte für den Ehering wiederkommen und ihn so an den Verlobungsring anpassen, dass du immer beide tragen kannst. Und du könntest dann meinen Ring schmieden.«

So glücklich strahlen habe ich Aiden bisher nur nach der Geburt von Emily gesehen, was meine Tränen erneut laufen lässt. Sanft küsst er diese weg und trifft kurz darauf auf meine Lippen.

»Ich liebe dich, Aiden.«

»Ich liebe dich auch, Mrs. Aiden Stone.«

Epilog Aiden

Zwei Jahre später

»Laaam!« Mit ausgestreckten Armen läuft Emily auf Liam zu, der gerade zur Tür reingekommen ist. Lachend fängt er sie auf, um sie sogleich durch die Luft zu wirbeln.

»Hey Prinzessin.«

»Tomm mit!« Und schon zieht sie ihn zu dem kleinen pinkfarbenen Tisch mit den noch kleineren Stühlen und nötigt ihn, sich hinzusetzen. Fragend und mit hochgezogener Augenbraue sieht er mich an, mehr als ein Achselzucken kann ich ihm aber auch nicht geben.

»Laaam, Tie?« Aufmunternd wedelt Emily mit ihrer kleinen Teekanne vor seinem Bauch rum, bis er sich stöhnend auf einen der Zwergenstühle setzt und dabei fast den Tisch mit Emilys Gedeck zum Tee umreißt.

Ich sitze mit der Financial Times, in die ich noch keinen einzigen Blick geworfen habe, auf der Couch und beobachte grinsend, wie Liam mit abgespreiztem kleinem Finger bereits die dritte Tasse imaginären Tee trinkt, als mich ein lautes Lachen aus der Küche ablenkt. Immer noch lachend kommen Isa und Eva, die inzwischen regelmäßig an unseren Sonntagen teilnimmt, zu uns ins Wohnzimmer. Wie sollte es auch anders sein, brennt die Luft, sobald Liam und Eva sich sehen.

Davon genervt lässt Isa sich stöhnend neben mich aufs Sofa fallen und schiebt sich unter meinen Arm, womit ich sie gleich fester an mich ziehe.

»Eva, Tie?« Flehend sieht Emily aus ihren dunkelblauen Augen zu Eva hoch und sofort setzt diese sich zu ihr und Liam.

Liam und Eva sind Emilys Paten. Die besten Paten, die wir uns für sie wünschen konnten. Beide lieben sie abgöttisch. An ihrem Umgang miteinander hat das allerdings auch nichts geändert. Vor Emily versuchen sie sich wie immer zusammenzureißen, aber ich kann bereits Evas Vene auf der Stirn pulsieren sehen. Wahrscheinlich hat Liam ihr gerade wieder eine ganz besondere Nettigkeit zugeflüstert.

»Papa.« Lachend kommt Emily auf mich zugelaufen und setzt mir ihre kleine Tasse direkt an den Mund. Ich ziehe sie auf meinen Schoß und gebe ihr einen Kuss auf den Scheitel.

Mit ihren dunkelblauen Augen und den fast schwarzen Haaren sieht sie wie ein Ebenbild von mir aus und wickelt jeden um ihren kleinen Finger. Sie ist wunderschön, liebreizend und wirkt in allem, was sie tut, so offen und ehrlich wie ihre Mutter.

In dem Moment, als ich sie nach ihrer Geburt vor fast zwei Jahren auf Isas Brust habe liegen sehen, haben sich alle meine Sorgen in Luft aufgelöst. Auf den ersten Blick war ich ihr restlos verfallen. Nie hätte ich geglaubt, dass ich so bedingungslos lieben kann, wie ich es bei ihr tue.

Natürlich habe ich noch immer meine Zweifel, ob ich alles richtig mache, ob ich ihr wirklich ein guter Vater bin, aber welcher Vater hat diese wohl nicht? Ich bin bestimmt nicht perfekt, aber ich gebe mir die größte Mühe. Und nie, niemals werde ich zulassen, dass ihr irgendjemand wehtut.

»Mein Gott, kannst du das Handy nicht einmal beiseitelegen?

Deine Tussen können es bestimmt auch mal einen Abend ohne dich aushalten.«

»Wenn du willst, kann ich mein Schlachtschiff ja auch mal in deinen vertrockneten Hafen einfahren und sehen, was noch zu retten ist.«

Und schon giften Liam und Eva sich wieder an, überspielen es aber sogleich, als Emily mir vom Schoß rutscht, um zu ihnen zurückzulaufen.

»Kommst du mal kurz mit?« Isa steht auf und hält mir ihre Hand hin.

Stirnrunzelnd sehe ich sie an, lasse mich aber von ihr ins Badezimmer ziehen, wo sie die Badezimmertür hinter uns verriegelt, mich mit dem Rücken dagegen stößt und sich lasziv an mir reibt. Diesen Blick kenne ich doch …

»Baby, was hast du vor?«

»Ich will dich schmecken. Jetzt sofort.«

Unverzüglich höre ich das Klimpern meiner Gürtelschnalle und spüre kurz darauf ihre Hand an meinem Schwanz, was mich überrascht aufkeuchen lässt. Langsam gleitet ihre Hand an meinem Schaft auf und ab, was ihn augenblicklich härter werden lässt, und schon geht sie vor mir auf die Knie.

»Er ist so schön.« Immer weiter bearbeitet ihre Hand meinen inzwischen zur vollen Größe angeschwollenen Schwanz. »Wie lang und dick er ist … und diese prallen Adern.« Lustvoll leckt sie sich über ihre vollen Lippen.

Verdammt, wenn sie ihn weiter so gierig ansieht, wird das hier ein kurzes Vergnügen.

Sanft, viel zu sanft kitzelt sie mit ihrer samtenen Zungenspitze über meine heiße Eichel und fährt über jede Vene, die sich aus meinem Schwanz drückt. Endlich schiebt sie ihre Lippen über meine Spitze.

Zuzusehen, wie sich ihr Kopf träge vor- und zurückbewegt, mein Schwanz fast bis zum Anschlag in ihrem Mund verschwindet und sie mich dabei mit Lust verhangenem Blick aus diesen grellgrünen Augen ansieht, lässt mich den herannahenden Orgasmus schon fühlen. Stöhnend lasse ich meinen Kopf in den Nacken fallen.

»Baby, das ist so gut.« Wie von selbst fasse ich ihr in die Haare und gebe ihr zu verstehen, dass ich tiefer in ihren Mund will. Sofort überlässt sie mir die Führung, und während ich meinen Schwanz immer schneller in ihren Mund stoße, schiebt sie sich eine Hand in den Slip und besorgt es sich selbst.

Oh fuck … Im gleichen Rhythmus wie ihre Klit knetet ihre andere Hand meine Eier. Immer härter ramme ich meinen prallgefüllten Schwanz in ihren Mund, doch es ist ihr nicht unangenehm.

Im Gegenteil. Wie meine Stöße wird auch ihr Griff an meinen Eiern fester, die sich schon eng an meinen Körper pressen. Erstickt höre ich ihr Stöhnen, sehe ihr dabei zu, wie sie sich mit geschlossenen Augen immer wilder reibt. Meine Hand in ihrem Haar zieht ihren Kopf zurück.

»Sieh mich an!« Sofort öffnet sie ihre Augen und nur Sekunden später sehe ich ihren glasigen, weggetretenen Blick, den sie immer hat, wenn der Höhepunkt über sie hinwegrollt. Nur einen weiteren tiefen Stoß nach ihr spüre ich das Pumpen meines Schwanzes und ergieße mein heißes Sperma auf ihre Zunge.

Bei dem Anblick, wie sie alles schluckt, an meiner überempfindlichen Eichel saugt, um jeden Tropfen aus mir rauszuholen, würde ich sie am liebsten gleich noch mal vor dem Waschbecken ficken. Aber zum einen bin auch ich nur ein Mann, und zum anderen werden wir sicherlich schon vermisst. Ich helfe ihr auf und sofort reibt sie sich wieder anzüglich an mir. Kitzelt mit ihrer Zunge über meine Lippen, bevor sie mit ihrer Zunge in meinen Mund dringt.

»Immer noch nicht genug?« Tief dringe ich mit meiner Zunge in ihre warme, nach meinem Saft schmeckende Mundhöhle ein.

Sicher findet meine Hand den Weg unter ihren Rock, vorbei an ihrem triefenden Höschen, und erfühle die gewohnte Nässe an ihrer Pussy.

Gequält stöhnt sie in meinen Mund, als ich über ihre immer noch geschwollene Klit streiche. Oh ja, in diesem Zustand braucht sie nicht lange.

Vorsichtig, um sie nicht zu überreizen, nehme ich ihre Perle zwischen meine Finger und beginne sie zu reiben. Wie erwartet, dauert es nicht lange und ihr Körper beginnt, unkontrolliert zu zucken.

»Oh Gott, Aiden. Hör nicht auf!« Keuchend beißt sie sich in den Handrücken, bevor ihre Lust mir über die Hand läuft und sie erschöpft in meinen Armen zusammensackt.

Beim Betreten des Wohnzimmers trifft mein Blick auf Liam, der mit einer hochgezogenen Augenbraue auf Isas Knie starrt. Wie bei einem Déjà-vu folgen wir seinem Blick und sehen ihre von den harten Fliesen geröteten Knie, inklusive einem Fugenabdruck. Sofort schießt Isa die Röte ins Gesicht, woraufhin ich sie schmunzelnd in meine Arme ziehe und sie ihr Gesicht in meiner Halsbeuge versteckt.

Ob ich mich je daran gewöhne, dass so ein Luder und diese schüchterne Person hier sich den Körper meiner Frau teilen?

Ich hoffe nicht …

Ja, Isa hat mich Arschloch doch tatsächlich geheiratet und mich damit zum glücklichsten Menschen überhaupt gemacht. Na ja, zumindest fast.

»Mamaaa.« Hämisch grinsend sieht Liam weiterhin auf Isas Knie. »Aiden und Isa sind wieder da. Isa musste sich übergeben. Die Ärmste hat richtige Druckstellen an den Knien. Vielleicht solltest du ihr ein Kissen ins Bad legen.«

Gespielt jault Isa an meinem Hals auf.

In vier Monaten wird unser Glück vollkommen sein.

Als ich damals vor der Vasektomie auf Ellas Drängen hin Spermien habe einfrieren lassen, hätte ich nie gedacht, dass ich sie einmal brauchen würde.

Bald ist Isa im sechsten Monat und wir warten ungeduldig auf die Geburt unseres zweiten Kindes.

Ich weiß, dass ich meine Fehler während der Schwangerschaft mit Emily nicht mehr ungeschehen machen kann, aber ich kann versuchen, es wiedergutzumachen. Und das tue ich jeden einzelnen Tag.

Unverhofft legt Isa meine Hand auf ihren Bauch und einen kurzen Moment geben wir uns nur dem Gefühl hin, die Bewegungen unseres Sohnes unter unseren Händen zu spüren.

»Ich liebe dich!«

»Ich liebe dich auch, Baby!« Dabei hauche ich ihr einen Kuss auf die Schläfe und weiß:

Isa war und ist die gewagteste und gleichzeitig gewinnbringendste Investition meines Lebens.

Ende

Danke!

An alle, die mir in den letzten Wochen und Monaten beiseitegestanden haben. Mir Mut gemacht haben, wenn ich (mal wieder) alles hinschmeißen wollte.

Ich danke der lieben Susan Liliales, die mich mit ihren Kommentaren zu meinem Manuskript so manches Mal zum Lachen gebracht hat. Ich liebe deinen trockenen Humor.

Ein ganz großer Dank geht an meine drei Testleserinnen Marina, Kerstin und Manu.

Marina: Deine Sprachnachrichten haben mich jedes Mal glücklich gemacht. Danke für deine aufbauenden Worte. Du hast die geilste Lache überhaupt.

Kerstin: Deine ehrlichen Worte haben mich wieder aufgebaut, als ich kurz vor dem Ziel noch einmal Zweifel bekommen habe.

Manu: Danke für dein großes Lob zu meinem Roman und das er laut deiner eigenen Aussage, der Beste ist, den du 2015 gelesen hast. Ein größeres Kompliment kann es nicht geben.

Des Weiteren danke ich meiner Coverdesignerin Casandra Krammer, die wusste, was ich will, bevor ich es selbst wusste. Danke das du auch nach meiner hundertzwölften E-Mail noch lieb zu mir warst.

Ein weiterer großer Dank, geht an meine Familie.

Meinem Mann und meinen Kindern, die oftmals auf mich verzichten mussten.

Meinen Eltern und meiner Schwester, die ebenso immer hinter mir stehen.

Ich weiß ich habe in der letzten Zeit nur ein Thema gehabt und bin euch damit bestimmt das ein oder andere Mal auf die Nerven gegangen. Trotzdem habt ihr mich immer darin bestärkt mein *Baby* zu Ende zu bringen und den Schritt des Veröffentlichens zu wagen.

Ich liebe euch alle.

Und zum Schluss möchte ich natürlich jedem Leser danken, der dieses Buch, in dem mein ganzes Herzblut steckt, gelesen hat!

16810167R00171

Printed in Poland
by Amazon Fulfillment
Poland Sp. z o.o., Wrocław